DU MÊME AUTEUR

Aux Éditions Clé, Yaoundé

TRIBALIQUES, nouvelles, 1972, Grand Prix de la littérature d'Afrique noire (Presses Pocket, 1983).

LA NOUVELLE ROMANCE, roman, 1976.

SANS TAM-TAM, roman, 1977.

Aux Éditions Présence Africaine, Paris

LE PLEURER-RIRE, roman, 1982.

Aux Éditions du Seuil, Paris

LE CHERCHEUR D'AFRIQUES, roman, 1990, Grand Prix Jules Verne.

SUR L'AUTRE RIVE, roman, 1992.

LE LYS ET LE FLAMBOYANT, roman, 1997.

DOSSIER CLASSÉ, roman, 2002.

Aux Éditions Gallimard (Continents noirs), Paris

MA GRAND-MÈRE BANTOUE ET MES ANCÊTRES LES GAULOIS, simples discours, 2003.

CONTINENTS NOIRS

Collection dirigée par Jean-Noël Schifano

Les littératures dérivent de noirs continents.

Manfred Müller

HENRI LOPES

Une enfant de Poto-Poto

roman

CONTINENTS NOIRS *nrf* GALLIMARD

Certains nous appelaient les enfants *dipanda*, un mot forgé pour traduire indépendance *en langue*. J'avais alors dix-huit ans, Pélagie un peu plus.

J'ai conservé le numéro du *Courrier d'Afrique* qui relate les festivités de la nuit de *dipanda*.

À la une, la photo d'une foule en liesse. L'épreuve est de mauvaise qualité. En bas, dans le coin gauche, quelqu'un lève deux doigts. C'est Pélagie. À sa gauche, c'est moi, Kimia.

Les deux doigts ne sont pas des cornes sur la tête de la femme devant nous. L'idée d'une telle pitrerie ne nous aurait pas effleurées. Les deux doigts font le V de la victoire.

C'était le 15 août 1960. La nuit de l'Indépendance. La nuit des espoirs. Des espoirs insensés, soupiraient les parents.

Pour Pélagie et moi, il s'agissait plus d'une occasion de réjouissance que d'une date historique.

Attroupés sur la place de la Mairie, nous chantions, battions des mains, damions le sol de nos pieds. Pinçant leurs instruments électriques dernier cri, des musiciens en tenues chatoyantes imitaient les notes plaintives des guitares hawaïennes. Leurs sons se mêlaient au roulement des tam-tams et aux mélodies des groupes traditionnels.

À côté de nous, un rythme saccadé : les Babembés. Ils trépignent et sautillent à la manière des enfants jouant au *dzango*, notre marelle. Un jeune homme accomplit des prouesses. Il arrête sa danse, pivote, barre le chemin à une jeune fille. La coquette joue les indifférentes et s'enfuit. L'entêté la poursuit, la rattrape. Elle le toise. Une séquence malicieuse déclenche les rires. Danseurs et spectateurs se renversent de bonheur, tapent dans leurs mains, pivotent, topent avec leur vis-à-vis.

Les Bacongos, ou les Balaris — je confondais ces deux tribus cousines et Pélagie s'en irritait —, miment des scènes de copulation. Sifflet à la bouche, un meneur de jeu donne la cadence, accélère le rythme, pousse les partenaires à bout de souffle. La crudité de la scène me choque. En même temps, me fascine. Les femmes s'agitent frénétiquement, la mine indifférente. Des condamnées aux travaux sexuels.

Encore plus loin, les Batékés en tenues écarlates avancent d'un pas royal. Les joues gonflées, leurs musiciens soufflent dans des cornes de bœuf. Ils en tirent le son des sirènes des bateaux. Autour d'eux, des hommes et des femmes traînent des pieds en ondoyant du buste.

Le kébékébé des M'Bochis, dissimulé sous un pagne en raphia, tournoie à la vitesse d'une toupie, tandis que les Kouyous présentent une chorégraphie guerrière, la fameuse danse Ekonga.

C'est Pélagie qui m'avait entraînée sur la place de la Mairie.

Lorsqu'elle avait plaidé mon cas, Papa avait d'abord rechigné. Maman était venue à la rescousse. C'était le jour de l'Indépendance, non ! Une occasion unique.

J'obtins la permission de minuit.

« Cela n'a pas de sens, vieux. »

Chez nous, il n'est pas impertinent d'appeler « vieux » une personne âgée. Traduit en langue, cela donne doyen, pater familias, ou vénérable.

« Cela n'a pas de sens, vieux, c'est à minuit que tout commence. »

Une fois encore, Pélagie avait eu le dernier mot.

Avant minuit, un maître de cérémonie endimanché s'est approché du micro. Il avait l'accent kongo. Lari, corrigea Pélagie.

Poli, puis implorant, finalement sévère, l'homme ne réussissait pas à capter l'attention des danseurs. La foule renâclait à abandonner la récréation. On gigotait des hanches, on balançait des épaules, on reprenait des slogans en s'égosillant, agitait les poings en célébrant des noms de politiciens. C'est peut-être à ce moment-là que la photo du *Courrier d'Afrique* a été prise.

Le maître de cérémonie tapota le micro, réclama l'attention, à la manière de quelqu'un qui s'adonne à des essais de voix. Face à l'indifférence générale, il a abandonné le français pour s'exprimer en langue, faisant jaillir de la foule un cri de satisfaction. Pélagie me traduisait son propos. Pas en lingala qu'elle parle couramment, mais en français. La langue de nos secrets.

À l'unisson, la foule a décompté les secondes qui nous séparaient de minuit.

« … 3… 2… 1… Oyé, oyé, oyé ! »

Oyé ! Qui donc avait lancé la mode de cette interjection stupide ? Depuis quelque temps, elle s'était substituée à bravo, ou à vivat.

Des projecteurs se sont braqués sur le drapeau bleu, blanc, rouge. Au son de *La Marseillaise*, nous nous sommes figés. Un réflexe. Nous la connaissions par cœur, *La Marseillaise*. Aussi bien que la table de multiplication.

On entendait au loin la rumeur des rapides du Djoué.

Flasque, le drapeau français, a glissé le long du mât. Ma gorge s'est serrée. Une émotion absurde.

« … *abreuveu* nos sillons. »

Le drapeau tricolore a disparu derrière une forêt de têtes. La fanfare a joué les dernières notes de *La Marseillaise*. Le chant de guerre avait les accents d'un chant de condamné.

Un chœur en aube blanche a pris place sur l'estrade. « Les Piroguiers du Congo », m'a chuchoté Pélagie. Comme si je ne les avais pas reconnus ! Notamment, le petit Laurent Botséké, dont on disait, chaque fois qu'il entonnait *Suzanna*, qu'il avait le timbre des séraphins. Un filet de voix aussi pur que celui de Tino Rossi, l'idole de nos parents. Tino, le chanteur français au charme envoûtant. Chaque fois qu'il roucoulait *Marinella*, les aînés consentaient à faire une infidélité à la rumba et à exécuter des pas de valse, de tango, de boléro, des danses que nous trouvions drôles.

Devant la chorale, se sont placés au garde-à-vous, des garçonnets et des fillettes en tenue de scouts, le cou noué de foulards à nos couleurs : vert, jaune et rouge.

Des coups de canon ont éclaté et un mouvement de panique a secoué la foule.

« Mam'hé ! encore leur guerre-là !… Comme en 1959 !… »

Dans la bousculade, Pélagie a perdu l'équilibre, j'ai voulu la soutenir, j'ai dérapé, j'ai eu peur d'être piétinée.

Le maître de cérémonie s'égosilla de nouveau. Toujours en lari.

Les cloches des églises Saint-François et Sainte-Anne, puis celles de la cathédrale du Sacré-Cœur, ont carillonné. Ouf ! ce n'était pas la guerre.

Un éclat de rire a parcouru la foule rassurée.

Le long du mât montait un drap aux couleurs de saka-saka

— ou, si vous préférez d'épinard — d'orange et de pili-pili, disposées en diagonale.

Les Piroguiers du Congo, soutenus par la fanfare de la gendarmerie, ont entonné :

En ce jour, le soleil se lève…
Un grand bonheur a surgi…
Chantons tous avec ivresse…

« C'est quoi la chose-là ?

— Notre nouvel hymne, Kimia. »

Pas en langue, mais en français.

À la fin des cent un coups de canon, les orchestres se sont remis à jouer avec plus d'entrain. Scandalisé, le maître de cérémonie a vociféré quelque chose d'incompréhensible. Pélagie m'a traduit : si nous ne mettions pas un terme à ce raffut, les *Mindélés* (les Blancs) nous prendraient pour des sauvages, hisseraient à nouveau le drapeau bleu, blanc, rouge, et nous confisqueraient la Dipanda.

« Du petit-nègre !

— Mais non, me reprenait Pélagie, non, maman, un créolisme. Un exemple de notre génie créateur. »

C'était répéter ce qu'affirmait l'un de nos professeurs, M. Franceschini.

Le maître de cérémonie réussit à se faire entendre :

« Son Excellence Monsieur le Ministre *Andélé* Malraux, représentant du général de Gaulle empêché. »

Quelqu'un hurla :

« Papa de Gaulle, oyé !

— Oyé ! »

La foule surexcitée reprit trois fois ce maudit cri de victoire.

Un Blanc s'est avancé vers le micro. Un profil d'aigle, le regard sévère, le visage torturé et le front barré d'une mèche à la Hitler. Pélagie n'a pas goûté l'image. Elle m'a rappelé l'engagement de Malraux durant la guerre. Pas notre guerre, celle de 1959, mais la mondiale.

Malraux scandait son texte avec des gestes théâtraux. Il avait une élocution grandiloquente, un peu vieux jeu.

La sonorisation était mal réglée, j'avais de la peine à comprendre ce que disait sa voix sonore, agitée de trémolos. J'ai failli pouffer.

Pélagie m'a fusillée du regard.

L'orateur agitait les mains, comme s'il était affligé de la maladie de Parkinson. Des applaudissements venus de la tribune officielle l'ont interrompu.

« … ce n'est pas un transfert d'institutions, c'est un transfert de destins… »

« Ouaï, ouaï, ouaï, tu as entendu ça, maman ? » s'est exclamée Pélagie en me bourrant la poitrine du coude. Admiratrice de Malraux, elle m'avait passé deux de ses romans. Ils m'étaient tombés des mains.

Pour ne pas avoir l'air sotte — et ne pas peiner Pélagie — j'ai moi aussi applaudi et répété « oyé ! » avec les autres.

À la fin du discours du ministre français, un homme de petite taille, au visage poupin, l'a rejoint et lui a secoué plusieurs fois la main. Il rayonnait et avait l'attitude reconnaissante d'un supporteur fier de poser à côté de son champion. Je n'avais aucune peine à le reconnaître : l'abbé Youlou, notre nouveau président. Il ressemblait à son effigie. On la voyait de plus en plus dans les lieux publics et sur les affiches. Il était vêtu d'une soutane ivoire.

Pélagie m'a redonné un coup de coude et m'a murmuré qu'il les faisait tailler chez Dior.

Les premières phrases du discours de l'abbé étaient couvertes par le jacassement de la foule. Sans être original, son texte avait de la tenue pourtant. « Rédigé par un *Moundélé* », a murmuré Pélagie.

Des applaudissements de politesse ont salué la dissertation sur le thème de la liberté, la souveraineté et la coopération. À la fin un aide de camp a subtilisé le papier de l'abbé et l'a rangé dans un sous-main. L'abbé (le Président ! m'a corrigée Pélagie) a lancé quelque chose à la cantonade. Comme c'était en lari, une partie de la foule a poussé un cri de satisfaction. L'abbé a esquissé un sourire attendrissant et s'est lancé dans une adresse en langue. Un patois qui m'était aussi incompréhensible que le norvégien, le javanais ou le quechua. Le débit de l'orateur était si rapide que Pélagie ne me traduisait que des bribes du discours. Un tonnerre d'applaudissements a salué le nouveau maître du pays. L'ovation était accompagnée de « oyé ! », de youyous, de roulements de tam-tams.

Le maître de cérémonie a repris la parole pour obtenir l'attention de la foule. C'était peine perdue.

Une projection de perles lumineuses, d'étoiles filantes, de gerbes de feu a illuminé le ciel, saluée par des cris de joie, des acclamations et de ces maudits « oyé ! ».

Les tam-tams ont repris. Ça tapait, tapait, tapait, papa !... Ça roulait ! Une femme, son bambin dans le dos, pivota sur elle-même et, les yeux mi-clos, leva les bras, ouvrit la main, agita frénétiquement ses doigts.

Autour de moi, les corps dégageaient une odeur de musc.

Pélagie ne m'a pas vue partir.

Après avoir quitté le quartier européen, je me suis engagée dans l'avenue de Paris, jusqu'au coin de la rue Mbaka.

Dans les bars grouillait une foule en liesse. On trinquait au cri de « Dipanda ».

Les haut-parleurs de la terrasse braillaient *Indépendance cha-cha !* Un succès de l'orchestre African Jazz, composé pour célébrer, un mois et demi plus tôt, l'indépendance du Congo belge. Un air entraînant aux paroles mièvres. Une série de litanies qui enfilait les noms de dirigeants politiques et de leurs partis : Bolikango, Kasavubu, Lumumba, Kalondji, Bolya, Moïse Tschombé, Kamitatu, Essandjo, Mbuta Kanza… l'Abako et le MNC. La musique et le rythme donnaient envie de se trémousser.

Sur le trottoir, un homme chancela, esquissa une révérence piteuse pour m'inviter à l'accompagner dans le dancing. Je l'ai esquivé, l'arsouille en a perdu l'équilibre.

« Oh, mais c'est quoi, maman ? Viens biguiner, ko. À la prochaine Dipanda nous ne serons plus de ce monde, la belle. »

De l'autre trottoir, je l'ai observé à la dérobée. Quoique débraillé, et traînant la savate, il dansait avec élégance et souplesse.

Indépendance cha-cha,
To zoui, ô !

Des taxis filaient sur l'avenue de France, klaxonnant à qui mieux mieux, et, par les fenêtres des véhicules, des mains brandissaient des fanions aux nouvelles couleurs de la nation : vert, jaune et rouge en diagonale.

« Dipanda, oyé ! »

Cela n'en finissait pas. La ville baignait dans la joie de Dipanda. Elle s'en grisait, s'y complaisait, y macérait.

La bande s'était donné rendez-vous chez Macédo, un dancing à la mode du quartier Bacongo. La bande, c'est façon de parler. À part Pélagie, mon frère Georges, son ami Floribert, je ne connaissais personne : une cousine de Pélagie, venue de Léopoldville pour les vacances, un « sapeur » en chemise rose bonbon, pantalon beurre, veste tennis noire et cravate lavande. Quelques autres que j'ai oubliés. Le sapeur arborait sur le poignet de sa veste la marque d'un couturier. Pensant qu'il s'agissait d'une distraction, Pélagie le lui fit remarquer. En langue et à voix basse. L'autre répliqua :

« C'est volontaire, maman. La griffe s'affiche. Faut qu'on sache que c'est du Biderman. »

Biderman ? Pélagie fit la moue. Par les boursiers qui, à chaque saison sèche, revenaient de France, nous connaissions les tailleurs les plus célèbres du Quartier latin : Blima, Guy Taylor et Boghosian. Ils habillaient les zazous, la version étudiante des sapeurs. Mais Biderman, nous ne connaissions pas.

Nous n'avions pu nous placer en face de l'orchestre. La soirée, animée par Les Bantous de la Capitale, l'orchestre d'Essous et de Nino Malapet, avait attiré un public inhabituel. Aux *ambianceurs* de Bacongo, s'étaient ajoutés ceux de Poto-Poto et de Matongué, le quartier chaud de Léopoldville, sur l'autre rive. À l'époque les échanges entre Brazza et ce qui est devenu, ou redevenu, Kinshasa étaient réguliers. Il y avait le Congo français, le Congo belge et, dans la population de chacun des pays, des citoyens des deux rives : les ambianceurs.

Une heure avant l'apparition des musiciens, la terrasse de Macédo était bondée. Pélagie a demandé à changer de table. Nous étions trop près des enceintes. Le sapeur trouvait au contraire qu'il s'agissait d'une place de choix.

En face de moi, Floribert me faisait du pied. Il a fait une remarque que je n'ai pas entendue. Il en pinçait pour moi, Floribert, et souffrait de mon indifférence. Comme je ne réagissais pas aux mots doux qu'il m'envoyait (des sonnets de Ronsard qu'il s'attribuait), il avait à plusieurs reprises chargé mon frère Georges de me convaincre. Je répondais que faire la cour à une fille en utilisant un entremetteur était comme de manger son manioc, ou une mangue, en se servant d'une fourchette et d'un couteau.

Floribert n'avait rien du prince de mes rêves.

L'orchestre des Bantous de la Capitale a ouvert le bal par *Soki olingui ambiance*, une rumba des années cinquante. *Si tu veux « ambiancer »...* On disait qu'on la jouait jusqu'à Bruxelles. Le sapeur m'a invitée.

Soki olingui ambiance...

Un morceau qui me faisait tanguer des épaules. Pas pour sacrifier à la mode, mais parce que, en matière de rumba, *Soki olingui ambiance* est l'un des airs les plus aboutis dans l'histoire de notre création musicale. Une réussite tant du parolier que du compositeur. Aujourd'hui encore, quand je la fredonne, à La Nouvelle-Orléans, s'allument sous mes paupières les ampoules des bars de Poto-Poto, de Bacongo, du Kin des années cinquante. L'époque où vivaient encore tous ceux que j'aimais. Comment un galopin, sans le certificat d'études primaires, avait-il composé des paroles aussi justes et une mélodie si bien rythmée? Pélagie m'a fait remarquer que Malraux non plus n'avait jamais décroché son bac. Il faisait même des fautes d'orthographe. La conversation n'a pas été plus loin. Souvent c'était ainsi. Nous échangions de brèves constatations, des réflexions qui avaient les apparences d'arguments et de contre-arguments sans approfondir le débat. C'était comme si nous nous servions de sentences pour nourrir notre méditation. Pas plus. C'était bien.

À la fin du morceau, l'orchestre a entonné une chanson de Patrice et Mario. Un air langoureux, à danser corps contre corps, sans se déplacer, et, comme disait le sapeur, « chic tout chic ». Mon sapeur puait le parfum de mauvais goût. Je lui ai dit que je ne savais pas danser le « chic tout chic ». Il a rigolé. J'ai fait semblant de ne rien remarquer. En me raccompagnant à ma place, pour ne pas perdre la face, le sapeur a posé sa main sur ma taille, comme si j'étais son bien. Une épaule plus haute que l'autre, il avait le port royal et la démarche cérémonielle. Il avait dû s'exercer devant un miroir.

Tous ont commandé de la bière. Primus pour les uns, Polar ou Heineken pour les autres. Il y avait les partisans de la Heineken « cravatée ». Moi c'était de la limonade.

À cause de la sonorisation, j'ai dû répéter ma commande plus fort. Cela a provoqué des ricanements. Sauf de la part de Floribert. Lui non plus ne buvait pas d'alcool, mais du Canada Dry. Floribert était un rugbyman paré d'une certaine notoriété. Son club envisageait de lui obtenir une bourse d'études pour aller se perfectionner en France. À condition qu'il obtînt le bac.

Le sapeur s'esclaffa.

« Rugby ? Comment un nègre...

— Eh, attention, toi, suis pas un nègre, moi. Un homme de couleur, ou un Africain, pas un nègre... »

Le sapeur s'est excusé avant de s'expliquer : pratiquer un sport aussi bizarre — mélange de football, de handball, de boxe et de catch — avec un ballon qui n'était même pas rond, dépassait son entendement. Le sapeur avait les rieurs de son côté.

Le tintamarre des enceintes et le chahut de la tablée ne permettaient pas à Floribert de faire entendre son point de vue. Même s'il m'agaçait à jouer les jolis cœurs, la suffisance du sapeur m'exaspérait. J'avais envie de prendre parti, mais je manquais d'argument. De toute manière, les raisons de Floribert n'intéressaient personne.

L'orchestre a entonné *Ziboula makolo, mama* (« *Ouvre tes jambes, ma chérie* ») un autre succès, un peu grivois, qui émoustillait nos parents. Les garçons sourirent et s'employèrent à se dénicher une cavalière. Comme si les paroles ne suffisaient pas, les hommes dansaient en gigotant des reins de manière obscène. Je veillai à ne pas rencontrer le regard du sapeur. Celui-ci s'est rabattu sur la cousine de Léopoldville. Visiblement une habituée des dancings. Elle effectuait des pas et des figures que nous ne connaissions pas. Nous l'admirions. En matière de danse, Léopoldville était pour les Brazzavillois ce qu'est Paris pour le monde en matière d'élégance et de lumières.

Le morceau n'inspirait pas Pélagie. Trop vulgaire.

Nous avons siroté, elle sa Primus, moi ma limonade. J'en ai profité pour lui demander comment se dansait le « chic tout chic ». Après m'avoir fait répéter, Pélagie est partie d'un rire bruyant en se renversant et en frappant dans ses mains.

« *Cheek to cheek*, ma chère. Pas "chic tout chic". »

Une expression anglaise qui faisait florès. C'était plus chic que de dire « joue contre joue ».

Deux hommes sont venus nous inviter. Ils avaient traversé la véranda pour se poster en face de nous et se courber à la japonaise. Pas des jeunes, de vrais adultes. Sans doute des fonctionnaires. Des évolués. Pour l'indiquer, l'un d'eux arborait à la pochette l'agrafe d'un stylo Parker et l'autre avait planté un bic dans sa tignasse. Refuser aurait été grossier. Accepter était faire un affront au sapeur. Il était en droit de faire un esclandre. Pélagie est intervenue.

« Pardon, papa, pardon : c'est la fin.

— Comment la fin ? »

Le temps de discutailler et les dernières notes de *Ziboula makolo, mama*, nous ont sauvées.

« Vous voyez ! »

Sans plus attendre, Pélagie et moi nous sommes levées pour danser ensemble *Indépendance cha-cha*. Cette rengaine avait plus de succès que le nouvel hymne national.

Sur la piste, chacun dansait seul, pour son plaisir. Un cavalier, ou une cavalière, que je ne connaissais pas, faisait des contorsions devant moi, je lui répondais par des trémoussements inédits. Il abandonnait la partie. Le fonctionnaire au stylo Parker a voulu s'exhiber devant moi. Il a été happé par la foule des danseurs, a disparu et un autre s'est présenté. Parce que le cha-cha-cha se danse sans se toucher, certains s'imaginent qu'il s'agit d'une farandole innocente. Grave erreur ! L'observateur attentif décèle dans la chorégraphie du cha-cha-cha congolais un dialogue malicieux. Le cavalier et la cavalière se défient par des pas et des figures inédits. C'est une danse de dribles et de feintes. Un peu comme au football. Et puis, danser seul, ou seule, ne dure que le temps de la mise en train. Vient le moment où, suivant je ne sais quel tropisme, comme répondant aux consignes d'un meneur de jeu invisible, des couples se forment. C'est Floribert qui m'a prise dans ses bras.

Une pachanga succéda au cha-cha-cha. La pachanga est, paraît-il, d'origine sud-américaine, mais je me demande si les Latino-Américains savent la danser avec notre virtuosité... Avec la même inspiration, avec la même âme...

L'un bombe le torse, tricote des jambes, effectue des pas glissés, façon le mime Marceau, l'autre actionne les bras comme un coureur à pied, exhibe sa croupe, vibre des épaules, défie du regard, attire dans ses filets et, quand le benêt se précipite, la coquine s'immobilise *net*, tient l'homme à distance, le jauge avec dédain, fait la difficile, pose ses conditions, avant de s'enfuir. L'autre la poursuit, la rattrape, lui barre le chemin, la coince, la supplie de l'écouter... si, si, si, un peu seulement, maman. Et l'homme de faire le paon. Un peu comme dans la danse des Babembés l'autre nuit sur la place de la Mairie.

Commence une deuxième manche.

Au bout du compte, la pachanga, est plus suggestive, plus torride, plus dangereuse, que le « chic tout chic ». Un pouvoir plus ensorceleur que les grigris, assurait Pélagie. Des hommes avaient perdu leur femme pour avoir eu l'imprudence de leur permettre de danser la pachanga avec un autre.

Vers une heure du matin, j'ai voulu rentrer. Floribert m'a proposé de me reconduire à scooter.

Pélagie avait déjà filé à l'anglaise. Pour, j'en aurais mis ma main à couper, rejoindre Baraton, un lieutenant parachutiste de l'armée française, au Pam-Pam, le bar chic sous les arcades de l'avenue Foch. En face de la mairie. C'était le rendez-vous préféré des Blancs. Depuis peu, on y admettait les Noirs, même si on les accueillait froidement. Pélagie et Baraton s'enlaçaient dans des tangos et des slows, les yeux clos, *cheek to cheek*. Cela faisait bouillir leur sang. Quand le désir atteignait son paroxysme, Baraton entraînait sa cavalière au Petit Logis. Pélagie me confiait qu'elle n'avait jamais connu ça ! Un feu d'artifice ! Ponctué de gerbes lumineuses qui lui arrachaient des cris à en réveiller tout l'hôtel. À croire que Baraton avait payé quelque clairvoyant de Talangaï pour faire traverser son corps d'éclairs et de courants électriques. Pélagie se sentait ficelée et répétait qu'elle avait beau se raisonner, elle avait l'homme-là dans la peau. Une expression qu'elle avait apprise en écoutant Édith Piaf sur Radio Brazzaville.

Pour combien de temps ce flirt encore ?

Baraton appartenait au régiment de parachutistes basé à Maya-Maya. Les éléments du corps restaient rarement plus de deux ans à la colonie. Or les jeunes, les syndicalistes et les étudiants murmuraient de plus en plus fort que ce n'était plus la colonie ; que, pour avoir une indépendance totale, il ne suffisait pas d'arborer un drapeau, de chanter un hymne et d'avoir un gouvernement ; qu'il fallait « couper le lien ombilical », nettoyer le pays des bases militaires françaises ; que ces troufions qui roulaient les mécaniques constituaient une offense et un anachronisme de plus en plus intolérable. Mes appels à la prudence n'avaient aucun effet sur Pélagie. Elle haussait les épaules. « Bof, c'est comme la vie. On sait que ça ne dure pas, que ça se terminera, qu'un jour on finira charogne. Est-ce une raison pour ne pas préparer son bac, pour ne pas se bâtir un foyer, pour ne plus composer des rumbas, des cha-cha-cha et des pachangas ? Si l'on baissait les bras sous prétexte qu'on est mortel, on s'étendrait par terre et l'on se laisserait crever. Même les bêtes n'abdiquent pas ainsi. »

Je la mettais en garde contre une grossesse, qui compromettrait et ses études et notre projet d'aller un jour là-bas, sur le Boul'Mich', comme Césaire et Senghor. J'ajoutais qu'accoucher d'un enfant métis, dans un pays indépendant, où il faudrait de plus en plus donner la preuve de son patriotisme et de ses origines, c'était s'attacher un boulet à la cheville. Elle me traitait de raciste, me rétorquait qu'elle savait comment se prémunir ; qu'elle appliquait la méthode Ogino, combinée à l'absorption d'une décoction dont elle tenait le secret d'une vieille maman.

Avec mon pagne, je n'avais d'autre choix que de monter en amazone sur le scooter de Floribert. Une Lambretta, à l'en croire, plus performante que la Vespa. La position en amazone, comme Audrey Hepburn dans *Vacances romaines*, oblige à ceinturer le conducteur. Je sentais les abdominaux de rugbyman de mon cavalier et prenais plaisir à les palper.

La nuit était fraîche, une brume légère flottait sur la zone de la Patte-d'Oie. Je me suis plaquée contre le dos de Floribert. De son corps montaient des effluves de sueur et de parfum évaporé. Pourquoi avait-il choisi ce trajet : emprunter la nouvelle artère qui reliait Bacongo au plateau des Quinze-Ans, en passant devant le camp de la gendarmerie et la forêt de la Patte-d'Oie ? Il aurait été plus simple de traverser le Plateau, un quartier aux rues bien éclairées et où, depuis l'Indépendance, les Noirs pouvaient circuler la nuit. Nous serions arrivés directement à l'École ménagère, puis au rond-point de Poto-Poto, à quelques pas de chez moi.

Il y avait, au carrefour de la Patte-d'Oie, en face du jardin zoologique, une petite forêt. Le poumon de Brazzaville, répétait de manière emphatique notre prof de sciences nat.

Aujourd'hui, ce bosquet existe encore. Une forêt d'eucalyptus. À l'époque, c'était une forêt tropicale primaire.

Floribert a quitté la chaussée pour s'y engager. Les ornières du sentier secouaient la Lambretta. J'avais peur. J'ai toujours eu peur de la brousse et je n'avais guère confiance en Floribert. Pourtant, je me suis serrée plus fort contre lui. Il s'est mépris sur mon réflexe et a lâché le guidon pour me passer sa main sur la mienne. J'ai failli sauter du siège et courir pour rejoindre le « goudron », mais j'étais encore plus terrorisée à l'idée de me retrouver seule dans la forêt ; je n'aurais pas été sûre de prendre la bonne direction pour m'en sortir ; j'aurais pu tourner en rond, sans retrouver le « goudron ». De tas de contes et d'histoires vraies faisaient état de voyageurs qui, voulant s'échapper de la forêt, avaient marché, marché, marché, « jusqu'à fatiguée » et y étaient morts d'épuisement. Ou bien avaient été dévorés par les fauves. Quelques années plus tôt, une panthère n'avait-elle pas semé la panique dans la forêt de la Patte-d'Oie.

« Où m'embarques-tu, Floribert ?

— Un raccourci.

— Quel raccourci ? Pardon, Floribert, pardon, rebroussons chemin, reprenons le goudron, ko ! »

Le goudron est, en frangolais, la route bitumée.

« Merde, alors.

— Eh ! quoi encore ?

— Panne sèche, maman. »

À mon tour, j'ai dit « merde ». Cela a fait rire Floribert. Dans sa tête, les filles ne disaient jamais merde. En tout cas (Floribert prononçait *atouka*), pas une fille du lycée Savorgnan-de-Brazza. Le juron m'avait échappé parce que, en sautant du scooter, j'avais cassé le talon de ma chaussure et m'étais tordu la cheville.

Floribert a ôté sa veste, l'a étendue au pied d'un arbre et m'a déposée dessus, en m'adossant au tronc. Il m'a massé la cheville. Avec attention et délicatesse. Comme un masseur de métier. Cela me soulageait. Il s'est rendu compte de son pouvoir et a dit qu'il fallait insister pour consolider la guérison. C'était agréable d'être massée par ses doigts de rugbyman. Il le faisait avec douceur et une sensation de bien-être montait le long de ma jambe, de ma cuisse, se diffusait dans tout mon corps, me faisait frissonner. Floribert a dit qu'il fallait, pour être complet, masser aussi le mollet. J'ai tapé sur son bras et rabattu mon pagne. Ce n'était plus des massages, mais des papouilles qu'il me faisait le bandit-là.

Comment s'y est-il pris ? Toujours est-il que je me suis retrouvée dans ses bras, tremblante, frémissante. Il murmurait des mots rassurants, Floribert. Tantôt en langue, tantôt en français. Et moi, je tentais de le repousser. Mais, je vous jure, maman, quelle puissance dans l'enfant-là ! Des muscles d'acier. Il devait, à l'occasion des mêlées, faire ployer comme un rien le mur de l'équipe adverse. Pas brutal, pourtant. Et moi de crier.

« Pas si fort, Floribert, j'étouffe, ko ! »

Le gaillard a desserré son étreinte sans me lâcher. J'ai voulu me libérer, mais il m'avait coincée et ses lèvres cherchaient les miennes. Moi, je tournais la tête et me raidissait, comme une patiente sur un fauteuil d'arracheur de dents.

« Ah ! je comprends. Pas assez beau pour mademoiselle. »

J'ai haussé les épaules. Doucement et d'une manière un peu bébête. Il ne desserrait pas ses bras, l'animal.

« Pas assez riche ! »

J'ai à nouveau haussé les épaules.

« Pas assez de diplômes, hein ? »

Il disait des sottises, Floribert. Il recourait à une tactique que j'avais vu utiliser dans des romans-photos. J'ai fini par fléchir. Pas de moi-même, je le jure. Mais vaincue par une force supérieure. Seules des Congolaises, ou des Africaines, peuvent comprendre mon explication. Pas les Européennes. C'était le surnaturel, qui m'avait terrassée. Il devait porter sur lui un grigri, Floribert. Au nom de Descartes, les Mindélés écartent toute explication par le surnaturel. Pourtant…

Je me suis serrée contre Floribert en posant ma joue sur sa poitrine. Parce qu'il est dangereux de s'opposer au surnaturel. En plus, il avait des pectoraux, Floribert. Normal, on ne joue pas au rugby sans des paquets de muscles. Mais il n'en menait pas large, lui non plus, Floribert. En collant mon oreille contre sa poitrine, j'entendais son cœur. Ça cognait aussi fort qu'un pilon dans un mortier. Une expression m'est venue à l'esprit. Pas de chez nous, mais que, une fois encore, j'avais lu dans des romans : son cœur battait la chamade. Autant que le mien. Mais les mâles cachent leurs émotions comme s'il s'agissait d'une faiblesse.

Le surnaturel me chuchotait que c'était le moment de sauter le pas, de « voir le loup », comme disaient nos condisciples européennes. J'ai résisté, mais au milieu de cette forêt le surnaturel se trouvait dans son royaume. J'étais anesthésiée, paralysée, incapable de me défendre. J'ai offert mes lèvres en pensant que, si je cédais, Pélagie ne me taquinerait plus sur ma virginité. Tant qu'à faire ne valait-il pas mieux faire ça avec Floribert qu'avec un inconnu qui peut vous donner la maladie. Ou avec un hurluberlu que, pour des raisons de bienséance, ma famille m'imposerait comme fiancé.

J'ai tendu mes lèvres à Floribert. Il les a baisées sans ouvrir les siennes. Un vrai villageois, le rugbyman-là ! Quoique novice en la matière, j'en savais plus que lui : il faut ouvrir la bouche et jouer de la langue quand on embrasse sur les lèvres, non ? Il suffisait d'aller au cinéma et de voir comment Errol Flynn s'y prenait avec Olivia de Havilland. Bon, les films n'avaient pas de sous-titrage pour expliquer comment faire la chose, mais on devinait. Sans ce jeu de langue, le baiser n'aurait aucun intérêt. Il ne tourne pas la tête. Pélagie m'avait laissé entendre dans quel état cela vous transportait. Mais ce n'était pas à moi d'expliquer la chose à Floribert. Il m'aurait prise pour une délurée ou, comme on dit et comme il disait, le bandit-là, pour une « voyelle ». Un mot plus joli que femme voyou.

Lui voulait aller plus loin. Il a tenté de dénouer mon pagne. J'ai brusquement été prise d'un sursaut. Non, non, non. Pas avant le mariage.

« Attendre le mariage !... comme si l'on achetait une Lambretta sans l'avoir au préalable enfourchée ?

— Écoute, moi, je ne suis ni une jument, ni un scooter, ni une marchandise. On ne m'enfourche pas.

— Bien sûr, maman, bien sûr. C'est manière de parler... On n'achète pas un disque microsillon sans l'avoir au préalable écouté. »

Il approchait son visage du mien, je tournais la tête. Il disait des bêtises, Floribert, mais troublantes, sensées, convaincantes et moi j'avais peur. Une idée m'a traversé l'esprit ; j'ai dit que j'avais mes règles. Il a desserré son étreinte.

Toucher à une femme durant cette période constitue chez nous un sacrilège. Le surnaturel peut vous foudroyer, oui.

Quand j'ai raconté la chose à Pélagie, elle m'a traitée de gourde.

« Tu ne vas pas demeurer pucelle toute ta vie.

— Jusqu'à mon mariage, monsieur. »

Floribert a fermé les paupières, haussé les sourcils et poussé un soupir de lassitude.

J'étais fière que mon surnaturel ait pris le dessus sur celui de Floribert.

C'est à Savorgnan que j'ai fait la connaissance de Pélagie. Savorgnan est le nom du fondateur éponyme de notre capitale, M. Pierre Savorgnan de Brazza.

D'origine italienne, c'est un Français de fraîche date lorsqu'il découvre le pays Téké où il rencontre celui qui le rendra immortel, le souverain des Batékés. Un peuple où roi se dit *makoko*. Les Français, qui ne comprenaient rien à nos coutumes, indiquaient dans nos manuels d'histoire que Savorgnan de Brazza signa un traité avec le roi Makoko !... Une redondance...

Nous abrégions en parlant du lycée Savorgnan tout court. Un établissement bâti au début des années cinquante à l'intention des fils de colons. Exclusivement.

Au fur et à mesure que le terme « indigène » tombait en désuétude et que nous devenions des Africains, nous y avons été admis. Au compte-gouttes.

Comme la ville entière, notre lycée tournait le dos au Congo. Un fleuve dont la Seine, la Loire, le Rhône et la Garonne sont des répliques amusantes. Nous aimions à le souligner. Pour une fois où nous dépassions la métropole ! En amont de Brazza, dans cette partie qu'on nomme le Stanley Pool, le Congo prend une allure d'océan. J'ai passé des heures à le contempler. Mes yeux dans ses yeux, en silence, à la manière d'amoureux insatiables. Qui sait prendre patience entend son murmure, apprend sa langue, dialogue avec lui, obtient ses confidences. Un trésor est caché dedans.

Souvent, aux heures de permanence, Pélagie m'accompagnait sur ses berges, du côté de la Case de Gaulle. Nous y révisions nos leçons, devisions, nous posions des questions. Par exemple, si le pays avait lui aussi des princes charmants.

Le lycée est constitué d'une série de Lego immenses, jaune pâle, de forme parallélépipédique. Sur la façade d'entrée une dentelle de ciment, la seule fantaisie du bâtiment. Savorgnan est une boîte en béton tropicale. Un bahut. À l'époque, une prison. Quand je l'ai quitté, j'ai trépigné de joie.

Aujourd'hui, il me poursuit dans mes rêves. Des êtres étranges m'y menacent et je me présente aux épreuves du bac sans avoir révisé mon programme.

Chaque fois que je reviens au pays, je passe devant Savorgnan avec émotion. C'est ma maison natale.

En sixième, nous n'étions que deux Noires : Pélagie et moi. Des curiosités : tenues à distance par nos condisciples blancs, nos congénères noirs nous trouvaient drôles, nous intriguions nos professeurs. Cette double ségrégation nous rapprocha, nous stimula. Nous fîmes équipe. De la sixième à la troisième, nous nous asseyions sur le même banc. Après le brevet, Pélagie a opté pour la série A, latin-grec, moi pour la série C, latin-sciences. Elle envisageait de devenir avocat, moi médecin. Les deux métiers que nos parents considéraient comme des investissements pour leurs vieux jours. L'un pour soulager leurs rhumatismes et prolonger leur vie, l'autre pour défendre leurs droits. Deux métiers qui, disait-on, assuraient considération et vie aisée.

À la tombée de la nuit, sous un papayer, en contrebas du monument à la gloire de Savorgnan de Brazza et de ses compagnons, sous le regard du fleuve, nous avons accompli la cérémonie du mélange des sangs. Dans le plus grand secret ; nos parents y auraient vu un sacrilège : elle était *lari* (sudiste), moi *ndjem* (nordiste).

Pourquoi me sentais-je plus proche d'une enfant de Bacongo que de mes congénères de Poto-Poto ? Pourquoi ne reproduisions-nous pas les modèles pratiqués par nos parents : nous retrouver, chacune de son côté, dans des *mouzikis* et des *tontines*, ces associations féminines de solidarité dont les membres se vêtent de pagnes uniformes, parlent un même patois, perpétuent les danses de leur tribu ? Quelle était la source de nos liens ? Notre commun penchant pour la lecture ? Mais nous n'avions pas les mêmes goûts. Elle affectionnait les auteurs truculents, provocateurs, engagés, marginaux ; moi, les classiques et les romantiques... Des différences qui permettaient des échanges, des découvertes. Qu'on ne s'y trompe pas, nous n'étions pas des bas-bleus. Nous aimions la rumba, le cha-cha-cha et la pachanga. Nous nous tenions à jour sur la mode et les dernières tendances. Comme les autres jeunes filles, nous nous échangions des romans-photos. Alors pourquoi cette harmonie ? Parce que c'était elle, parce que c'était moi ? La formule de Montaigne ne lève pas le mystère, il le prolonge ; il élude la question.

L'entrée en première correspondit à l'arrivée d'un étrange « débarqué ». Épithète dont les Mindélés (un Moundélé, des Mindélés) affublaient les bizuths des colonies ; des Jean de la Lune qui respectaient les indigènes, convaincus de leur nature humaine et du fait qu'ils étaient doués des mêmes capacités que les Blancs !

Les méthodes de cet enseignant tranchaient avec celles de ses collègues. Il inaugura son cours de langues anciennes par une épreuve de thème latin. Seul un élève, ancien séminariste, obtint la moyenne. Pélagie, premier prix de latin de l'année précédente, en fut mortifiée. Que le peloton de la classe reçût des notes négatives ne la consolait pas. N'allait-on pas lui supprimer sa bourse? Elle était surtout fâchée d'avoir perdu la face devant les garçons. En rendant les copies, le « débarqué » affichait un sourire sardonique :

« Je vois qu'il y a des températures sibériennes sous les tropiques ! »

Puis, reprenant un ton sérieux, il déclara que l'Indépendance exigeait l'excellence ; qu'il était déterminé à nous extraire de la médiocrité ; à ne pas se montrer complaisant.

Il débuta le cours de français par une annonce : il n'achèverait pas le programme. Il préférait des têtes bien faites à... La classe termina la citation en chœur en clamant fièrement le nom de son auteur. À une course contre la montre, il préférait une plongée dans quelques textes. Il voulait nous apprendre à les savourer, à lire nous-mêmes les auteurs du programme (dans le texte, pas des extraits), dussions-nous en détester certains.

« Détester des classiques, jeunes gens, est un signe de santé mentale. La preuve d'une liberté d'esprit. À condition d'être capable d'argumenter votre rejet. »

Le « débarqué » nous désarçonnait et nous fascinait. Nous le détestions, mais ne le chahutions pas et celui qui manquait l'un de ses cours en ressentait de la frustration. Au début, je n'étais pas dans sa classe, mais, à force d'écouter les relations de Pélagie, je me prenais à me considérer comme une élève de Franceschini. Qu'il fallait prononcer Francheskini. Un métèque, murmuraient certains fils de colons avec dédain. D'origine italienne, ou corse. Les Corses formaient un réseau dans les colonies. Une mafia qui avait ensemencé l'Afrique-Équatoriale française (l'A-EF) de métis, « nés de pères inconnus ». Lui était fier d'être bâtard, car bâtard ou « pur-sang », nous descendions tous d'un ancêtre commun :

le singe. D'ailleurs, confia-t-il, *il Franceschini* (en je ne sais plus quelle langue) signifiait « le petit Français ».

Pendant les récréations, au cours des heures de permanence que nous allions passer au bord du fleuve, sur le chemin de l'école ou de la maison, Pélagie me décrivait les cours de Franceschini. Des séances passionnantes.

Quand je trouvais son compte-rendu trop succinct, je la relançais par mes questions.

Pélagie me montrait ses sujets de dissertation. « La femme est-elle l'égale de l'homme ? », « Comparez l'amour dans la chanson congolaise à l'amour dans la poésie française », « Madame Bovary est-elle imaginable au Congo ? », « L'image du Noir chez Senghor et chez Joseph Conrad »...

Un jour, je frappai à la porte du censeur : je voulais changer de série, devenir élève de Franceschini.

« Ce n'est pas à vous de décider, mademoiselle.

— À qui donc ?

— À vos parents... Pourquoi ricanez-vous ?

— Je ne ricane pas, monsieur le censeur, je ris.

— Et pourquoi donc ?

— Mes parents ne comprennent pas...

— Ne comprennent pas quoi ?

— La différence de programme entre deux séries. »

Le changement de classe me stimula et mes notes entretenaient cet état de grâce. Pélagie grimaçait. J'étais sa meilleure amie, mais sa rivale en classe.

Habitués à mémoriser et bachoter, nos condisciples étaient désorientés par les méthodes de Franceschini. Mais ses cours nous subjuguaient. Nous n'aurions pas ses sujets de dissertation au bac ? La belle affaire ! ils nous concernaient.

Sans vergogne, Franceschini transformait le cours d'instruction civique en une heure de lecture. De sa voix bien timbrée, il nous lisait des extraits de *L'Étranger* de Camus, du *Discours sur le colonialisme* d'Aimé Césaire, de *Gouverneurs de la rosée* de Jacques Roumain. Un moment d'enchantement fut la lecture du poème de René Depestre, *Rendez-vous à Berlin*. Deux vers me coupèrent le souffle :

… l'homme qui se rase avec un tesson de bouteille,
l'homme qui ne sait pas que la Terre tourne…

Ce jour-là, Franceschini commença son cours d'une voix à peine audible. Il fallait tendre l'oreille. Par gradations, il amplifiait sa voix, mâle et bien timbrée, et en jouait tels ces prêcheurs des Églises baptistes.

« Votre attention, jeunes gens... suivra une question !

— Le vainqueur aura une sucette ? »

Franceschini ignora le chahuteur et reprit :

« Je suis un Noir ! »

Il marqua une pause et, après avoir balayé la salle du regard, planta ses yeux dans ceux de ma voisine, Pélagie, puis dans les miens.

« Je suis un Noir ! »

Un frisson me parcourut.

« Un Noir n'a-t-il pas deux yeux ? Un Noir n'a-t-il pas des mains, des organes, des proportions, des sens, des affections, des passions ? Ne se nourrit-il pas de la même nourriture que vous ? N'est-il pas, comme les Blancs, sujet aux blessures des armes ? N'est-il pas sujet aux mêmes maladies, guéri par les mêmes remèdes, échauffé et refroidi par le même été et par le même hiver qu'un Blanc ? Quand vous nous piquez, croyez-vous que nous ne saignons pas ? Quand vous nous chatouillez, croyez-vous que nous ne rions pas ? Quand vous nous empoisonnez, croyez-vous que nous ne mourons pas ? Et quand vous nous outragez, croyez-vous que nous ne nous vengerons pas ?... Quand un Blanc est outragé par un Noir, où place-t-il son honneur ? À se venger !

Quand un Noir est outragé par un Blanc, dans quoi doit-il... placer son honneur ? Eh bien, à se venger ! »

Franceschini a hurlé comme un acteur. Comme s'il était lui-même un Noir.

« La perfidie que vous m'enseignez, je la pratiquerai, et je serais fâché de ne pas surpasser mes maîtres. »

Certains ont applaudi. D'autres ont poussé des « chut ! » et des « ahaha ! » pour rappeler qu'il était inconvenant de manifester dans un cours. Ils voulaient, *sacré de dieu*, entendre la suite.

Franceschini laissait faire. Il observait. Aucun rappel à l'ordre.

« Alors, jeunes gens, de qui est ce texte ? »

Plusieurs doigts se tendirent et quelques-uns claquèrent :

« Moi, m'sieur. Moi, m'sieur... »

Comme dans une salle d'école primaire.

« Léopold Sédar Senghor.

— Non, Aimé Césaire ! »

Franceschini secoua la tête en souriant.

« Ni l'un ni l'autre.

— Bernard Dadié.

— Non plus... Allons, ne nous décourageons pas... Je suis sûr que vous savez... Encore un petit effort, mesdemoiselles et messieurs. »

Après un moment d'hésitation, une jeune fille se leva :

« Langston Hughes !

— Qui ça ? grognèrent des voix mâles.

— Langston Hughes... Expliquez-leur, mademoiselle, qui est Langston Hughes ».

Embarrassée, l'élève bredouilla quelques phrases que Franceschini compléta.

« C'est bien de connaître Langston Hughes, mademoiselle. Malheureusement… »

Suivit un silence pesant, tandis qu'un sourire mystérieux flottait sur les lèvres du professeur.

« Vous donnez votre langue au chat ? »

L'expression « donner sa langue au chat » ne nous était pas familière. Nouvelle explication, avant de nous assener la réponse.

« Shakespeare !… Un extrait du *Marchand de Venise*… Bon, j'ai triché. À vrai dire, à peine. Je devrais dire *d'après* Shakespeare. »

Il avait changé deux mots du texte original. « Juif » avait été remplacé par « Noir » et « chrétien » par « Blanc ».

Quelqu'un a brisé le silence. L'un des dirigeants de l'Ugec, l'Association des étudiants et lycéens congolais.

« Mais, le Shakespeare-là, quelle solution propose-t-il à ces injustices, monsieur ?

— L'écrivain n'a pas vocation à fournir des solutions, mais à poser des questions. »

On frappa à la porte. Un planton intimidé a tendu une enveloppe à Franceschini.

Celui-ci a consulté sa montre et griffonné une réponse.

« Revenons à Shakespeare, c'est là qu'est l'actualité. Celle qui vous aidera à déchiffrer le monde. »

Nous admirions son aisance. Certains auraient voulu percer son secret afin de pouvoir, un jour, à leur tour, tenir les foules en haleine. Car, pour les garçons, la parole était plus efficace que le texte. Proprement maîtrisée, distillée avec science, maniée avec talent, elle constituait la source de la puissance et de la gloire. Le moyen grâce auquel on émergeait, s'affirmait, soumettait les autres à sa volonté, les dirigeait. Nous évaluions les politiciens à leur capacité à capter l'attention, avec ou « sans papier », accordant nos suffrages non pas à ceux qui ânonnaient leur texte, mais aux hommes libres qui, comme les prêtres et les pasteurs, s'exprimaient en puisant les mots dans leur poitrine et possédaient l'art de convaincre par la clarté de leurs idées. Ceux qui rendaient simples les questions compliquées. Nous idolâtrions les tribuns qui avaient le sens du mot juste, qui savaient jouer des paraboles puisées dans les adages ancestraux et semaient des brandons dans nos esprits. Nous en avions peu.

Dans la salle, les élèves ne lâchaient plus M. Franceschini des yeux. Jetait-il ou non un regard sur ses notes ? Quel était donc son secret, son fétiche ?

Le billet apporté par le planton l'avait perturbé.

Je l'ai observé. Il s'est vite repris, est descendu de l'estrade, a soupiré, contrôlé le rythme de sa respiration, fait les cent pas, tantôt dans l'espace compris entre son bureau et les premières tables, tantôt en s'engageant dans les allées.

On a frappé à nouveau à la porte. Cette fois-ci c'était le proviseur ! La classe s'est levée. Le crissement des chaises contre le sol m'a fait mal aux dents.

Le proviseur s'est entretenu à voix basse avec Franceschini et les deux hommes sont sortis. Il y a eu un flottement dans la salle et, invités par le surveillant général, nous sommes sortis dans la cour.

De loin, nous avons aperçu Franceschini, entre deux gendarmes. Ils l'ont escorté dans le couloir, avant de le faire monter dans leur jeep.

À Savorgnan, à Poto-Poto, à Bacongo, le bruit de l'arrestation de Franceschini se répandit : il aurait été fourré *manu militari* dans le premier avion à destination de Paris. Un Noir embastillé, c'était le lot commun, mais un Blanc… Dipanda ne cesserait de nous surprendre…

Le président de la section Savorgnan de l'Association des étudiants et lycéens congolais nous réunit : nous manifesterions en faveur de notre professeur.

En fait, Franceschini réapparut le lendemain, fit son cours sans allusion à l'incident de la veille. La manifestation étudiante fut décommandée.

C'est plus tard que j'ai pu reconstituer les faits.

Malgré ses airs de gentleman imperturbable, le proviseur s'était affolé.

« Vous êtes sûr, M. Franceschini, de n'avoir pas manqué de respect à une personnalité de ce pays ? Avec les changements politiques, ces gens-là sont devenus sourcilleux. »

Les gendarmes avaient escorté Franceschini chez le ministre de la Justice. Pourquoi ? Ils n'avaient pas de réponse. Ils exécutaient des ordres. Durant le trajet, dans la jeep, Franceschini avait imaginé mille hypothèses. Quel propos répréhensible avait-il tenu ? À qui, où, quand ? Était-il victime d'une machination ? Lors de la semaine d'information, organisée par la Coopération à Bordeaux, on les avait mis en garde contre la paranoïa qui sévissait dans les anciennes colonies. Un mot mal compris, une plaisanterie à connotation suspecte, une expression dont le sens était différent de celui qu'il possédait en France, ou bien simplement le désir de donner des gages de patriotisme en échange de quelques pourboires que distribuaient les services de sécurité à des indicateurs sans scrupules… et hop !

Le ministre de la Justice était une figure pittoresque. Un ancien séminariste, célèbre pour ses nœuds papillons, sa canne, sa raie à la Lumumba qui creusait, sur la gauche du crâne, un sillon tiré au cordeau dans sa tignasse crépue. Quant à ses chapeaux ! Une collection allant du Stetson et du Borsalino au panama, en passant par le canotier et le melon. Coquetterie de sapeur assagi ? Une autre interprétation prévalait dans Poto-Poto, où règne la malice et où toute explication logique, ou officielle, est par définition suspecte : ces accessoires, surtout le nœud papillon, étaient des grigris qui le protégeaient contre les *ndokis* (les mauvais sorts) de ses adversaires et lui garantissaient le succès lors des batailles électorales.

Dès que Franceschini pénétra dans le cabinet du ministre, celui-ci se leva, contourna son bureau et, les bras ouverts, lâcha un cri de joie avant de prendre le Moundélé dans ses bras, de l'étreindre et de l'inviter à s'installer au salon, un canapé et deux fauteuils en skaï, destiné aux visiteurs de marque.

Le ministre lui lança un clin d'œil.

« Dis donc, l'ami, Franceschini ça ne voudrait pas dire Kwanga par hasard ? »

En face de Franceschini, dans une position d'officiel, l'homme qui lui avait été présenté la veille, au Brazza, un café-restaurant du Plateau, lieu de rendez-vous des Européens qui s'adaptaient mal aux changements politiques alors en cours et qui craignaient de retourner dans une métropole où ils se sentaient de plus en plus étrangers. Certains d'entre eux évoquaient l'idée d'établir, avec l'aide de mercenaires, une république indépendante à pouvoir blanc.

Les paumes moites, la gorge serrée, les tempes emperlées de sueur, Franceschini ne pipait mot. Le ministre observait avec amusement l'embarras du Moundélé.

Non, il n'avait pas honte de son ancienne identité, Franceschini. La nier aurait constitué un désaveu. Oui, il s'était appelé Kwanga. Le nom qu'il tenait de sa branche maternelle. Oui, c'était bien lui le petit Milou, comme on l'appelait dans le quartier.

Ce qui l'avait stupéfait, c'était que la chose lui fût jetée, comme un verre d'eau à la figure.

« C'est bien ça ?… » demanda le ministre la mine affable, avant de poursuivre avec une familiarité qui le fit ressembler à un Blanc :

« Eh bien, dis donc, tu m'en as fait passer une nuit blanche, toi. »

Et de lui révéler que c'était lui, Banga, alors greffier au tribunal de Brazzaville, qui, de sa plume sergent-major, avait rédigé les pièces de la nouvelle identité d'Émile, dit Milou, Kwanga, devenu Franceschini.

Un samedi soir Pélagie, Floribert, mon chevalier servant, et Barnabé, le « fiancé » de Pélagie, m'entraînèrent au Café Nono. Un lieu de rendez-vous alors en vogue dont j'entendais vanter l'atmosphère. Un dancing susceptible de détrôner Faignond et Macédo, les deux hauts lieux de l'*ambiance* brazzavilloise. Nos hauts fonctionnaires et quelques ministres y étaient assidus.

Nous avons pénétré dans une pièce sombre, faiblement éclairée par des ampoules rouges, dans laquelle se mouvaient des ombres chinoises. Comment nos hommes politiques se commettaient-ils dans ce nid à moustiques crasseux, eux qui, à la faveur de leurs missions à l'étranger, logeaient dans de somptueux palaces ?

Pélagie avait réponse à tout :

« C'est qu'ils veulent coller au peuple, maman. Sont pas à l'aise dans les palaces et dans les villas récupérées aux colons. Ces villageois ne se sentent bien que dans ce qui rappelle la case et la natte de leur enfance. Leur estomac tolère mieux le saka-saka, le manioc et le safou que le saumon et le foie gras. »

Je me gardai bien de demander des explications sur le saumon et le foie gras. Je n'en avais jamais goûté, n'en avais jamais vu. Pélagie avait dû en manger chez le lieutenant Baraton.

Dès le seuil du Café Nono, la musique réveillait nos fibres bantoues, on esquissait des pas de danse. Ce soir-là, on y jouait un florilège de chansons des années quarante et cinquante, l'âge d'or de la rumba congolaise.

J'ai cru apercevoir dans la pénombre un Blanc en tenue débraillée. Qu'on me pardonne de parler de Blancs, de Noirs, d'Arabes alors que, dans mon esprit, les êtres sont comparables quelle que soit leur race. Dans chaque groupe, il y a la même proportion de sots, de gens intelligents, généreux, pingres, bons et méchants. Mais c'est en ces termes que les gens s'expriment chez nous, sans penser à mal. Et moi, malgré mes efforts pour m'en départir, je parlais avec l'accent de chez nous. Les formules de Poto-Poto m'étaient chevillées à la langue. Sur le papier, c'était autre chose. En nous rendant nos copies, Franceschini proclamait que nous écrivions le français comme les Français de France ne savaient plus le faire. Chaque fois, je me demandais si c'était un compliment ou s'il se moquait de nous.

Une ombre chinoise me fit tressaillir. N'étais-je pas victime d'une illusion ? La présence d'un Moundélé dans un quartier populaire, à cette heure-là, était trop insolite pour passer inaperçue. La nuit, les Européens ne s'aventuraient pas dans les quartiers indigènes et nous nous rendions peu dans le centre-ville. C'était comme si porter le pagne et manger le saka-saka exigeaient un environnement précis ; comme si la ville européenne était incompatible avec notre identité.

Non, il ne pouvait s'agir d'un Blanc. Peut-être d'un mulâtre ou d'un albinos. Un Blanc n'aurait pas dansé la rumba aussi bien. Pas seulement parce que son corps épousait naturellement les mouvements de la musique, mais en raison de sa manière de poser ses pieds sur le sol. Celle de quelqu'un qui avait effectué ses premiers pas pieds nus, *makolo ngoulou*, comme on dit en langue.

Pélagie s'est impatientée :

«Je te parle et tu regardes ailleurs.»

Elle s'est retournée.

«Tu ne vois rien ?

— Rien.

— Comment rien ?»

Une ovation a salué les premières notes d'un succès qui faisait fureur depuis la précédente saison des pluies. Un hommage à une certaine Mélanie dont le prénom, disait-on, était l'identité d'emprunt d'un personnage réel.

Comme obéissant à un tropisme, l'ombre chinoise a pénétré sur la piste et a dansé, une main levée, l'autre posée sur son ventre. Il biguinait seul.

«Oh ! mais c'est un Moundélé, voyez-moi ça, un Moundélé !

— Ah ! quand même, tu vois.»

La salle a applaudi. La silhouette du danseur me paraissait familière.

«C'est Franceschini te dis-je.

— Tu es folle ?

— Non, maman, regarde... Regarde bien.»

L'homme a cessé de danser, s'est dirigé vers l'orchestre.

«C'est Franceschini, je te dis. J'en donne ma tête à couper.

— Eh ! tu donnes trop. Donne seulement la main.

— Ma main, donc.»

Le pas du danseur était vacillant. Comme s'il avait bu. Arrivé au bas de l'estrade, il en a gravi les marches et a disparu comme avalé par une trappe. Un éclat de rire général et des exclamations moqueuses ont fusé dans la salle, aussitôt suivis par des cris de femmes horrifiées. Quelqu'un a demandé le passage ; il était médecin.

Le Blanc s'était remis sur ses pieds et, soutenu par plusieurs bras d'où il se dégageait, grimpait sur l'estrade et se mêlait aux musiciens.

Il s'est emparé d'un des micros et a entonné la chanson à la grande joie de la salle. J'ai perçu quelques ricanements dans le noir. Mais avant le milieu du premier couplet, les rires cessèrent. L'homme chantait juste, interprétait le morceau en y mettant son âme, d'une voix grave aux accents de Ray Charles. Le plus surprenant était sa prononciation en langue ; celle d'un enfant du pays. Il louait Mélanie en la tutoyant, usait d'expressions et de métaphores savoureuses, lui demandait pardon, d'on ne savait quoi, l'implorait de ne pas l'abandonner et faisait au passage des commentaires désabusés sur l'inconstance des femmes, la fragilité des sentiments amoureux, le rôle de l'argent et celui des puissants. L'auteur de la chanson déplorait sa propre candeur et implorait la miséricorde.

À la demande générale, le Moundélé a repris le morceau en lingala, puis en a entonné un autre, que je découvrais. Les danseuses et les danseurs, les yeux clos ou rêveurs, le murmuraient comme une poésie mémorisée depuis l'enfance. Ainsi, nos langues pouvaient, elles aussi, émouvoir et bouleverser. Les paroles de la chanson étaient aussi envoûtantes que des vers de François Villon, d'Apollinaire, d'Edgar Poe, des chansons de Brassens, de Léo Ferré ou des cantiques religieux.

À la fin du morceau, Nono, la tenancière, a offert au chanteur un verre d'alcool corsé et invité la salle à trinquer.

Nous nous étions approchées du bar et je me suis trouvée à côté de l'étranger. C'était bien Franceschini. Dans la pénombre, il ne nous a pas reconnues. Avec son toupet habituel, Pélagie l'a abordé. Il a eu un mouvement de recul et nous a jaugées de son regard bleu. Nous l'avons félicité d'une formule maladroite ; il nous a remerciées à peine. Sans doute notre audace l'avait-elle choqué. Je me suis demandé s'il ne nous reprochait pas de lui avoir adressé la parole en français comme si, malgré son interprétation, nous n'avions pas été convaincues de sa maîtrise de la langue. Nous sommes passées au lingala. Sans plus de succès. Peut-être tenait-il à garder de la distance avec ses élèves. Je suis revenue au français. Au début, il ne répondait que par monosyllabes, d'un ton bourru. Il ne s'embarrassait d'aucune circonlocution pour nous faire sentir l'absurdité de nos questions et j'ai perçu, en réaction à l'un de nos commentaires, un discret haussement d'épaules tandis qu'il avalait une rasade de boisson forte.

C'est quand j'ai mentionné l'auteur de sa première chanson qu'il a baissé sa garde. La sono était assourdissante. Pélagie est intervenue. J'ai craint que ses chichis ne produisent l'effet contraire de ce qu'elle escomptait, puis je me suis dit que sa maladresse me serait profitable. Franceschini a accepté de s'attabler avec nous. Pélagie l'a pris par la main. Cela m'a choquée. La fille-là se permettait trop de libertés. Elle nous a conduits dans l'arrière-cour. Un lieu apparemment réservé à quelques habitués, de connivence avec la tenancière. En nous apercevant, les clients du « maquis » se sont tus. Des conspirateurs que nous aurions perturbés. L'air était tiède, agréable, sans un souffle de vent. C'était plus reposant que la salle climatisée. Franceschini a levé les yeux vers le ciel. Il scintillait d'étoiles, la lune était dans sa phase descendante.

Le Franceschini de ce soir-là différait de celui auquel nous étions habituées. Celui qui transformait les cours d'instruction civique en enseignement de littérature contemporaine. J'avais le sentiment de me trouver en présence d'un personnage ombrageux, constamment sur ses gardes. Un ours. En même temps, un être fascinant, séduisant, envoûtant. L'évocation de l'auteur de la rumba qu'il venait d'interpréter avait produit sur lui l'effet d'un mot de passe. Après quelques verres d'alcool, il s'est détendu. Sans ambages, Pélagie lui a déclaré avec une fierté un peu naïve que nous étions ses élèves. J'ai trouvé cette révélation maladroite. Le professeur remonterait à la surface et reprendrait ses distances.

« Que faites-vous ici ? Vous devriez être chez vous...

— À faire nos devoirs et réviser nos leçons ? »

J'ai eu peur. Pélagie exagérait. Elle a poursuivi avec le même toupet.

« Nous pourrions vous poser la même question, monsieur. »

Au lieu de prendre la mouche, Franceschini s'est justifié : « C'est le week-end, mesdemoiselles. »

Pélagie a poursuivi sur le mode badin. Dans l'échange qui s'est ensuivi, Floribert, Barnabé et moi avions l'air de spectateurs. Pélagie maniait l'humour à la manière des Français et j'admirais son sens de la repartie. Elle ravissait Franceschini. Ces deux-là, j'en étais sûre, j'en étais malade, allaient coucher ensemble avant que le coq ne chante. Je bouillais.

La conversation est revenue sur la chanson congolaise. Franceschini en possédait une connaissance étonnante. Il avait dû déjà séjourner en Afrique. À deux reprises, il s'est proclamé congolais. Avec cette peau ? Sans doute un fils de colon qui avait joué avec les indigènes et appris nos langues. Ce que les Blancs d'avant l'Indépendance appelaient un galopin. Pour les colons, un enfant blanc européen bien élevé ne se commettait pas avec les petits indigènes, ne salissait pas sa bouche en parlant leur patois.

Des bouffées de musique nous parvenaient du dancing.

On jouait *Mokolo na kokoufa*, « *Le jour de ma mort* ». Pélagie a invité le prof. Pour avaler la potion, j'ai entraîné Floribert sur la piste. Barnabé, le fiancé de Pélagie, faisait tapisserie. Floribert trouvait que je dansais trop éloignée de lui. Il voulait danser *cheek to cheek*.

« Pas question, Floribert. Non, non, non. Le Blanc à côté-là c'est mon prof. S'il voit son élève biguiner collé-serré, il va la prendre pour une fille légère.

— Ah ! toi aussi, quitte là. Est-ce que nous sommes en classe, ici ?... Regarde l'homme-là. Tout prof, si c'est prof, qu'il est, il frotte avec Pélagie, oui. Façon on dit pas. Regarde la furiosité de Barnabé.

— On ne dit pas furiosité.

— Ah ! laisse. Le français n'est pas ma langue.

— Justement, c'est notre langue.

— Ah ! quitte ta philosophie-là. Sois femme, ko. Dansons seulement. »

Par-dessus l'épaule de Floribert, j'épiais les deux scélérats. Une fois encore, je me suis dit que ces deux-là !... Ils sont revenus dans l'arrière-cour en se tenant par la main. Franceschini était en verve. Il a commandé une tournée pour tous et, en entendant *Makambo Mibalé*, il s'est levé, m'a tendu les mains, et nous avons biguiné dans la pénombre. Il me serrait contre lui, l'animal. Je l'ai senti bander et j'ai frissonné ; c'était mon professeur, non ? J'avoue ne l'avoir pas repoussé. De son corps émanait un mélange d'odeur d'eau de toilette légère et de tabac. Pendant plusieurs morceaux successifs, il m'a retenue sur la piste. J'étais aux anges. Floribert faisait mine de ne rien voir et enfilait les verres de bière. Il a fini par se lever, a traversé la salle, s'est arrêté au comptoir, a invité une femme.

Dans l'arrière-cour, l'air était de plus en plus moite. Avec un ton de connaisseur, Franceschini a dit que cela annonçait l'orage. Floribert a hoché la tête et je me suis dit que Franceschini avait dû vivre sous les tropiques. Il a consulté sa montre et s'est écrié :

« Diable, déjà !

— Il est seulement *une heure moins*, a constaté Pélagie.

— Une heure moins quoi ? » a demandé Franceschini.

Une heure moins, un congolisme sur lequel nos professeurs nous reprenaient et dont nous n'arrivions pas à nous défaire. Parce qu'un français trop châtié, prononcé sans accent, nous aurait donné des airs de nègres en haut-de-forme et queue-de-pie, de négresses en crinoline, de précieuses ridicules des tropiques.

Franceschini a proposé de nous raccompagner. Pélagie et moi avons accepté. Floribert et Barnabé étaient suffoqués. Ils ont bredouillé en langue que c'était eux qui nous avaient amenées à scooter et que c'était à eux de nous ramener. Pélagie leur a cloué le bec et nous sommes montées toutes les deux dans la 2 CV de Franceschini. Pélagie s'est installée à l'avant, à côté de lui. Par la fenêtre arrière de la voiture, j'ai vu les deux garçons enfourcher leurs scooters. Sans doute pour nous filer. Floribert sur sa Lambretta, Barnabé sur sa Vespa. Mais la 2 CV a démarré au quart de tour. À plusieurs reprises, je me suis retournée. Nous les avions semés.

C'était plus fort que moi. Quand ils m'ont déposée et que la 2 CV a disparu, au croisement de la rue des Mbochis avec l'avenue de la Paix, j'ai ressenti un mouvement de rage. J'avais beau me dire que ce n'était pas digne de moi, j'ai sorti mon solex comme une voleuse, l'ai enfourché et me suis engagée dans la direction des Trente-Deux Logements, l'immeuble des coopérants. Sur le trajet, des rafales de vent m'obligeaient à bien tenir mon guidon. À hauteur du plateau des Quinze-Ans, j'ai entendu, par-dessus le ronron du solex, un bruit de canonnades. Des éclairs du côté de Léopoldville m'ont rassurée. Ce n'était ni la guerre ni un coup d'État. Franceschini avait eu raison : un orage allait éclater.

Les lumières des Trente-Deux Logements se détachaient dans le noir tels les hublots d'un bâtiment amarré là. Un souvenir d'enfance qui ne cesse de me hanter. J'étais en vacances chez des parents dans un poste à bois le long du fleuve. Quand un bateau à aubes accostait et restait à quai toute la nuit, c'était comme une île de lumière chargée de promesses.

Une fenêtre s'est éteinte. Sans doute celle de Franceschini. J'imaginais la scène dans la chambre. Si j'avais pu, j'aurais écrasé ces deux vicieux-là.

Il y avait dans la cour plusieurs 2 CV. À sa couleur et au numéro de la plaque minéralogique, j'ai retrouvé celle de Franceschini. Sur le siège avant droit, un *kitambala* abandonné. Il avait les mêmes motifs que le pagne de Pélagie.

J'ai garé mon solex et pénétré dans le hall de l'immeuble. Je me suis dirigée vers la boîte aux lettres. Émile Franceschini habitait au troisième étage, porte 17. La fenêtre qui venait de s'éteindre était bien au troisième étage. Après un instant d'hésitation, j'ai pris l'ascenseur. Je me suis déchaussée et, dans le couloir, j'ai collé mon oreille à la porte 17. On entendait de la musique... Pour couvrir les gémissements de ces deux cochons...

Un bruit du côté de l'ascenseur. Le veilleur de nuit qui faisait sa ronde. J'ai fait semblant de sortir de l'appartement et pris un air détaché. Quand nous nous sommes croisés, il m'a dévisagée et je l'ai entendu bougonner en langue que le pays était foutu ; qu'à peine sorties du berceau, les filles se prostituaient chez les Mindélés ; qu'elle était belle leur Dipanda, si c'était Dipanda !

Dehors, le tonnerre grondait et les premières gouttes de pluie entonnaient une mélodie de *steel band* sur les toits en tôle du voisinage. J'ai enfourché mon solex et me suis mise à l'abri sous un manguier de l'allée du Chaillu, côté palais de justice. La fenêtre du troisième étage s'est rallumée.

Un court-circuit a incendié le ciel, suivi d'un craquement assourdissant. Mam'hé ! la foudre n'était pas tombée loin. Et moi, sous mon arbre, le solex entre les cuisses. En tombant, la pluie faisait un bruit de friture. Suivi d'un bruit de cascades. Comme à la Foulakari ou au Djoué. Elle tombait dru, criblant la latérite de cratères minuscules et provoquant des rigoles dans lesquelles s'engouffrait une eau rouillée. Au troisième étage, la lumière était encore allumée. Elle s'est à nouveau éteinte. Ah ! les crapules.

Combien de temps suis-je restée là, sous mon manguier ? L'homme devait avoir de l'endurance et savait prolonger le plaisir à l'infini. J'ai ramassé un caillou et l'ai lancé dans la direction des Trente-Deux Logements. J'ai raté mon but.

La pluie a cessé. Les éclairs et le tonnerre ont migré en direction de Kintélé et des plateaux Batéké. Du sol montait une odeur de terre mouillée, prenante comme l'odeur de sueur d'une peau de mâle. J'en frissonnais. Le fanal du troisième s'est rallumé puis s'est éteint. J'imaginais leurs jeux. D'autant plus aisément qu'à plusieurs occasions Pélagie s'était vantée de ses frasques en ne m'épargnant aucun détail.

Une voiture, en provenance des Trente-Deux Logements, m'a éblouie. On allait me découvrir. Le véhicule a tourné à gauche. À sa forme, au bruit du moteur, je l'ai reconnue.

Une 2 CV. À l'intérieur, deux silhouettes. J'ai enfourché mon solex et me suis lancée à leur poursuite.

La chaussée était glissante. Ils ont pris la direction de Bacongo. Je savais vers où ils couraient. J'arriverai après eux, mais j'arriverai. Je les surprendrai, leur montrerai que je savais.

Au rond-point des Anciens-Combattants, j'ai pris le sens giratoire et rebroussé chemin. Direction Poto-Poto. J'ai cogné à la porte de Floribert.

Le lendemain, c'était dimanche. Floribert aurait aimé faire la grasse matinée. Il prétendait que c'était bon pour la santé, recommandé pour débuter la journée ; que la chose-là éclaircit les idées ; que biguiner au lit stimule et permet un bon départ. J'ai répondu que moi je n'étais pas du matin, que je ne pouvais pas faire ça une fois le soleil levé. Il a déclaré que toutes les heures de la journée et de la nuit étaient bonnes pour « entrer en matière ». Le pauvre ne savait pas que, lorsqu'il m'honorait, j'avais moi la tête ailleurs.

Les yeux gonflés par ma folle équipée et par ma nuit chez Floribert, j'ai repris mon solex. Direction Bacongo. Pélagie n'était pas chez elle. Partie au culte, me dira sa mère. Me dira ? Ça m'est venu comme ça. Nous, les Congolais, adorons le futur de narration…

D'habitude, je ne suis pas prolixe et ne sais pas entretenir la conversation. L'école m'a déformée et je trouve insipides, pauvres et sans intérêt, les potinages des Brazzavillois, qu'ils commentent la politique, la dernière chanson de Franco, ou le prochain match de foot. Au contraire, avec la maman de Pélagie, cela venait spontanément. Analphabète, elle avait un sens inné de la philosophie. Non, Socrate, Diogène et Confucius ne sont pas morts : je les ai rencontrés à Bacongo et à Poto-Poto. Ce sont des femmes. Des Noires.

Quand Pélagie est revenue, ma blessure s'est ravivée. Comme si elle venait d'y verser du piment.

Elle se cachait derrière des lunettes de soleil, à la monture façon Greta Garbo.

Sa mère a changé de sujet. Comme si sa fille ne méritait pas d'entrer dans notre confidence. La vieille nous a laissées, « entre enfants de Dipanda », et s'est dirigée vers les pierres disposées en triangle qui lui servaient de cuisinière à l'air libre.

« Alors ?

— Alors.

— Le culte-là…

— Quel culte ?

— C'était bien ?

— Ah ! le culte… j'avais oublié.

— Moi, je sais. »

Pélagie a déchaussé ses lunettes d'un geste de comtesse et m'a pris le bras.

« Écoute, maman. Je ne pouvais pas dire à ma vieille que j'allais chez mon fiancé. Elle ne peut pas sentir Barnabé, elle ne veut pas en entendre parler. »

L'aplomb de Pélagie me désarmait.

« Elle n'acceptera jamais de me savoir dans les bras d'un Mbéti…

— D'un quoi ?

— D'un Mbéti. Qu'avais-tu compris ?

— Un *méti*. »

J'avais délibérément prononcé métis à la congolaise : méti. Pélagie, comme la plupart de mes compatriotes, ne prononçait pas le *s* final de métis. D'où la confusion avec le nom d'une de nos tribus, celle des Mbétis. J'ai eu envie de cracher à Pélagie qu'elle revenait bien de chez un métis : celui des Trente-Deux Logements.

« Comment le sais-tu ?

— Que quoi ?

— Que l'homme-là est un méti.

— À sa manière de danser, ko.

— Alors, une nuit étoilée ?

— Étoilée ? Tu n'as pas entendu l'orage ?

— C'est propice aux feux d'artifice.

— Que t'es-tu fourré dans la tête ?

— Que peuvent bien faire un homme et une femme seuls dans une chambre après minuit ?

— Vraiment, la fille-là est une obsédée sexuelle ! Tu sais bien, maman, que ce n'était pas un homme et une femme, mais un prof et son élève. Et puis, nous ne sommes pas allés dans sa chambre.

— Tu me prends pour une conne ?

— Oh ! Kimia. C'est toi qui dis des gros mots ?

— Eh, pas de leçon, s'il te plaît... Comme si on ne peut faire ça en dehors de la chambre.

— Faire quoi ça ?

— Ça, ko. La chose-là. Ne joue pas les imbéciles.

— Suis pas une acrobate, moi... Trêve de plaisanterie. Au nom de Dieu. »

Pélagie se trancha la gorge de l'index :

« À Dieu ma mère ! On n'a rien fait, Kimia, ô.

— Rien, rien, rien ?

— Rien, maman.

— Tu ne vas pas me dire qu'après avoir dansé la rumba en vous frottant le ventre, comme je vous l'ai vu faire sans vergogne à Café Nono... tu ne vas pas me dire que l'homme-là n'a pas tenté de t'embrasser.

— Si c'est ça, arrête, Kimia, arrête. Toi-même tu as frotté avec lui à Café Nono, non ? Je vous ai bien vus, oui.

— Moi ?

— Oui, toi-là même avec ton air de sainte-nitouche. Je vous ai vus.

— Je ne l'ai pas suivi aux Trente-Deux Logements, moi.

— Bon, embrassée d'accord, mais pas baisée. Non, non, non.

— Sois pas grossière, Pélagie.

— Suis pas grossière, j'emploie les mots appropriés, ko. C'est tout. Et puis, cesse de me soupçonner, comme si, comme si…

— Comme si quoi ?

— Comme si tu étais jalouse.

— Jalouse, moi ? D'un vieux Blanc, comme…

— Pas si vieux que ça. Un quadragénaire d'aujourd'hui n'est pas un quadragénaire du temps de nos parents. Et puis, vraiment Kimia, toi-là vraiment, je ne pensais pas que tu avais l'esprit si mal tourné que ça. *Or que* tu es pour toi vicieuse !

— Moins vicieuse que toi. À qui vas-tu faire avaler qu'il t'a gardée chez lui pour une explication de texte sur Racine ou Fontenelle. Non, non, non. Pas jusqu'à deux heures du matin !

— C'est pourtant ça, wo.

— Il t'a embrassée sur le front et vous en êtes restés là ? C'est ça ?

— Absolument ! D'ailleurs, ce n'était pas un baiser, mais une accolade.

— Jure-le.

— Je jure, maman. »

Elle se sectionna à nouveau la gorge de l'index.

« Sur la tête de ta mère ?

— La tête de ma mère pour une bagatelle ?

— Ah, ah ! tu vois, tu avoues.

— Mais regardez-moi la fille-là ! Où ça j'ai avoué ?
— Tu as avoué, ko : toi-même tu as parlé de bagatelle.
— Ahaha, laisse-moi. Le français n'est pas ma langue. »
Je n'en démordais pas, Pélagie me prenait pour une sotte. Pire, pour une conne, comme je l'avais dit plus tôt.

Un après-midi, dès la fin du dernier cours, Pélagie m'entraîna à notre lieu préféré au bord du fleuve. Le visage soucieux, elle prit ma main et la posa sur son ventre.

« Je le savais.

— Tu savais quoi ?

— Que la nuit aux Trente-Deux Logements, après la soirée au Café Nono, ce n'avait pas été un cours particulier de littérature française.

— Vraiment, mais écoutez-moi la fille-là. Sa jalousie la fait délirer. Franceschini est un Blanc. Un Monsieur. En tête à tête avec une fille, un Blanc sait se dominer. Ce n'est pas le sang nègre…

— Ah ! quitte là. Et le lieutenant Baraton, il avait le sang nègre, quand, au Petit Logis ?…

— Qu'est-ce que tu en sais ?

— Toi-même tu m'as tout raconté. Tu t'es vantée de sa délicatesse et de sa puissance… Quelle que soit sa couleur de peau, un mâle est un mâle et un bouc un bouc. D'ailleurs, le Franceschini-là a du sang nègre… Sa manière de chanter en lingala, de danser la rumba…

— Non, le pauvre n'a rien à voir.

— Qui donc, alors ?

— C'est Barnabé qui m'a enceintée. »

Barnabé, son « fiancé », son chevalier servant, au bras duquel elle paradait lors de nos sorties chez Faignond, chez Macédo, chez Café Nono.

En apprenant la nouvelle, la mère de Pélagie frappa dans ses mains, ferma les yeux et bénit sa mère, son père, ses aïeux et tous les ancêtres de l'immense famille qui s'étendait sur les deux rives du fleuve Congo. Dieu était grand et bon de lui permettre d'être grand-mère avant de mourir. Elle entonna une ritournelle en langue en effectuant des pas de danse, bientôt rejointe par les femmes des parcelles voisines à qui il fallut offrir Primus et Heineken. Pour Pélagie, c'était une calamité. Pendant plusieurs mois elle a rangé ses robes et ses jeans. Le pagne s'imposait : il permettait de masquer la silhouette déformée.

Par solidarité, nous nous fîmes coudre des pagnes en wax. Nous, les trois filles indigènes de la classe de terminale. Cela ressemblait à une manifestation. Comme si nous voulions affirmer notre identité, comme on aime à le dire aujourd'hui.

Pendant la récréation, les garçons nous lançaient des quolibets : pourquoi nous arrêtions-nous en si bon chemin ? Il fallait aussi cesser de nous décrêper les cheveux, de porter des perruques et de nous éclaircir la peau. Nous répondions que nos coiffures ne portaient pas atteinte à notre négritude et que, pour ce qui concernait notre teint, les femmes mindélés se bronzaient bien sans se négrifier. D'ailleurs, nous n'étions pas de ces voyelles qui, pour s'éclaircir la peau, se privaient de leur manioc et de leur saka-saka quotidiens, afin de s'immerger dans des tonneaux de white-spirit, au marché Total, ou à celui d'Ouenzé. Ce fut l'époque où nous avons lancé la mode des tresses et des cheveux coupés à la garçonne. Nous nous sentions ainsi en phase avec un poème du Guyanais Léon Gontran Damas que Franceschini nous avait fait découvrir en cours d'instruction civique : « Rendez-les-moi, mes poupées noires ».

Mais le pagne ne suffisait plus. Au bout de quelques

mois, Pélagie dut recourir au boubou à la sénégalaise. Plus ample que le pagne. Nous nous sommes à nouveau solidarisées avec elle. Là encore, l'efficacité du subterfuge fut de courte durée.

Finalement, l'administration congédia Pélagie. Raisons de bienséance, et peur du qu'en-dira-t-on et d'un phénomène de contagion.

Je notais mes cours en glissant du papier carbone entre deux feuilles afin d'en porter une copie à Pélagie.

Ce fut dorénavant mon tour de lui résumer les cours de Franceschini. J'y prenais un malsain plaisir.

Quant à Barnabé, le père putatif, il avait quitté le Congo pour suivre, à titre étranger, des cours à l'École des douanes à Neuilly-sur-Seine, en France. Informé de la grossesse de Pélagie, il avait aussitôt assumé sa paternité.

« Tu vois, maman.

— Je ne vois rien. On connaît la mère du lionceau, pas son père. »

Initié dans une confrérie de sa tribu, donc homme d'honneur, Barnabé avait fait savoir, par retour de télégramme, sa décision d'épouser Pélagie. À l'époque, Brazzaville n'était pas encore la banlieue de Paris. On ne montait pas, comme aujourd'hui, dans l'avion pour un oui ou pour un non. Cela n'était pas dans nos habitudes. Cela coûtait trop cher.

Barnabé entama une procédure de mariage par procuration.

La formalité eut lieu à la mairie de Bacongo. Floribert jouait le rôle de marié et moi celui de témoin. J'eus le plus grand mal à expliquer à Floribert qu'on ne disait pas « témoine », dont j'ignore l'orthographe. Aujourd'hui, avec leur histoire de genre-là, il aurait raison. Sans qu'on sache m'indiquer comment nommer la souris ou l'autruche mâle.

Tout souriait à Pélagie. Candidate libre, elle fut admise au bac. Mention Bien, alors que je me contentai d'une mention Assez bien.

Elle passa chez son clairvoyant payer la prime promise et moi faire brûler un cierge à Sainte-Anne du Congo. Ensuite, nous avons fêté nos succès chez Café Nono.

Quelques mois plus tard, des troubles éclatèrent.

Pas un affrontement tribal, cette fois-là.

Pour les uns, il s'agissait d'un mouvement insurrectionnel, pour les autres d'une révolution, pour d'autres encore de *la* Révolution. Les manifestants assaillirent la maison d'arrêt, libérèrent les syndicalistes et marchèrent sur le palais présidentiel.

Bilan : trois morts, les trois martyrs dont une avenue porte aujourd'hui le nom. Ce sont les « Trois Glorieuses ». Pas de 1830 ni celles de 1940, les françaises. Non, les nôtres. De 1963 : les 13, 14 et 15 août.

Afin de rétablir l'ordre, l'abbé Youlou voulut faire jouer une clause des accords de défense qui permettait à la France d'intervenir. Le général de Gaulle fit la sourde oreille. Youlou fut renversé. Par qui ? La réponse varie suivant vos lunettes politiques : pour les uns la Révolution est l'œuvre d'intrépides syndicalistes et étudiants appuyés par le peuple, pour d'autres on doit son triomphe à la glorieuse armée congolaise, pour d'autres encore rien n'aurait été possible sans l'action de Tante Yvonne, la femme de Papa de Gaulle, à qui le nom de Youlou, sa liberté de mœurs, ses soutanes en soie de chez Dior, ses maîtresses, ses enfants... donnaient l'urticaire. Poto-Poto avait un faible pour cette version. Moi aussi.

Dans l'intention d'attendrir le Général, un conseiller français de l'abbé aurait tenté de lui expliquer qu'on attribuait à ce pauvre Fulbert Youlou une progéniture imaginaire ; qu'en Afrique on n'est pas le géniteur de tous ses enfants ; que la coutume impose de devenir le père de ses neveux ; qu'appeler neveux les enfants de son frère, ou de sa sœur, était sacrilège : ils étaient bel et bien vos enfants, avec les mêmes droits que ceux enfantés par votre épouse, qu'on fût laïc ou homme d'Église... Las ! la messe avait été dite, les cauris jetés, le Rubicon franchi : l'armée française, prête à intervenir si l'on touchait à un cheveu d'un Moundélé, resta dans les casernes, les syndicalistes et les soldats congolais marchèrent sur la prison, puis sur le palais présidentiel, se tenant par le bras. Pour Bacongo, Youlou a été la victime des ndokis, nos sortilèges. En l'occurrence, ceux des Bangalas, ces damnés nordistes. Pour ces derniers, le mouvement avait été une lame de fond actionnée par nos quarante et quelques tribus.

Peut-être est-ce simplement le mélange de tous ces ingrédients qui a permis à la mayonnaise de prendre. Pardon pour cette métaphore culturellement connotée.

Une semaine plus tard, Pélagie donna naissance à un garçon de quatre livres. Charles Ngolo Etumba. Le premier prénom est un hommage à de Gaulle. Le second, Ngolo, aussi. C'est la forme congolisée du demi-dieu de nos parents, le « zénéral dé Ngolo ». Mais Ngolo, c'est aussi la force. En mounoukoutouba, la langue du quartier Bacongo et des *Landalaïs*, les habitants des provinces qui s'étendent le long des rails du chemin de fer Congo-Océan. Quant à *Etumba*, la lutte ou le combat, c'était pour rappeler l'atmosphère qui prévalait l'année et le mois de la naissance du petit d'homme.

Charles Ngolo Etumba était un beau bébé à la peau blanche.

« Normal, expliqua la grand-mère, tous les hommes et les femmes naissent blancs en droit. C'est au bout de quelques jours qu'ils épousent la couleur du milieu ambiant. »

Une, deux, trois semaines passèrent et, contre toute attente, le petit Charles Ngolo Etumba ne virait pas au noir. Il prit une teinte café au lait. Café au lait clair. Un « renversé » diraient les Genevois. L'aînée du clan invita à la patience : certains sangs sont plus lents à virer que d'autres.

Un, deux, trois mois passèrent. Conseil de famille. Une quinzaine de membres. Trois d'entre eux trouvèrent la peau du nourrisson suspecte. Le premier incrimina Barnabé qui avait dû fricoter avec une Moundélé, sans ensuite se laver le *makata* (entendez le zizi) : un écart de conduite qui méritait une amende. Pour les deux autres membres du conseil, l'enfant était un albinos ; il fallait faire appel au doyen des clairvoyants du village, seules autorités habilitées à décoder le message des ancêtres et à prescrire les sacrifices appropriés.

Avant que la lettre de Pélagie relatant ces péripéties ne parvînt à Barnabé, celui-ci fut informé par radio-trottoir, un Internet avant la lettre. Il répliqua par télégramme : son arrière-grand-mère, originaire du Cabinda, était une métisse. Or, selon les lois de Mendel… Mais aucun membre du conseil familial n'avait entendu parler ni du gouverneur Mendel, ni des lois qu'il avait fait promulguer. Lors du conseil de famille, Pélagie se munit d'un bâton, dessina à même le sol, dans la cour, un organigramme et expliqua les lois de Mendel en langue lari. On hocha la tête en invoquant l'adage qui court d'un bout de l'Afrique à l'autre selon lequel « si Dieu est grand, Blanc c'est pas petit ».

Barnabé en fut quitte pour une amende au motif qu'il avait omis de prévenir la famille à temps et de ce fait exposé les plus âgés à des tremblements de cœur. Dans une annexe à l'une de ses lettres, Pélagie énuméra les boissons, les pagnes, les habits masculins, les couvre-chefs et quelques objets symboliques à acheter et le mal fut réparé, l'affaire classée.

Moi, je comptais les mois sur mes doigts et me demandais qui était le père : Barnabé ? le lieutenant Baraton ? Franceschini ?…

Nous savions qu'entre l'équateur et le tropique du Cancer, les mois de la rentrée scolaire n'étaient pas ceux de l'automne, comme voulaient nous le faire accroire nos manuels de l'école primaire. Septembre c'était la fin de la saison sèche. C'était, si l'on veut, notre printemps. Le moment où le paspalum, notre gazon indigène, vire du jaune au vert, et croît sans arrosage. C'est le moment où la chair des mangues se gorge de jus et de sucre, où les jacarandas piquettent leurs branches de fleurs pastel, où les hibiscus et les alamandas égayent les massifs, où les flamboyants éclatent de tous leurs feux. Cette année-là, la nature se métamorphosait plus tôt que d'habitude.

Une pluie insolite au cœur de la saison sèche. Pas ce crachin de quelques dizaines de minutes, qui vaporise l'air à la mi-août. Non : un orage. Une tornade avec tourbillon de poussière, foudre, arbres déracinés, toits arrachés, inondations, glissements de terrain… Les services de la météo, pas encore africanisés, expliquèrent l'anomalie par l'instabilité du courant froid de Benguela. Qui, à part les Mindélés, pouvait comprendre ce charabia ?

Les *évolués* soutenaient que nous nous trouvions en présence d'un « dysfonctionnement » de la nature. Dysfonctionnement ? Je feuilletais mon dictionnaire. Bon…

« Ah ! soupirait grand-mère, pour ces gens-là toutes les occasions sont bonnes pour étaler l'immensité de leur savoir. Ils ont la bouche remplie de mots géants et obèses. Les évolués ce sont nos sorciers modernes ! Plus ils s'entourent de mystère, plus ils impressionnent. Et plus un mot moundélé est rare, plus ils en assaisonnent toutes les sauces. »

Dans la revue *Liaison*, on lisait que la perturbation était due à la multitude de fusées, de Spoutniks et autres quincailleries qu'Américains et Soviétiques lançaient pour s'espionner et conquérir l'espace. Il fallait s'attendre à un embouteillage dans la stratosphère. L'une de nos plumes les plus érudites calcula que, à l'issue d'un certain nombre de révolutions dans l'espace, l'un de ces maudits engins nous retomberait sur la tête. L'auteur de l'étude déterminait de manière précise, en étayant son raisonnement sur de savants théorèmes, et en alignant de mystérieuses fonctions algébriques, les points de chute et les dates fatidiques. L'article produisit un écho si retentissant que *Liaison* dut augmenter le tirage de ce numéro avant que *Le Courrier d'Afrique* puis *La Semaine africaine* ne le reprissent.

Nous, les enfants dipanda, nous préférions l'explication des sages de la cité indigène.

Dans Poto-Poto et Bacongo, le phénomène offrait l'occasion de débats passionnés. Sous les arbres à palabres et dans les *mbonguis*, les vieux, les chefs coutumiers, les clairvoyants affirmaient qu'il fallait déchiffrer dans cette tornade, hors de saison, un avertissement des ancêtres : l'annonce de catastrophes naturelles, d'une guerre, d'une épidémie ou de calamités. À moins que ce ne fût, disaient-ils en baissant la voix, la mort d'un « Grand ». L'unanimité cessait lorsque venait l'instant de désigner le coupable ou la victime. Car il n'est pas, chez nous, de mort, de maladie ou de phénomène qui ne soit causé par un esprit malin, souvent dissimulé dans notre entourage. « La souris qui vous ronge la plante du pied, affirmaient les clairvoyants du pays Mbochis, est celle qui gîte sous votre lit. »

Les prêtres, les pasteurs, les généraux de l'Armée du Salut, les prophètes kibanguistes, ou de l'Église de Zéphirin, invoquaient les Saintes Écritures et y lisaient que les perturbations atmosphériques constituaient de bien funestes présages : l'annonce de l'arrivée prochaine de l'Antéchrist, en châtiment de nos péchés. Selon les uns, les Congolais expieraient bientôt leur propension à danser et à forniquer outre mesure. Selon les autres, nous avions eu l'insolence de nous égaler aux dieux en voulant réécrire l'Histoire, lorsque nous avions osé déposséder les Mindélés du commandement du pays. L'heure était venue de payer la rançon de Dipanda. L'unique moyen d'échapper au courroux du Très-Haut était de rejoindre les groupes de prieurs qui se constituaient sous leur houlette ; de jeûner et de pratiquer l'abstinence ; de vendre tous les signes de confort qui encombraient nos maisons ; d'en verser les revenus aux nouveaux clergés et de dormir sur la natte, comme nos ancêtres.

Quelques années plus tôt, j'aurais cédé à la panique. Or, cette année-là, j'avais la tête pleine des idées de Voltaire et des Encyclopédistes, ainsi que des commentaires que nous en avait faits Franceschini.

Ces sornettes me faisaient sourire. En cachette : pour ne pas être accusée de sorcellerie et courir le risque de la lapidation ou celui d'être brûlée vive par le supplice des pneus enflammés.

La rumba, dont le rythme faisait se trémousser les ambianceurs de Santé Tout Brazza, abordait le sujet de manière irrévérencieuse avec le fameux mérengué *L'orage a tout cassé*.

Nous l'avons dansé en nous déhanchant, en levant les bras au ciel, en fermant les yeux de plaisir, jusqu'à l'heure où une brigade de jeunes en tenue vert olive a envahi Santé Tout Brazza. Des contre-révolutionnaires allaient dans la nuit débarquer de l'autre rive avec le soutien de Tschombé et de la CIA. Il fallait se calfeutrer chez soi et laisser les révolutionnaires agir selon leurs instincts.

L'Union générale des élèves et étudiants congolais nous faisait défiler dans les rues de Brazzaville en braillant sur un air de comptine française : « Youlou a tout volé / Congo, oho ! / Nous rebâtirons le Congo… / Suffit la liberté, Congo oho ! » Nous ne cherchions pas à comprendre, nous ne discernions pas les dessous de ce chahut. Nous nous réjouissions de jouer un rôle, de participer à la Révolution, et nous aimions à répéter, sans mettre de guillemets, les formules de Mirabeau, de Danton, de Robespierre, de Saint-Just que nous avions apprises dans nos Malet-Isaac. Nos dirigeants, éblouis par l'épopée de la sierra Maestra, avaient troqué les vêtements de la sape contre le battle-dress et la casquette vert olive. Une nouvelle forme de sape, disait mon père. Des barbes de guérillero envahissaient les jeunes visages, et nos condisciples s'appliquaient à ressembler qui à Fidel Castro, qui à Che Guevara, qui à Camilo Cienfuegos, en se coiffant d'un béret basque frappé d'une étoile vermillon. Certains autres préféraient se raser, mais se vêtaient de bleu et se chaussaient de pantoufles de velours en secouant, comme Mao, Chou En-lai et la Bande des Quatre, le Petit Livre rouge. Tous s'entraînaient à manier la kalachnikov et débusquaient dans les quartiers, selon leurs propres critères, les contre-révolutionnaires et autres agents de la cinquième colonne. Ce n'était plus Dipanda qui effrayait nos parents, mais le nouveau langage de nos dirigeants : des syndicalistes et d'anciens étudiants récemment rentrés, non d'Union soviétique, comme je l'ai lu depuis, ici et là, mais de France, où ils avaient fréquenté les cellules du Parti communiste français.

On prétendait qu'il n'y avait plus de tribus, plus de patois, mais « un seul peuple, un seul parti, un seul combat ». Les mouvements de louveteaux, de scouts et d'éclaireurs avaient été dissous et fondus en une seule entité, la Jeunesse du mouvement national de la Révolution, à laquelle avait été confié le soin de « vigiler » nuit et jour. Sans qu'on sût qui était l'ennemi, quelle forme il avait, quelle était sa couleur, on était prêt à monter à l'assaut et à se faire tuer. À tuer surtout. C'était facile. Suffisait d'appuyer doucement sur la détente. On ne s'en priva pas, on n'eut nul compte à rendre. Et pour que la fête se célébrât avec l'accent de la rive droite du Congo, l'orchestre des Bantous de la Capitale se fendit d'un hymne entraînant, « *Tongo étani na mokili ya Congo*... Une nouvelle aube se lève sur le Congo / Fini le Congo des ténèbres / En avant, en avant, en avant, sans nous retourner... »

Même la rumba se dansa sur un rythme révolutionnaire.

Avec ses idées contestataires, je m'attendais à voir Franceschini emboîter le pas et agiter un fanion (nous disions « drapelet ») rouge dans ses cours. Sa remise en cause des programmes et sa propension à valoriser les auteurs contemporains, à prôner la nouveauté contre le vénérable et l'académisme ne constituaient-elles pas une forme de révolution des idées ? Contre toute logique, Franceschini prêchait le calme, nous invitait à la lucidité. Les militants disaient que l'homme-là était un individu suspect. Un diffuseur d'idées confuses alors que le pays avait besoin de clarté ; une tortue, dont la réputation est, dans les contes en langue, de posséder une « carapace d'un côté, une carapace de l'autre », ce qui lui permet de dissimuler sa véritable nature.

Nous aurions dû nous en douter. Mais qui d'entre nous

avait été attentif à un événement qui s'était produit dans la foulée des Trois Glorieuses ?

Lors des trois journées tumultueuses d'août 63, tous les ministres avaient été arrêtés, sauf Banga, l'ami d'enfance de Franceschini, alors en mission à l'étranger. Ses partisans lui avaient fait parvenir des messages le dissuadant de rentrer au pays. Sur le chemin du retour, lors de son transit à Paris, les autorités françaises lui tinrent le même langage, lui offrirent l'asile politique et une prise en charge.

Banga refusa l'offre.

À sa descente d'avion à l'aéroport Maya-Maya, un gendarme se figea au garde-à-vous, la main au képi, le menton redressé.

« Monsieur le ministre, j'ai ordre de vous conduire au siège du gouvernement provisoire. »

À la sortie de l'aérogare, une foule attendait « le vieux », comme on l'appelait affectueusement. Des curieux, des partisans, des militants du nouveau régime ? Un peu de tout cela. Parmi eux, Franceschini. Le vieux Banga l'aperçut et, le visage narquois, lui lança quelque chose que personne ne comprit. Il s'était exprimé dans un patois inconnu de nos indigènes. Franceschini répondit, semble-t-il dans la même langue. « Une langue codée que les deux gaillards s'étaient inventée », soupçonnèrent les militants en tenue vert olive.

Nous avons appris plus tard qu'il s'agissait du grec ancien.

Un membre du Conseil national de la Révolution reçut Banga dans l'ancien palais du gouverneur général, ci-devant palais présidentiel, devenu palais du peuple.

« Eu égard à votre honnêteté légendaire, le CNR a décidé de vous laisser en liberté. Nous réfléchissons encore à la responsabilité que la République vous confiera. Si vous avez une suggestion…

— Où sont mes collègues ?
— Détenus au camp militaire.
— Conduisez-moi là-bas.
— Mais…
— Conduisez-moi auprès de mes compagnons. »

Triomphaliste, un magazine africain annonça l'accréditation du Congo dans la zone des tempêtes. Celle où les typhons populaires renversaient le colonialisme, le néocolonialisme et ses sous-produits. Pour nos parents c'était un tremblement de terre. Or, si depuis la nuit des temps nos tribus savent où et comment se protéger des tornades, elles ignorent les parades contre les secousses telluriques et les tsunamis qui s'ensuivent. Chacun sa spécialité.

En dépit de notre don de biguiner la rumba, le cha-cha-cha, la pachanga et la rumba-boucher, nous ne savions pas sur quel pied danser. Faignond, Macédo et Café Nono se morfondaient de voir leurs pistes de danse désertées du coucher du soleil à son lever. Sevrés de rumba, les Congolais étaient aussi irritables que des fumeurs privés de leur tabac. Les épouses légitimes se réjouissaient de tenir leurs hommes au foyer, tandis que les « deuxièmes bureaux » et les *ndoumbas* songèrent à organiser une marche de protestation. Les cauris ne décryptaient plus les messages des oracles, le ciel était indéchiffrable. Les hiérarchies étaient bouleversées et les coutumes devenaient dangereuses à invoquer. Quand ils défilaient au pas de l'oie, la kalachnikov en bandoulière, les jeunes braillaient que « le monde [allait] changer de base… ». Abasourdis, quelques téméraires invoquaient les anciennes valeurs, celles des ancêtres, voire celles des colons. Des propos susceptibles de se faire indexer comme élément de la cinquième colonne.

Quant à nous, les adolescents de Dipanda, nous n'étions pas mieux lotis. Nos condisciples emboîtaient le pas au mouvement général et, la nuit venue, endossaient la tenue vert olive pour « vigiler ». Quelques-uns par conviction, beaucoup par lâcheté.

Je date de cette époque mon besoin d'écrire.

Makéda Banga était le pseudonyme que je m'attribuais. Makéda parce que j'avais lu quelque part que tel était, selon les Éthiopiens, le nom de la fameuse reine de Saba. Banga parce que c'était facile à retenir : deux syllabes seulement. Et parce qu'il s'agissait d'un patronyme couramment utilisé dans le monde bantou.

Ma vocation rendait Pélagie goguenarde.

« Autant offrir du biftèque-frites à des mangeurs de saka-saka, de manioc et de maboké, ou faire danser le menuet à des jarrets bantous.

— Justement ! il s'agit, ma chère, de congoliser le roman. »

Pélagie me dévisageait avec inquiétude. Aurais-je reçu le coup de bambou sur le ciboulot ?

« Toi, la fille-là, tu devrais faire plus souvent l'amour, ça te détendrait et te redonnerait le sens du réel. »

Je travaillais à une *Éducation sentimentale* écrite avec l'accent de chez nous.

« Tu veux dire *les* accents ?

— Cela va de soi.

— Encore mieux en le précisant.

— Un roman en langue avec des mots français. Pas des mots de France. »

Son titre était imprécis : *Une enfant de Poto-Poto* ou *Les adolescents de minuit* ou encore *Les enfants de Malraux*... ?

Là n'était pas l'essentiel. Au terme de mon travail, le titre s'imposerait.

À mon grand désespoir, aucun amendement de la part de Pélagie. Elle se rendait régulièrement aux Trente-Deux Logements, le petit Charles Ngolo Etumba attaché dans un pagne sur son dos, afin, prétendait-elle, de combler les lacunes accumulées durant sa grossesse.

« Explique-moi. De quelle connaissance supplémentaire as-tu besoin ? N'es-tu pas bachelière ? Avec mention ?

— Bac tropical, oui. Me faut être prête pour la France. Là-bas ce sera une autre paire de manches !

— Et moi, ne suis-je pas logée à la même enseigne ? Tu devrais m'inviter aux cours des Trente-Deux Logements. Ne serait-ce que par reconnaissance pour mon appui lorsque tu étais interdite de lycée... »

Ses prétendus cours de rattrapage se prolongeaient au-delà du crépuscule. Sous mon manguier, à côté du palais de justice, je l'espionnais. Je les espionnais. Ce que j'avais pris pour un faux pas se révélait une drogue. La bandite, la voyelle, avait Franceschini dans la peau.

Afin de noyer mon chagrin et de me faire la main au métier d'écrivain, je proposais aux journaux des notes de lecture sur les écrivains africains, antillais ou noirs américains de ces années-là.

Ah ! décrocher le baccalauréat ! cela fait sourire aujourd'hui.

À l'époque, et depuis que le pays avait été Moyen-Congo, puis république du Congo, moins d'une trentaine d'impétrants, parmi nos huit cent mille habitants (haussés, par décret ministériel, à un million trois cent mille) pouvaient se targuer d'avoir obtenu ce parchemin. Et combien de filles dans le lot ?

Je m'attendais à percevoir les dividendes de mon exploit.

Depuis l'abrogation du régime de l'indigénat (1945 ou 46 ?), chaque bachelier obtenait une bourse. Automatiquement. Sans concours, sans procédure. Une mensualité rondelette, dont, avec ces histoires d'anciens francs, de francs lourds, de dévaluation du franc CFA, d'euros, j'ai oublié le montant. De toute manière, le chiffre ne dirait rien aujourd'hui. S'y ajoutaient un complément destiné à notre « trousseau » ainsi que la promesse d'être intégrée, à la fin de nos études, dans la fonction publique... Autant dire une rente pour le reste de nos jours. Les *oncles* refusaient de nous verser ce pécule sur place. Ils insinuaient que nos parents, avec leurs coutumes parasitaires, nous auraient dépouillés avant notre départ. Des propos teintés d'esprit colonialiste, mais qui n'étaient pas dénués de fondement. Le plus important était le billet, naguère de bateau, maintenant d'avion, à destination de Paris !

Paris, deux syllabes magiques après lesquelles nous fermions les paupières, soupirions, rêvions.

Alors que ce matin-là je gravissais la côte qui menait au service des bourses, des gamins loqueteux et pieds nus me lançaient des quolibets en tapant dans leurs mains et en chantant une ritournelle : « *O pédalé, o pédalé na vélo kimbambala.* » J'enrageais. Non, bande de petits crétins, même si je pédalais pour aider le moteur dans la côte, mon solex n'était pas un vélo aupédalé, et encore moins kimbambala. Il ne brimbalait pas, mon bel engin. Je les laissais aboyer, et passais mon chemin. Avec mes lunettes noires et mon buste droit, j'avais un port de reine.

Au service des bourses, on m'a reçue fraîchement. Ils m'ont adressé la parole en langue. Pas la mienne, mais dans un patois dont je n'entendais nul mot. Une manière de vérifier si j'étais des leurs ou, au contraire, une suspecte.

« Vous voulez quoi ? »

J'ai tendu ma convocation.

« Ouais ! »

L'homme a soupiré, m'a toisée et a fouillé dans la paperasse entassée sur son bureau.

Dans la salle d'attente, un jeune homme était déjà là, assis en face du fonctionnaire qui m'avait lancé un regard chargé de haine. Celui-ci a sonné un planton et lui a expliqué quelque chose. Toujours dans le patois du groupe au pouvoir. J'ai eu envie de lui rappeler que la langue officielle était le français.

« Oui, chef », a répondu le planton en se figeant au garde-à-vous, relevant le menton et pivotant sur ses talons.

Je me suis assise à côté du jeune homme. Il s'appelait Tchiloemba et avait obtenu son bac à Pointe-Noire.

« T'en fais pas ma sœur. Jalousie seulement. L'homme-là n'a pas le bac. Il a peur que nous revenions lui prendre son poste à l'issue de nos études.

— Silence ! hurla le fonctionnaire. Pas d'aparté (il prononçait *apartheid*) en présence d'un agent de l'État. »

Il feuilleta des dossiers.

« Bon, vous c'est Tchiloemba et vous Niamazok ? »

Nous avons acquiescé d'un timide mouvement de tête. Tchiloemba voulait entreprendre des études en droit.

« Et vous ? »

Il y avait quelque chose de narquois dans son ton et son regard. Une fille qui se pique de faire des études supérieures !...

« Plaît-il, mamoizelle ? »

Malgré mon bac, j'ignorais l'expression. J'ai deviné.

« Ça dépend.

— De quoi ? Vous êtes bachelière (il prononçait bachélière) et vous ne savez pas pour vous quelles études entreprendre ?... Bon, votre race ?

— Ma race ?... Vous n'avez pas le droit, monsieur...

— Pas le droit de quoi ?

— De me demander ma race. »

Je crois lui avoir récité un article de la Constitution. C'était ridicule, mais je croyais à la force de nos textes. Tchiloemba m'a soufflé d'une voix à peine audible que les Constitutions reflétaient plus les vœux de leurs auteurs que la réalité d'un pays.

« Eh, toi, l'homme-là, 'tention pour toi !... Vous avez *kékéchose* à ajouter ?... J'ai dit pas d'apartheid. »

Il agitait son index devant mon nez.

« Pas toi qui vas m'apprendre mon travail. Depuis quand j'ai pas pour moi droit de savoir combien tu as des années. »

Le jeune Ponténégrin a posé sa main sur sa bouche. Moi aussi, j'ai failli éclater de rire. Le fonctionnaire prononçait si mal le mot âge que j'avais entendu « race ».

J'hésitais entre des études de philosophie et de lettres classiques. Le fonctionnaire a ricané et, toujours dans son patois, a lancé une exclamation en langue.

« De toute façon, ça n'a pas d'importance. Tu as encore un mois pour te décider… »

Son tutoiement m'indisposait. Nous avions beau les vouvoyer, nos fonctionnaires se conduisaient de la même manière que les colons s'étaient comportés à leur égard. On ne vouvoyait pas les indigènes.

Après des explications filandreuses, le fonctionnaire nous a annoncé que nous ferions nos études sur place. Pas en métropole. Nous étions désormais un pays indépendant, nous devions en conséquence nous doter d'une université.

« Et une université se forme avec des étudiants. En conséquence les études de lettres, philosophie et droit se poursuivront au pays. Vous constituerez le premier contingent de la première université de notre histoire. Vous devriez en être fiers. »

L'homme avait ânonné sa déclaration les yeux fixés sur un feuillet posé devant lui.

Le Ponténégrin et moi nous sommes regardés. Il s'est levé de sa chaise.

« C'est pas possible ! Non, c'est pas… »

J'ai cru que le Ponténégrin allait s'étrangler. Le fonctionnaire du service des bourses a froncé les sourcils.

« Du calme, jeunes gens, du calme. J'y suis pour rien, ô. »

Il s'est justifié avant de nous faire la leçon : nous étions de bons Congolais, amoureux de notre patrie. Un pays tout neuf que notre génération allait bâtir. « Plus beau qu'avant. » Une formule extraite de l'hymne national. Les gens s'exprimaient alors avec des propos truffés de formules toutes faites, empruntées à des discours, des slogans ou des textes de propagande. Il fallait, disait le fonctionnaire, se montrer courageux. L'Indépendance c'était la rupture.

Le Ponténégrin a demandé à rencontrer le ministre.

« Le ministre ? »

L'homme a rigolé.

« Pour qui vous prenez-vous ? Un ministre ça ne se voit pas comme ça...

— C'est pas un dieu. C'est un homme. Comme nous. Nous sommes deux citoyens congolais et tout citoyen a le droit de rencontrer un ministre... même un président. Ils sont nommés pour recevoir les citoyens, non ? »

Le fonctionnaire a prié le Ponténégrin de baisser le ton. Sinon...

« Monsieur le Ministre reçoit sur rendez-vous. Et pas n'importe qui...

— Voulez dire que nous deux-là, nous sommes des n'importe quoi ?

— J'ai dit des n'importe qui, pas des n'importe quoi.

— Nous ne sommes pas des n'importe qui. Vous vous adressez à des bacheliers, monsieur. Avez-vous votre bac, vous-là ? Même le ministre-là, est-ce que...

— Eh, eh, eh ! vous dépassez les limites, jeunes gens. Si vous continuez, je vous fais coffrer pour injure à autorité publique. »

Il a appuyé sur un bouton. Le planton a resurgi et ils se sont parlé en patois. L'autre a disparu. Bientôt, d'autres plantons armés de gourdins sont apparus. Tous s'exprimaient dans ce patois que ni le Ponténégrin ni moi ne comprenions. Le patois du pouvoir.

Nous avons déboulé les marches, nous entendions la rumeur de la foule au-dessus de nous. J'ai réconforté le

Ponténégrin. Il ne s'agissait pas d'abandonner mais, pour reprendre une expression alors en vogue dans les discours des hommes politiques, d'opérer un repli tactique.

Je savais où demeurait le ministre. Une villa dans une rue qui descendait en pente raide de l'archevêché vers la maison de la radio. Sur le portail une pancarte « Chien méchant », avec la traduction en langue. Précaution absurde puisque ceux qui ne parlaient qu'en langue ne savaient pas lire. Après un moment d'hésitation, le Ponténégrin a accepté de grimper sur le porte-bagages de mon solex. Les piétons s'amusaient de voir un garçon assis en amazone, conduit par une fille en pagne.

La garde nous a barré le chemin.

« Son Excellence Monsieur le Ministre n'est pas là.

— Nous l'attendrons.

— Pas ici… Sécurité. »

Nous avons battu en retraite au bout de la rue, à l'ombre d'un manguier d'où l'on apercevait la statue de Mgr Augouard. Sur la droite, en bas, le fleuve. Il avait ce jour-là une couleur de tôle et semblait paresser. Le Ponténégrin était effaré. Il ne s'était pas imaginé que le fleuve puisse par son étendue évoquer la mer. Même de si loin, on distinguait les îlets flottants de jacinthes d'eau.

Après avoir comparé les qualités et les défauts réciproques du lycée Savorgnan-de-Brazza, et Victor-Augagneur de Pointe-Noire, nous avons évoqué nos professeurs. Tchiloemba admirait un certain Rossignol qui partait cette année-là à la retraite. Moi, je vantais les mérites de Franceschini, en en rajoutant. Mais l'essentiel de notre conversation portait sur l'injustice dont nous risquions d'être victimes.

Pourquoi était-ce à nous qu'on barrait la route ? L'année dernière encore un contingent de bacheliers avait pris le chemin de la France, non ? Comment pouvait-on acquérir une bonne formation sans se rendre là-bas ? Les études ce n'était pas seulement les cours, les amphithéâtres, les maîtres de la Sorbonne. C'était aussi l'ambiance environnante : le Quartier latin, la Sorbonne, Tino Rossi, Patrice et Mario, les Compagnons de la chanson, Brigitte Bardot, les caves de Saint-Germain-des-Prés, l'Association des étudiants congolais, la FEANF (Fédération des étudiants africains en France), les tailleurs Guy Taylor, Blima et Boghosian… un parcours initiatique qui permettrait ensuite de s'adresser d'égal à égal aux Mindélés. Et puis, là-bas, les Blancs ne vous traitaient pas en indigènes, mais en Noirs américains, voire en Blancs.

« Non, non et non, martelait le Ponténégrin, je ne vais pas me laisser faire et me satisfaire d'un enseignement bâclé. »

Car, selon lui, leur université, boutiquée à la va-vite, ne laissait présager rien de bon. Qui y enseignerait ? Dans quelles salles ? Même pas d'amphithéâtre digne de ce nom… Et pour délivrer quels diplômes ? Cela sentait la formation au rabais. Il ne voulait pas être un licencié africain, lui, comme ces « médecins africains », qu'on envoyait maintenant à Mpoto, avec une équivalence leur permettant l'inscription en troisième ou quatrième année. Il voulait devenir un ancien du Centre national des études juridiques, lui.

Moi, mon rêve, c'était la Sorbonne. Celle qu'avaient fréquentée Villon, Césaire, Senghor. J'y deviendrais une version féminine de Franceschini.

Le Ponténégrin a dit que le fond de l'affaire était la crainte des ministres de voir émerger une génération bardée de plus de diplômes qu'eux. Dans les années à venir, le diplôme deviendrait un critère pour entrer au gouvernement. Il avait lu un article dans ce sens dans *L'Étudiant d'Afrique noire*, une revue qui, avec *L'Étudiant congolais*, circulait sous le manteau.

Vers une heure de l'après-midi, la voiture du ministre de l'Éducation nationale est apparue. Un cabriolet américain, rose métallisé. Marque Chevrolet. De la taille d'un hors-bord. Il est arrivé par la colline du Relais. À Poto-Poto, on racontait qu'il y avait, sous la boîte à gants, un réfrigérateur et un tourne-disque ; que les fauteuils se transformaient en lit sur lequel le ministre culbutait des ndoumbas, lors des soirées d'« ambiancement ».

Nous nous sommes précipités devant le portail de la villa de fonction. Les gardes nous ont repoussés. À la manière dont l'un surveillait le moindre de nos gestes, je me suis dit qu'il nous suspectait de quelque mauvais coup. Il a fallu décliner nos identités, produire des papiers. Quand nous avons parlé d'audience, l'un des gardes nous a demandé de la rabattre, de ne pas jouer aux plus malins en employant des mots compliqués (audience si c'est audience-là ou quoi quoi quoi-là) ; que lui aussi avait été à l'école ; qu'il avait obtenu le certificat d'études primaires !

Il a disparu dans la villa avant de réapparaître nous annoncer que le ministre ne recevait pas à domicile, que nous devions d'abord nous adresser au chef du service des bourses, ou au directeur général de l'enseignement, tous compétents pour traiter les sujets techniques ; que par ailleurs nous n'avions pas la tenue conforme.

« Conforme à quoi ?

— Conforme !... Ça veut dire ce que ça veut dire. »

Nous nous sommes échauffés. Je ne sais plus ce que nous avons dit. Des chiens aboyaient, j'entendais leurs griffes grincer contre la barrière. Les aboiements d'un des molosses avaient le timbre d'un haut-parleur. Sans doute une grosse bête. Un rottweiler ou un doberman, ces monstres qui fondaient sur moi dans certains cauchemars. On nous a bousculés, menottés, embarqués et jetés dans des cellules au poste de police le plus proche. Celui du centre-ville, entre la mairie et la résidence du chef d'état-major. Dans la précipitation, j'avais abandonné mon solex sous le manguier.

Il m'arrivait de raconter l'épisode de mon arrestation avec le Ponténégrin. Généralement pour rabattre le ton de ceux qui claironnent que, sans leur courage, leur sacrifice, leurs faits d'armes, leurs séjours en prison, nous ne serions pas indépendants ou ne tirerions pas les profits « démocratiques et populaires » (toujours les gros mots !) des Trois Glorieuses. Alors, je déclare que, moi aussi, j'ai connu la prison. Que moi aussi je me suis battue pour le pays ; que je n'ai de leçons à recevoir de personne. Sans préciser ni quand ni dans quelles circonstances mon combat a eu lieu. Et ça marche.

En fait, notre aventure au poste de police avait pris un tour bon enfant. Les policiers nous avaient abandonnés dans une cellule. Ils étaient préoccupés par un groupe de gens arrêtés au bord du fleuve. Un groupe de pauvres hères qui parlaient le français en confondant les *i* et les *u*, indice irréfutable de leur origine : le quartier Matongué de Kinshasa. Probablement quelques trafiquants de bas étage. Les policiers cherchaient à leur extorquer des aveux : qu'ils étaient des contre-révolutionnaires à la solde de la CIA ; qu'ils avaient traversé le fleuve pour renverser notre régime révolutionnaire. Leurs cris me donnaient des frissons. Des hurlements ! On voulait qu'ils révèlent les noms des Brazzavillois avec lesquels ils étaient en contact. L'un d'eux a craché le morceau, et quelques dents. L'adjudant de service prescrivait en ricanant les traitements à infliger. La gégène, le Kilimandjaro, le croc du boucher, l'abattoir…

Au début de la soirée, les policiers se sont souvenus de nous. Un peu plus tôt, le téléphone avait sonné. Ils ont procédé à la vérification de nos identités, nous ont sermonnés en poussant des hurlements et faisant des allusions salaces à mon sujet. Ils nous ont conseillé de ne pas recommencer sinon nous serions reçus comme ceux d'en bas. Et l'adjudant montrait la direction d'où montaient les hurlements. La gégène, le Kilimandjaro, l'abattoir…

Mon premier mouvement a été de récupérer mon solex. Le Ponténégrin a voulu m'en dissuader. La garde du ministre pouvait s'imaginer que nous voulions récidiver.

Le solex avait disparu. Le Ponténégrin ne voulait pas questionner les militaires en faction. Je l'ai fait. Ils prétendaient n'avoir rien vu, ils venaient simplement de prendre leur tour de garde.

En un jour, mon rêve de France s'était effondré et mon solex s'était évaporé. J'ai pleuré comme à l'annonce d'un décès. Le Ponténégrin m'a pris dans ses bras et a trouvé des mots délicats pour me consoler.

« Allons prendre un verre à Santé Tout Brazza. Ça va nous faire oublier. »

Il me gardait dans ses bras et promenait sa main dans mon dos. J'ai dit qu'il me fallait rentrer chez moi ; que mes parents étaient des gens très stricts. Leur fille devait rentrer avant le coucher du soleil. Il a proposé de me raccompagner. Nous avons pris un *foula-foula* et le minibus nous a déposés devant chez Floribert. Le Ponténégrin souhaitait me revoir le lendemain. Histoire de nous concerter sur la manière d'obtenir la bourse pour la France.

Dès qu'il est parti, j'ai frappé à la porte de Floribert. Mon rugbyman a froncé les sourcils, ouvert la bouche, écarquillé les yeux à la manière d'un villageois qui découvre les lumières de la ville.

Le lendemain matin, j'ai informé mes parents du vol de mon solex et prétendu que j'avais passé la nuit chez Pélagie.

En moins d'une semaine mon père a retrouvé mon solex. Un des policiers de garde chez le ministre de l'Éducation nationale l'avait offert à sa maîtresse.

Je remontais l'allée du Chaillu, avenue bordée d'arbres entre le rond-point du Camp-du-Tchad et les Trente-Deux Logements, quand j'ai aperçu Franceschini à hauteur de l'immeuble Air France. Il venait, en sens inverse, à pied, en compagnie d'une femme. Une Africaine en pagne. Chacun d'eux portait par l'anse un panier en osier. Ceux dans lesquels on range les provisions. J'ai salué mon professeur d'un signe de tête et il a répondu d'un geste de la main.

Franceschini avait l'air surpris, mais ravi de me rencontrer.

« Kimia, quel plaisir ! »

Il était rare que les professeurs se souviennent du prénom de leurs élèves. Surtout quand il s'agissait de prénoms qui ne figuraient pas dans le calendrier chrétien.

Je suis descendue de mon solex et l'ai garé sur le trottoir en face de l'immeuble Air France.

Sans que je fusse capable de l'identifier, le visage de la femme qui accompagnait Franceschini avait quelque chose de familier. Quoique mince, elle avait la poitrine forte. Elle devait avoir la quarantaine. Un peu plus jeune que Franceschini. Elle avait le front soucieux. Son pagne, aux tons sombres, ainsi que sa coiffure pouvaient laisser penser qu'elle portait le deuil.

« Kimia, que devenez-vous ? »

J'ai haussé les épaules en prenant un air résigné.

« Vous n'allez pas me dire que vous arrêtez vos études… Vous avez obtenu, une mention, non ? »

J'étais fière qu'il se souvienne de ce détail. Mais peut-être n'était-ce pas un souvenir spontané. Allez savoir si sa mémoire n'avait pas été entretenue par Pélagie. Une partie des conversations entre amants sont, paraît-il, consacrées aux conjoints cocus. À défaut, on parle de ses amies. Cette pensée m'a pincé le cœur alors que je croyais avoir surmonté ma jalousie.

« Ah ! monsieur, le pays est devenu compliqué.

— Pourrions-nous en discuter ?… Passez chez moi demain. »

Je me suis arrêtée un peu plus loin pour épier discrètement Franceschini et son accompagnatrice. Ils se sont arrêtés devant la prison.

Le lendemain, j'étais en avance au rendez-vous.

Une Noire qui attend dans le hall d'un immeuble de Blancs est suspecte. Ce ne peut être qu'une « bordelle », une ndoumba, ou autre voyelle. J'ai sillonné le quartier en passant et repassant devant les Trente-Deux Logements. À force de l'observer, j'en connaissais tous les détails. Aujourd'hui encore, je pourrais le dessiner avec ses claustras mobiles en bois vernis. Afin de ne pas tomber en panne sèche, je me suis mise à l'ombre de mon manguier. Celui de la fameuse nuit d'orage où Franceschini avait emmené Pélagie chez lui.

Il a été ponctuel. Des habitants de l'immeuble qui prenaient l'ascenseur ont retenu la porte pour qu'il les rejoigne. Il leur a fait signe de ne pas l'attendre.

Nous nous sommes trouvés seuls dans la cage. Sa chemise lui collait à la peau et il avait des taches de sueur sur la poitrine et sous les aisselles. Nous n'avons échangé aucun mot. Je repoussais une pensée absurde qui m'assaillait. Un fantasme plutôt : je suis seule avec un homme dans un ascenseur ; il tombe en panne, je défais la chemise de l'homme.

Une fois dans l'appartement de Franceschini, j'ai été saisie de tremblements au ventre. Il a refermé la porte derrière nous et je me suis sentie prisonnière. Ce n'était pas comme à Poto-Poto où l'on laisse sa porte ouverte toute la journée.

L'appartement était clair, propre et bien rangé.

Il m'a invitée à m'asseoir sur le canapé, j'ai préféré un fauteuil, les genoux serrés.

Sa voix avait le timbre de Pierre Brasseur, un acteur qui m'avait subjuguée dans le rôle de Barbe-Bleue.

« Un Canada Dry ? Pas d'alcool ? »

Cela avait l'air d'un reproche. Il m'a servie lui-même. N'avait-il pas un boy, comme tous les Blancs ?

Il a disparu dans un couloir en fermant la porte derrière lui.

Comme une sauvageonne perdue dans un palais, je découvrais la pièce autour de moi. Un cosy-corner, aux rayonnages agrémentés de livres et de statuettes traditionnelles. Une table basse sur laquelle étaient étalés des ouvrages d'art, des fauteuils de fabrication locale, courts sur pattes, de couleur cire foncée, un siège canné, des coussins du même tissu que celui du couvre-lit du cosy-corner. Cela me donnait des idées à exploiter le jour où j'aurais ma chambre d'étudiante à Paris. J'avais envie de toucher aux livres, de les feuilleter, d'examiner de près les photos encadrées de cuir ou d'étain, disposées sur un meuble.

Franceschini est revenu habillé et coiffé de frais. Son eau de toilette fleurait une senteur légèrement épicée. À nouveau, il m'a proposé à boire, avant de se raviser : il n'avait plus de Canada Dry.

Il a ouvert le réfrigérateur, énuméré son contenu, et s'est désolé du manque de variété. Il a ouvert un meuble d'où il a sorti un flacon en cristal biseauté, au goulot entouré d'une chaînette à laquelle pendait une manière de scapulaire en forme d'armoirie. Il s'est versé du whisky, a avalé une gorgée en fermant les paupières et gardé ensuite la bouche ouverte. Il avait des lèvres plus épaisses que celles des autres Blancs.

Après quelques formules de courtoisie, il m'a posé des questions sur mon avenir. Il était rassuré de savoir que j'étais décidée à poursuivre mes études et que mes parents ne mettaient aucune entrave à mon désir.

« Désolée, je ne corresponds pas à l'image des filles africaines, victimes de leur famille et de leur milieu.

— Quoi donc, alors ? »

J'étais fière de lui avoir arraché un sourire. Il a écouté avec attention mon couplet sur l'injustice dont je me sentais victime et mon jugement sur la bureaucratie du service des bourses, sur le tribalisme qui y prévalait. Il ne m'a pas interrompue. Il s'efforçait d'avoir un visage impassible. À plusieurs reprises, il a haussé le sourcil et je me suis dit qu'il compatissait.

« Il n'y a rien de dramatique dans tout cela, mademoiselle. »

Ce mademoiselle m'a fait tiquer. J'ai été reprise par le syndrome de l'ascenseur. J'avais envie de me jeter sur Franceschini, de l'embrasser, d'arracher sa chemise.

« Au lieu de commencer vos études supérieures en France, vous les commencerez ici ? La belle affaire ! Le Congo ne peut pas ouvrir une université et continuer à envoyer ses étudiants à l'étranger. Nous ne sommes plus en 1950, mademoiselle. Tout va changer. Estimez-vous heureuse de bénéficier d'une bourse. Vous vivez sur la lancée d'habitudes prises sous la colonisation. Bientôt, le pays n'aura plus les moyens d'accorder une bourse à chaque bachelier. Il est plus économique de faire venir quelques enseignants de l'étranger que d'y envoyer des boursiers.

— Mais la France c'est pas l'étranger. »

Franceschini m'a regardée, a froncé les sourcils, a hoché la tête. Il m'a encore proposé à boire. Je n'en avais plus envie. J'avais soif, mais je sentais que cela ne passerait pas. Je n'écoutais plus le discours moralisateur de Franceschini. Ainsi, lui aussi raisonnait comme eux.

Je pensais à ma Sorbonne envolée. Il n'a pas dû s'en apercevoir, car il a continué à me faire la leçon jusqu'à ce que le téléphone sonne. Après avoir répondu à son interlocuteur qu'il serait là dans une heure, il s'est excusé en m'annonçant qu'il était attendu à l'Inspection académique et m'a proposé de me déposer en chemin. J'ai décliné son offre. J'avais mon solex.

Sans en avoir l'air, j'ai pris plaisir à raconter à Pélagie ma rencontre avec Franceschini. J'insistais sur la présence d'une dame mystérieuse qui l'accompagnait dans l'allée du Chaillu.

« Une Blanche ?

— Non.

— Une négresse ?

— Ça n'existe plus : nous sommes indépendants.

— Je veux dire une Africaine...

— Non plus.

— Une "méti", alors ? »

Je hochais sentencieusement la tête.

Quant à ma visite aux Trente-Deux Logements, je la parais de situations équivoques et je guettais à la dérobée les réactions de Pélagie. Même avec une bonne dose d'affabulations, mon récit ne produisait pas l'effet escompté. Du moins, Pélagie ne laissait-elle rien transparaître. Elle me fournit les clés de l'énigme.

La femme qui accompagnait Franceschini dans l'allée du Chaillu était Mme Banga. Pas une métisse, mais une femme à la peau claire, comme on en rencontre chez certaines de nos populations du Nord. Chaque jour, ils se présentaient ensemble devant les portes de la maison d'arrêt pour apporter la nourriture de l'ancien ministre.

Dès le lendemain de l'emprisonnement de Banga, Franceschini avait manifesté sa solidarité avec son ami d'enfance.

Banga et les autres membres de l'ancien gouvernement

avaient été maintenus plusieurs mois au camp militaire puis transférés à la maison d'arrêt, sans jugement. De longs mois durant lesquels, chaque jour, que ce soit la canicule, qu'il pleuve ou qu'il vente, Franceschini accompagnait Mme Banga à la prison. Ils n'étaient pas autorisés à rencontrer Banga. L'essentiel était que ce dernier, en recevant les provisions, sache qu'ils étaient passés. Cela entretenait l'espoir.

Les gardiens utilisaient leurs matraques pour farfouiller dans les plats et prenaient plaisir à répandre la nourriture. Ils lançaient des plaisanteries grivoises aux femmes des prisonniers, se gaussaient du Moundélé, réduit au même sort que les indigènes, se vantaient de commander désormais. Franceschini et Mme Banga faisaient la sourde oreille. Il ne fallait pas le répéter, mais Mme Banga obtenait, en graissant la patte des geôliers, quelques entrevues avec son mari. Alors les époux étaient astreints à parler haut et à s'exprimer en français. Pas en langue. Le patois des geôliers n'étant pas celui des époux. L'ancien ministre réclamait de la lecture. Sa préférence allait aux ouvrages classiques. Franceschini, glissant lui aussi quelques matabiches, réussit à introduire des textes latins et grecs. Ils furent confisqués. On suspectait cette langue et ces caractères inconnus d'être des messages cryptés. Franceschini fit alors parvenir des ouvrages de la collection Budé où la traduction française figure en regard du texte original. Ils subirent le même sort et valurent des menaces au pourvoyeur.

Le jour du procès, Franceschini était dans la salle. On se demandait ce que ce Blanc venait chercher dans une affaire de Noirs. Les intimidations des forces de l'ordre ne l'impressionnèrent pas. Dès le lever du jour, il avait fait la queue devant les marches du palais de justice, en fumant cigarette sur cigarette. Assis dans les premiers rangs, il ne reconnut pas tout de suite Banga. Celui-ci arborait son éternel sourire. Il avait le visage joufflu et un début d'embonpoint, dus au manque d'activité. On lui avait refusé le port de son fameux nœud papillon. Vêtu d'un « abacost » kaki, les mains menottées, il marchait en tête des prévenus.

Lorsque Banga aperçut le visage torturé de Franceschini, il lui adressa un clin d'œil. Inconscience ou provocation, Banga affichait une mine sereine.

Pour leur défense, les accusés invoquèrent la bonne foi et réclamèrent l'indulgence de la cour. La plaidoirie de l'avocat de Banga fut médiocre et inconsistante. Contre toute attente, Banga plaida coupable et se servit du prétoire comme d'une tribune où il invoqua des valeurs à l'opposé de celles que prônaient les hommes à la tenue vert olive.

Banga fut condamné à dix ans de travaux forcés. Dans la réalité, il n'y a pas de travaux forcés chez nous. Mais nos juges disaient le droit tel qu'il figurait dans le Code Napoléon, dont nous avions hérité et que, depuis le 15 août 1960, personne n'avait relu ni songé à adapter à la société nouvelle. Cela aurait exigé du travail et du temps. Or, une fois les bureaux fermés, les responsables parcouraient la cité, y rendaient des visites, écoutaient les rumeurs, allaient se dérouiller les hanches en dansant du côté du Café Nono.

Banga savait les dés pipés. À l'annonce du verdict, il flancha un instant, mais se ressaisit et, le visage serein, esquissa un sourire encourageant.

Le soir, l'avocat de Banga rendit visite à son client afin de lui soumettre les termes de sa demande de grâce.

« Dites-moi, maître, avons-nous gagné ?

— Qui nous ?... Gagné quoi ?

— Nous, le Paris-Saint-Germain, pardi. Nous jouions un match capital contre Saint-Étienne aujourd'hui.

— Il s'agit de votre sort, monsieur Banga.

— Mon sort ? N'attachez pas d'attention à cette histoire de nègres. Laissez courir, maître. Soyons sérieux, voulez-vous. Obtenez-moi le résultat du match. C'est plus important. »

Plus tard, longtemps plus tard, quand, évoquant leurs souvenirs, Franceschini narrait cet événement, Banga esquissait une moue de modestie pour indiquer qu'il s'était agi d'un épisode dérisoire. Que tout s'était déroulé naturellement, simplement, sans réfléchir. Une fois cependant, l'ancien séminariste, qui se baptisait lui-même d'« ancien apprenti curé », confia que, le jour du procès, il avait recouru à la prière. Une prière laïque. Un poème de Clément Marot :

Lorsque Maillart, juge d'Enfer, menait
À Montfaucon Samblançay l'âme rendre,
À votre avis, lequel des deux tenait
Meilleur maintien ? Pour vous le faire entendre,
Maillart semblait homme qui mort va prendre,
Et Samblançay fut si ferme vieillard,
Que l'on cuidait, pour vrai, qu'il menât pendre
À Montfaucon, le lieutenant Maillart.

Il récita le poème en faisant des diérèses, en marquant les dactyles et les spondées, comme il aimait à le faire dans ses moments de cabotinage.

Le lendemain du verdict, Franceschini reprit chaque midi le chemin de la prison avec Mme Banga, leurs paniers à provisions et des livres à la main. Il fit d'autres tentatives pour faire passer des textes de Platon et d'Ovide, dans la langue originale. Il expliquait aux geôliers qu'il s'agissait d'ouvrages en langue, pas celle du gardien, mais d'un autre patois. Le résultat variait suivant l'humeur du gardien de service. Le *Gorgias* et *Les Tristes* furent confisqués.

À la suite de je ne sais plus quelle inspiration, les autorités ont amnistié tous les condamnés politiques.

Banga s'est retiré dans sa propriété à plusieurs centaines de kilomètres de la capitale. Outre le soin de ses animaux, il y approfondissait sa connaissance des langues anciennes.

Les jours passèrent. La saison sèche se prolongeait au-delà de sa date habituelle. C'était le sujet principal des discussions. On se plaignait, on interprétait, on établissait des liens entre ce phénomène climatique et des anomalies de la vie politique. Un orchestre composa un air sur ce thème. Moi, je m'en accommodais. La saison sèche c'est la saison fraîche. Elle convenait à mon métabolisme. Puis la nature a repris son cycle. Les pluies sont arrivées.

Faisant contre mauvaise fortune bon cœur, Pélagie et moi nous sommes inscrites à la nouvelle université. Elle en médecine, moi en lettres.

« Lettres !… As-tu réfléchi ?

— Pas besoin. Quand on a la vocation, on ne calcule pas.

— Tu veux crever la faim ?

— Je veux devenir professeur de lettres, la meilleure position pour écrire.

— Professeur ! Un métier de gagne-petit, oui.

— Franceschini, c'est un gagne-petit ?

— Pas pareil, maman. Franceschini c'est un coopérant. Payé en CFA, c'est-à-dire le double de ce qu'il gagnerait en France. Plus les primes de dépaysement, de climat, et d'autres choses. »

Pélagie haussait les épaules et secouait désespérément la tête.

« À moins que tu veuilles devenir française et revenir au pays dans la coopération.

— Moi, française, après l'Indépendance ! Française, avec ma peau ? »

Pélagie aimait à remarquer que j'étais plus noire que la moyenne des Congolais ; j'ai en effet la peau d'une Ouolof du Sénégal et j'en suis fière.

« On n'est pas français par la peau. Regarde les Antillais.

— D'accord, mais y aura-t-il encore des coopérants français à la fin de nos études ?... Au train où vont les choses !... Hier, tout bachelier avait sa bourse pour se rendre en France, aujourd'hui... Devenir française pour demeurer là-bas !... J'ai besoin de Poto-Poto pour écrire, moi.

— Ah, quitte là !... »

« Quitte là » n'a pas le sens qu'on lui donne en France. Au Congo, cela veut dire « Cesse tes balivernes » ou bien « Pour qui me prends-tu ? ».

« Ah, quitte là !... Pour devenir écrivain congolais, pas besoin d'habiter le Congo, pourvu que le Congo t'habite. »

Depuis lors, j'ai entendu la même phrase attribuée à notre poète Tchicaya U Tam'si. « Vous habitez le Congo, moi le Congo m'habite. » Allez savoir si lui-même n'a pas emprunté la formule à Pélagie ?

La conversation s'est poursuivie. Rien à voir avec les échanges que nous avions à l'occasion de la préparation d'une dissertation, ou d'un exposé, comme c'était de plus en plus l'usage pour mes congénères, sur le capitalisme, le communisme, l'impérialisme et le néocolonialisme. C'était moins complet, mais plus vivant. J'apprenais une foule de choses de Pélagie. Que, même en France, il y avait moins de cent écrivains capables de vivre de leur plume ; que les œuvres d'un très grand poète, dont j'ai oublié le nom, s'écoulaient à un rythme inférieur à trois cents exemplaires par an ; que si chaque exemplaire se vendait à tant de francs…

D'où Pélagie tenait-elle ces précisions ? Qui d'autre que Franceschini les lui avait fournies ? Ces deux-là, vraiment !…

« Pourquoi soupires-tu, maman ? »

Je n'allais pas lui avouer ma jalousie. J'avais dépassé ce stade.

« Un écrivain n'écrit pas pour s'enrichir.

— Pour quoi alors ?

— Pour s'amuser. Moi, j'écris pour avoir quelque chose à lire.

— Comprends pas. »

J'avais répondu comme ça, sans réfléchir. Même s'il m'arrivait de me poser la question, je n'avais pas poussé ma réflexion bien loin.

« En final de tout (c'était bien cette fois-ci une des formules préférées de Pélagie, une de ses scies)… En final de tout (elle me passa le bras autour de l'épaule), tu as besoin, maman, pour écrire dans la sérénité, d'un job qui te place à l'abri du besoin. Or, de nos jours, un écrivain n'est pas plus utile à la société qu'un joueur de football, un musicien, ou une bordelle. »

Elle a cité des noms d'écrivains qui auraient « ouvert des voies nouvelles dans l'imaginaire mondial » — encore une formule volée à Franceschini — alors qu'ils travaillaient dans la grisaille d'établissements bancaires ou commerciaux.

À quel moment avait-elle réfléchi à ces questions, Pélagie ? Plus je l'écoutais, plus je croyais entendre Franceschini.

Grains de chapelet gris, les jours s'égrenaient insensiblement entre nos doigts. Du fleuve montaient des odeurs de remugles. Les passants avaient le regard triste. Dans les rues, on ne sifflotait plus les rumbas à la mode. Dès le matin, c'étaient les voix puissantes d'adolescents aux visages d'anges qui couraient en rangs en entonnant des chants guerriers. Ils se donnaient des airs de caïds en dissimulant leur acné sous la barbe. En uniforme vert olive, coiffés d'une casquette façon Fidel Castro, la kalachnikov en bandoulière, au pas de l'oie, ils entonnaient des hymnes dont le tempo rappelait la marche lente des légionnaires. Ils assuraient que le monde allait changer de base et que le pays serait le tombeau de l'impérialisme français. Petit pays, crânaient-ils, petit pays, mais le petit piment brûle plus que le gros. Vers quels fronts montaient-ils ? Contre quel ennemi ? Des rafales claquaient dans la nuit. Où, pourquoi ? Gare aux balles perdues ! Gare aux égarés ! Gare aux semeurs de mort ! Ni la presse écrite, ni la radio, ni la télé ne faisaient état de ces événements. Elles récitaient des bulletins froids. Une actualité hiérarchisée dans un ordre immuable. Les activités du suzerain, puis celles des vassaux, des comtes et des saints… Enfin le reste, quoi. Un pays normal, un pays officiel. Seule radio-trottoir nous révélait les coulisses de la vie à huis clos.

Malgré le couvre-feu, Brazza continuait à danser. C'était l'année du boucher. Une rumba saccadée, aux gestes de marionnettes, au cours de laquelle les danseurs s'arrêtaient brusquement pour frapper une balle au sol et effectuer des mouvements de reins obscènes. Les étrangers s'étonnaient de notre insouciance. Les malheureux n'avaient pas compris que si, au Congo, on danse pour courtiser, pour célébrer la lune, la moisson, le nouveau-né, le mariage, on danse aussi pour exprimer sa tristesse. On danse pour prier. On danse pour pleurer ses morts. On danse pour se recréer, on danse pour dire sa mélancolie. Selon la manière dont on remue sa ceinture, la rumba exprime la joie ou le chagrin.

Certaines nuits cependant, la ville prenait des airs de place forte assiégée à l'heure du couvre-feu. Ainsi pendant les mois qui suivirent l'affaire Pouabou, Matsocota et Massoueme. Trois cadres : le président de la cour suprême, le procureur général et un journaliste. Enlevés de nuit, sous le regard de leurs femmes et au milieu des hurlements de leurs enfants terrorisés. Emportés par des hommes en uniforme. Pas celui de l'armée, mais le vert olive.

On ne retrouva qu'un corps. Mutilé, le sexe dans la bouche.

Aucune explication, sinon des justifications embarrassées et confuses faisant état de complot, de contre-révolution et de raison d'État. Vouloir en savoir plus rendait suspect. Suspect de traîtrise. D'appartenir à la cinquième colonne. Une expression qui se répétait mécaniquement. Franceschini nous en donna le sens.

Nous nous rendions sans grand entrain à la nouvelle université, rue Bayardelle. Durant les heures de pause, nous échafaudions des plans et échangions des tuyaux pour obtenir des bourses à l'étranger. Ah ! partir, partir, partir… Partir à la Sorbonne. Comme Villon, Césaire et Senghor.

Chaque ambassade proposait son quota de bourses.

Quand nous nous y rendions, on nous servait la même réponse : les bourses n'étaient pas destinées à des individus, mais au gouvernement. Inutile de discuter.

Dans la capitale, tout le monde se connaissait, ou connaissait celui qui connaissait celui qui connaissait quelque détenteur d'une parcelle du pouvoir d'État. Aujourd'hui tu m'aides, demain je te rends service. Sinon moi-même, du moins l'un des miens. Comme au village, où les choses s'arrangent toujours à la bonne franquette. Chez nous, le plus insignifiant des marmitons possède un lien de famille, de clan ou de tribu avec un « Grand ». Suffisait de s'asseoir, de remettre sa tête en place, de réfléchir, pour identifier la personne idoine. Ensuite, c'est histoire de culture. Les Bantous ne sont pas faits pour la loi, c'est la loi qui est faite pour eux. Au besoin on la change, au besoin on l'ignore. La dimension humaine prévaut sur le texte ou le règlement.

En quelle année étions-nous ? J'hésite à le préciser. À l'époque, je ne tenais pas de journal de peur qu'on ne lût le fond de ma pensée ou qu'on ne l'utilisât comme pièce à conviction pour m'accuser de collusion avec la cinquième colonne et me faire porter le chapeau d'une conspiration.

1964 ou 1965 ? Nous devrions abandonner le calendrier chrétien pour une autre formule. De même que le calendrier chinois attribue une année à un animal, nous devrions désigner les années par les titres de nos rumbas les plus célèbres. Il y aurait l'année de *Para Fifi*, celle de *Makambo Mibalé*, celle de *Mokolo na kokoufa*, celle de *Massoua*, celle de *Nakomi tounaka*, etc. Cela correspondrait plus à notre idiosyncrasie. Nous serions plus respectés, et ce serait moins impersonnel que des chiffres. Les élèves retiendraient mieux les événements de leur programme d'histoire.

C'était donc l'année de la danse du boucher. Peut-être

aussi celle de *Mokolo na kokoufa*, « *Le jour de ma mort* ». Une rumba célèbre. Elle caracolait en tête des succès, avec plusieurs longueurs d'avance sur les autres rengaines de la saison sèche. Les gens la sifflotaient sur les chantiers, les échafaudages, en se promenant. La radio nous la serinait à longueur de programmes, et les bars à la mode — Faignond, Papa Clo, Café Nono, Macédo — la rejouaient plusieurs fois au cours de la même soirée.

Ce fut aussi une année d'orages et de pluies. Car, chez nous, saison des pluies rime avec canicule. Au cours de l'après-midi, Brazzaville mijotait dans une chaleur moite, amollissante, et le soir, après la douche du ciel, nous étions la proie d'escadrilles de moustiques. Ceux qui ne s'accommodaient pas des nouvelles institutions y trouvaient matière à fustiger Dipanda :

« On a beau dire, mais, du temps des Blancs, au moins possédions-nous des hélicoptères qui épandaient régulièrement le DDT. Maintenant, avec nos frères, les nègres-là, ils prennent l'argent pour s'offrir des voitures américaines ou des ndoumbas de luxe. Plus d'hélicoptères, plus de DDT. Youlou ou Révolution, c'est du tabac de la même pipe, oui. »

Pour Pélagie et moi, c'était le pays lui-même qui devenait insupportable. Nous nous surprenions à vitupérer le climat dans les mêmes termes qu'utilisaient les colons pour affirmer que l'Afrique équatoriale était un pays maudit qui minait la santé et que les primes d'expatriation n'étaient pas à la hauteur des risques encourus.

Une seule issue à notre enfer : obtenir une bourse, fuir le pays, s'inscrire à la Sorbonne.

Une nouvelle atténua notre morosité. Afin de pallier la défection d'un coopérant, la nouvelle université avait fait appel à Franceschini. Pélagie et moi changeâmes d'orientation. Nous nous inscrivîmes toutes deux en propédeutique, section lettres. Cela nous donnait l'occasion de retrouver notre mentor.

En dehors des cours, Franceschini recevait les étudiants chez lui par petits groupes. Pélagie et moi allions ensemble aux Trente-Deux Logements. Mais je la soupçonnais de s'y rendre seule, à la dérobée. Au début, j'en avais eu des insomnies et des cauchemars puis, le temps passant, je me fis une raison.

Les cours de Franceschini nous transportaient dans un autre monde, nous offraient un horizon plus large. Celui de la vie sans couleur de peau, sans langue, sans climat, sans kalachnikov.

Avec lui, pas de cours *ex cathedra*. Des séminaires dans le style des dialogues socratiques. Sortis de la faculté, nous relisions peu nos notes. Nous nous précipitions dans les bibliothèques en quête des ouvrages évoqués par le maître. Au cours de ces séances de maïeutique, je parlais peu. J'écoutais mes condisciples. Je buvais les paroles de Franceschini. Elles pénétraient en moi, se diffusaient avec la douceur bienfaisante d'une perfusion. Mon pouls changeait de rythme, je me sentais apaisée, prête à m'envoler.

Quoi qu'affirmât Franceschini, Voltaire et Rousseau me parlaient autant que Jacques Roumain, Césaire ou Senghor. Mon avenir, je le savais, passait par la Sorbonne.

Chaque jeudi, nous avions théâtre. L'initiative de quelques camarades : Mabiala, Moulayi, Mokoussé, Mafouta, Dihoulou, et deux autres que j'ai oubliés. Pélagie m'entraîna dans le groupe. J'avais hésité. J'étais timide, j'avais conscience de ma gaucherie, je manquais de tempérament, je n'aimais pas cabotiner.

« Tu parles ! ce sont la beauté et la capacité de séduire qui comptent sur la scène, maman. Comme dans la vie. *Or que* tu possèdes toutes ces qualités, mais tu n'oses pas. En plus, tu n'as pas d'accent, toi. Pas comme... »

Pélagie cita un membre de la troupe dont elle imita le fort accent mbochi.

« A ta' ké milita' du pa'ti et de la révolutio... »

Elle répéta qu'il fallait oser et fit référence à un mouvement qui débutait en Chine et dont le leitmotiv était : oser.

Les répétitions avaient lieu dans l'amphithéâtre de l'École normale supérieure et les spectacles dans une salle derrière le Trésor, pas loin du temple protestant, au cœur de l'ancien Plateau, le CFRAD, un sigle dont personne ne savait la signification. De la scène, les acteurs distinguaient au-dessus du public, et derrière lui, un ciel étoilé à hauteur du fleuve : les lumières de Kinshasa ! Un autre spectacle. On en oubliait son texte. J'ai éprouvé cette sensation à l'occasion de ma première prestation.

Je jouais un rôle secondaire dans *La Marmite de Koka-Mbala*, une pièce de notre compatriote Guy Menga qui venait d'être primée en France. Nos autorités en tiraient gloire, comme si le talent de l'auteur était le fruit de leur politique. J'aimais le dénouement de la pièce. Des jeunes gens revenus de l'étranger font part au village de tout ce qu'ils ont observé à l'étranger et y puisent l'inspiration pour mettre fin à des coutumes obscurantistes et surannées que perpétue un sorcier, conseiller du roi, l'âme noire du récit. Mabiala, Ossebi, Dihoulou, et la bande, étaient fiers d'avoir monté une pièce « engagée », une notion que Franceschini venait de nous expliquer. Nos camarades invitèrent celui-ci à une répétition.

Il ne s'embarrassa d'aucune circonlocution : c'était mauvais. Une représentation de patronage, notre jeu était mièvre, ridicule, trop théâtral.

« Mais n'est-ce pas du théâtre que nous jouons, maître ?

— Cessez de m'appeler maître. Ça aussi c'est ridicule… »

Il a interrompu la répétition, s'est saisi du texte et s'est mis à l'interpréter. C'était fascinant et désopilant. Le prof qui faisait le pitre. Non, pas le pitre. Il imitait. L'imitation du réel, pas sa caricature, comme nous le faisions, nous, animés des meilleures intentions.

Quelques jours plus tard, il nous a emmenés au Paris. Un cinéma du centre-ville à ciel ouvert. Les filles s'étaient entassées dans sa 2 CV et il a glissé à Ossebi l'argent du taxibus. À l'entrée du cinéma, il a remis à chacun son ticket. De gros timbres enroulés qui se détachaient à la denture. Payés de la poche de Franceschini. À l'affiche, *Psychose* de Hitchcock.

À la fin de la séance, nous nous sommes retrouvés chez lui, aux Trente-Deux Logements, pour un débat.

Quelques jours plus tard, il nous a ramenés au Paris pour apprécier le film à la lumière de notre débat.

Les répétitions ont repris en vue du spectacle de fin d'année universitaire. *La Marmite* ne convainquait guère Franceschini. Trop édifiant. Nous avons monté *La Tragédie du roi Christophe,* mais le perfectionnisme de Franceschini nous a contraints à renoncer à ce choix. Nous nous sommes rabattus sur une autre pièce de Césaire, *Une saison au Congo,* plus à notre portée, en raison de son contexte. Elle semblait avoir été écrite pour nous.

Senghor effectuait une visite officielle au Congo. Les autorités voulaient épater le poète-président. Or *Une saison au Congo* inquiétait le ministre. Le sujet, politiquement délicat, était susceptible de générer un conflit avec les frères de l'autre rive. Mobutu, dont le rôle n'avait pas été reluisant dans l'assassinat de Patrice Lumumba, pouvait se sentir visé. On se rabattit finalement sur le *Figaro* de Beaumarchais. Vieille de deux siècles, la pièce ne gênerait personne. Les acteurs firent contre mauvaise fortune bon cœur. Peut-être parce que la comédie était au programme de la propédeutique lettres.

La salle était comble. Pas en raison du titre de la pièce.

Des curieux avaient été attirés par la présence de Senghor, mais la majorité du public tenait à s'assurer des places pour le concert qui suivait notre représentation : un orchestre de Yaoundé, alors à la mode, promoteur de la danse makossa.

Franceschini nous avait convaincus de ne pas jouer en habits d'époque, mais en tenue tropicale, ce qui évitait de nous procurer, ou de nous confectionner, des perruques et autres accessoires introuvables à Brazzaville, et avec lesquels des Noirs étaient à son avis ridicules. Les décors, œuvre du peintre Malonga, évoquaient des lieux et des places publiques de la capitale. Le rôle de Figaro était tenu par Baloula, un condisciple qui me fascinait. Une voix de basse qui rappelait celle du chanteur noir américain Paul Robeson.

La salle avait interrompu Baloula et l'avait spontanément ovationné lorsque Figaro s'était écrié :

« Parce que vous êtes un grand seigneur, vous vous croyez un grand génie !... Qu'avez-vous fait pour tant de biens ? vous vous êtes donné la peine de naître, et rien de plus... tandis que moi... »

Des cris avaient fusé du parterre. Des hurlements plutôt, auxquels se mêlaient des youyous. Il fallait tendre l'oreille pour distinguer ce que scandaient les spectateurs :

« Tout-puissant Bac plus dix ! Tout-puissant Bac plus dix ! »

Dès que le public interrompait son chahut, une voix de crécelle lançait :

« Tout-puissant quoi ?

— Bac plus dix ! » reprenait la salle.

« Tout-puissant Bac plus dix » était le sobriquet dont la cité avait affublé l'aîné des oncles du ministre de l'Intérieur. Tout-puissant parce que son pouvoir ne connaissait aucune limite. Il ne payait ni impôts, ni droits de douane, ni contraventions. Bac plus dix, en raison de ses exploits universitaires. Dix ans en Europe où il avait successivement été inscrit en faculté de droit, de médecine, de pharmacie et dans un conservatoire de musique, avant de revenir au pays. Sa carte de visite énumérait des diplômes dont il n'aurait su produire les originaux. Mon père disait qu'il avait poursuivi ses études sans pouvoir les rattraper. La rapidité avec laquelle il avait bâti sa fortune, son train de vie ostentatoire, ses frasques, lui valaient quelques courtisans et beaucoup d'ennemis. D'où son autre surnom : « le pacha des tropiques ». À la tête de nos services des douanes, qu'il avait reçus en prébende et dirigeait comme une charge d'ancien régime, Tout-puissant

Bac plus dix s'était constitué un parc immobilier, dont la majeure partie se situait dans le quartier chic de la capitale. Son patrimoine comportait aussi quelques usines (pour lesquelles il servait de prête-nom à des fortunes étrangères), quelques magasins de fringues et des boîtes de nuit à Poto-Poto, dans le centre-ville, à Bacongo. Sa fortune lui permettait de fournir des jeunes femmes aux responsables qui lui facilitaient l'octroi de marchés et fermaient les yeux sur ses agissements. Il exerçait au passage, et sans vergogne, un droit de cuissage sur les épouses et les filles des solliciteurs qui frappaient à sa porte.

À la fin de la représentation, le public s'était dressé pour ovationner la troupe. Les acteurs revinrent plusieurs fois sur la scène et des cris frénétiques jaillirent à nouveau de la foule.

« *Bis*, Tout-puissant Bac plus dix ! *Bis*, Tout-puissant Bac plus dix ! »

Il nous a fallu un moment pour comprendre que la salle voulait réentendre la tirade à l'origine du délire. Et, tandis que les acteurs saluaient le public par des courbettes et des révérences, les spectateurs firent un ban, en scandant, sur l'air des lampions : « *Bis*, Tout-puissant Bac plus dix ! *Bis*, Tout-puissant Bac plus dix ! » Les membres de la troupe se regardèrent, hésitèrent, puis, encouragés par les applaudissements, disparurent dans les coulisses, laissant Baboula reprendre la fameuse tirade de Figaro.

Senghor, jusque-là impénétrable derrière ses lunettes cerclées d'acier, esquissa un sourire.

Un agent du protocole vint souffler quelque chose à l'oreille du ministre de la Culture qui s'entretint avec le chef de l'État sénégalais et les officiels quittèrent la salle.

Les comédiens fêtèrent leur succès dans un bar de la cité

en portant des toasts à Senghor et à Beaumarchais. À la sortie, dans une venelle obscure, Baloula et cinq de ses condisciples furent interpellés par des policiers en civil. Dans le panier à salade, l'un des étudiants, apprenti juriste, fit valoir que la législation du pays était la même que sous la colonisation. Il était interdit d'arrêter un citoyen après le coucher du soleil.

« Ta gueule ! » rétorquèrent les sbires, avant de le rouer de coups.

Entassés dans une cellule du poste de police, ils passèrent la nuit en compagnie d'un gamin, voleur à la tire, de deux bordelles, d'un trafiquant de diamants et de quelques souris qui leur grignotaient les pieds. Au matin débutèrent les interrogatoires. Les policiers assignés à cette tâche avaient assisté à la représentation et enregistré des passages entiers de la pièce ainsi que, cela va de soi, les quolibets contre le directeur des douanes.

« Qui a écrit ces saletés ?

— Saletés ?

— La pièce !

— Beaumarchais...

— Attendez, répétez ! Bo... Épelez-moi ça !... Lentement, s'il vous plaît... Un Noir ou un Moundélé ? »

Les étudiants se regardèrent.

« Alors, ça vient ou faut que je vous le fasse dégueuler ?... Connaissez nos méthodes, s'pas ?... Alors ?... J'attends... Moundélé ou nègre ?... Savez pas ?... Un métis (il prononçait *méti*) peut-être.

— Un Moundélé.

— Je m'en doutais. À cause des passés simples et des subjonctifs. Jamais un Black ne conjuguerait comme ça... Et où crèche-t-il le Beau… attendez… ah ! voilà… le beau marché, si c'est beau marché-là. »

Une volée de claques, de coups de poing et de pied figea le sourire qu'un étudiant avait esquissé. On l'inculpa d'injures et de manque de respect à un officier de la loi.

« Holà ! holà ! du calme, du calme. Que se passe-t-il ici ? »

C'était le commissaire en chef.

« Savez pas, bande d'abrutis, qu'il est interdit de tabasser les citoyens ? Que je ne vous reprenne pas à ce petit jeu, bougres d'andouilles, sinon, c'est vous que je fous au gnouf. Compris ?

— Compris, chef », répondit un chœur qui, après un claquement de talons et de mains contre la couture du pantalon, se raidit en un garde-à-vous d'opérette.

On rapporta les événements de la veille au ministre de l'Intérieur. Après avoir vérifié leurs identités, on relâcha les étudiants, à l'exception de Baloula et de celui qui avait eu l'outrecuidance de rire au nez des forces de l'ordre. Retenus pour un supplément d'enquête. Solidaires, les autres voulaient rester sur place. On leur conseilla de ne pas aggraver leur cas : à vouloir jouer les justiciers, ils risquaient d'être jetés dans une autre prison, au camp militaire cette fois-ci.

Les étudiants relâchés étaient de la même tribu que le commissaire en chef pour les uns, de celle du ministre de l'Intérieur pour les autres. La vérification d'identité, et surtout la sonorité de leurs patronymes, leur avaient servi de sauf-conduit. Quant à Baloula, qui avait utilisé la scène dans un but subversif, il fallait le garder, le questionner plus énergiquement afin d'élucider ce qui présentait toutes les apparences d'un complot, d'un début de sédition, voire une préparation de terrain pour un débarquement de mercenaires. D'autant plus que le malheureux Baloula appartenait à la même tribu (et dans celle-ci au même clan) qu'un opposant notoire, exilé dans un pays frontalier.

À défaut d'informations crédibles sur Beaumarchais, on voulut savoir de qui celui-ci s'était servi pour introduire ce tract dans l'université. Parmi les noms des professeurs, celui de Franceschini attira l'attention. Pas français ce patronyme.

En gros, le rapport de police indiquait qu'un Moundélé, aux origines douteuses (Franceschini), nostalgique de la colonisation, s'était, sous couvert de coopération, introduit dans le pays pour exécuter un plan échafaudé par les services secrets de l'ancien colonisateur, ou la CIA, ou encore — on hésitait parce que c'était des camarades — le KGB soviétique. C'était clair comme de l'eau de roche : un complot impérialiste où l'on faisait agir des Noirs, manipulés par un agent Moundélé.

« Un Moundélé macaroni !

— Correct chef. Y a longtemps que nous l'avons à l'œil. Un complice de Banga. Venait chaque midi lui apporter la nourriture et des livres écrits en un code que nos services tentent toujours de décrypter. »

Franceschini fut arrêté, puis, à la suite d'une intervention de l'ambassadeur de France, relâché. Il refusa de sortir tant que Baloula ne serait pas libéré.

Il disposa de soixante-douze heures pour quitter le territoire.

L'expulsion de Franceschini a eu lieu l'année de *Massoua*. L'une des plus belles créations des Bantous de la Capitale. Il suffit d'entendre les premières notes pour être emporté. Avec ou sans cavalier, on se lance sur la piste de danse.

Massoua fut une année aigre-douce. Le jour du départ de Franceschini, toute notre promotion l'accompagna à l'aéroport. Douze étudiants, en comptant nos condisciples centrafricains et tchadiens. Personne ne se défila, chacun fut ponctuel. Mabiala Sosthène, Soukantima Clarisse, Ossebi Nicodème, Dihoulou Alphonse, Ngombet André, Okambi, Moyangar, Hadoum, et bien sûr Baloula alias Figaro... J'ai oublié certains noms. On doit les retrouver dans les archives de la police. Car ses agents étaient présents. Avec leurs mines faussement dégagées, nous repérions ces oiseaux dans le hall de Maya-Maya.

Franceschini s'est présenté, accompagné de Banga et de son épouse à la peau miel brun. Pélagie se tenait en retrait. Nous avons applaudi notre maître. Il s'est avancé vers nous et nous l'avons entouré. Il s'est avancé vers Baloula et lui a fait une accolade à la manière des Latino-Américains. J'ai tendu à Franceschini des présents au nom de mes condisciples : un cartable en peau de crocodile, deux serre-livres en ébène, sertis d'ivoire, et la réplique du fameux masque polychrome des Batékés de Mossendjo. Il a considéré chaque pièce avec attention. Aucune attitude mélodramatique. Avec maladresse, il a tenté de remballer les cadeaux. L'émotion se lisait dans ses yeux et dans le léger tremblement de sa pomme d'Adam.

Pélagie avait tenu à ajouter deux pièces en wax. Quelqu'un avait objecté que cela n'avait pas de sens : on ne lui connaissait pas de femme et, s'il en avait une là-bas, à Mpoto (en Europe), elle ne portait pas le pagne. Pélagie avait rétorqué qu'il saurait quoi en faire ; que ce genre d'imprimé ne servait pas seulement à confectionner des habits féminins, mais pouvait servir de nappe, de rideau, de couvre-lit... De quoi se créer un décor qui rappellerait le pays. J'ai repensé à l'intérieur de Franceschini, aux Trente-Deux Logements, où des batiks africains décoraient la salle de séjour. J'y ai vu une nouvelle preuve de la liaison entre Pélagie et Franceschini.

Quelqu'un a entonné *Tongo étani na mokili ya Congo*, « *Le matin se lève sur le Congo* », un hymne entraînant des Bantous que la radio diffusait chaque jour avant les bulletins d'informations. Franceschini s'est redressé et l'a chanté avec nous. En lingala.

Franceschini n'était pas un étranger expulsé du Congo, mais un enfant du pays banni de chez lui. Sa peau blanche induisait en erreur. Mais hormis Banga et sa famille, Pélagie et moi étions les seules à connaître son histoire.

Dès que Franceschini a pénétré dans la zone d'embarquement, nous avons gravi au pas de course les marches pour nous accouder au balcon de l'aéroport. Lorsque le flot des passagers s'est dirigé vers la passerelle de l'avion, nous avons entonné *Massoua akéï*, « *Le bateau s'éloigne* ». Franceschini s'est arrêté et s'est retourné. Malgré la distance, on pouvait distinguer son sourire. Il a esquissé un mouvement pour nous saluer, mais il avait les bras encombrés de bagages et par nos présents. Sa tristesse ajoutait à sa beauté. J'ai serré Pélagie contre moi. Sa poitrine était secouée de sanglots.

Je l'ai consolée, je suis restée tard avec elle ce soir-là, même si, dans le tréfonds de mon cœur, je me réjouissais de la savoir désormais séparée de Franceschini. Loin des yeux…

Quelques jours plus tard, Pélagie a reçu un pli administratif. Elle avait obtenu une bourse pour la France.

Mais rien n'était prévu pour le petit Charles Ngolo Etumba. Il s'agissait, lui dit-on, d'un problème personnel. La bourse était attribuée à un gouvernement, pas à un individu, et n'avait pas vocation à résoudre les problèmes personnels.

Nous nous rendions régulièrement chez le vieux Banga. Chaque fois, sa femme et lui nous recevaient avec affabilité. J'observais la peau claire de celle-ci. Ce n'était ni celle des métisses, ni celle de ces femmes vulgaires qui s'éclaircissent la peau avec des produits de contrebande.

Même quand il ne sortait pas, et quelle que fût la température, « le vieux » ne se départait ni de sa veste ni de son légendaire nœud papillon, au point que Pélagie se demandait s'il ne s'agissait pas d'un fétiche.

En fait, c'était Franceschini que nous allions rechercher chez le vieux. Il l'a vite compris et trouvait plaisir à jouer le mémorialiste. Un jour, je l'ai qualifié de griot. Non, m'a-t-il reprise, hormis la tribu des Batékés, et peut-être celle des Bavilis, nous n'avions pas de griots, à l'instar des Ouest-Africains.

Il avait connu Franceschini dans les années trente. Banga était alors « apprenti curé » au petit séminaire de Mbamou. Pendant les congés scolaires, il était hébergé par un oncle, qui habitait dans la rue Makoua, à quelques parcelles de celle d'Odile Kwanga, une mulâtresse à la fois discrète et populaire. On appelait la mulâtresse Mama Moundélé, moins par dérision que par affection. Elle avait un enfant, dont la peau était effectivement celle d'un Moundélé. Ce détail n'étonnait pas en soi. Sans avoir étudié les lois de Mendel, les indigènes savaient que le croisement d'une souris grise (Mama Moundélé) avec une souris blanche (un Moundélé indéterminé) pouvait donner des souris grises aussi bien que des souris blanches. L'anomalie était la présence d'une souris blanche dans un quartier de souris noires. À l'époque, insistait Banga, en prenant plaisir à nous infliger une leçon d'histoire, l'étanchéité entre les quartiers indigènes et européens était rigoureuse. Même si, après la Seconde Guerre mondiale, à la faveur de la suppression du régime de l'indigénat (ici nouveau morceau d'histoire), la discrimination raciale s'était assouplie dans les colonies, les Français — qui maintenant se vantaient de nous avoir octroyé une indépendance dans la paix — avaient pratiqué un *apartheid* avant la lettre. Seuls les domestiques pouvaient se rendre, de jour — et de nuit munis d'un laissez-passer —, au Plateau, à la Plaine et à Mpila, tandis que, à l'inverse, les Blancs ne pénétraient dans Poto-Poto et Bacongo que pour y vérifier que l'ordre colonial y régnait, qu'aucune conspiration n'y couvait. Introduire une souris noire chez les blanches était criminel et passible de sanction ; laisser une souris blanche se fourvoyer chez les noires compromettait le mythe de la suprématie du groupe blanc.

Alors, ce petit Moundélé dans Poto-Poto ?

Émile Kwanga, né de père inconnu, plus connu par son diminutif, Milou, comme le chien de Tintin.

La rumeur attribuait sa paternité au docteur Jamot. Un médecin célèbre pour sa lutte contre la maladie du sommeil. Une des rues de Brazzaville a longtemps porté son nom. Lors de ses tournées au Cameroun et en Afrique-Équatoriale française (l'A-EF), le docteur Jamot ensemença l'Afrique de nombreux enfants. De là à en faire le père de Milou !... Banga haussait les épaules et posait sur nous ce regard malicieux qui le rajeunissait. Non, Franceschini était le produit d'autres amours, celles de Pauline Kwanga, la sœur de M'ma

Odile alias Mama Moundélé, avec un certain M. de Saint-Gilles. Un jeune aristocrate arrivé aux colonies par on ne savait trop quel biais. Le cou orné d'un inséparable nœud papillon, il s'était rapproché de Banga, alors commis aux écritures du greffe. En raison de leur goût commun du nœud papillon ? À moins que ce ne soit M. de Saint-Gilles qui ait inspiré Banga…

Milou Kwanga fut élevé par une métisse, M'ma Odile, dont la sœur, Pauline, avait épousé un certain Franceschini. L'homme adopta l'enfant et lui donna son nom.

Si je saute de nombreux détails, c'est qu'il aurait été de mauvais goût de prendre des notes pendant que Banga nous livrait ses souvenirs. Des chapitres de l'histoire de Franceschini demeurent mystérieux. En construction permanente, il n'aimait pas parler de lui ni revenir sur ses années d'apprentissage.

Qui donc était sa mère ? Pauline ou M'ma Odile ? Le savait-il lui-même ?

Pourquoi le mari de Pauline l'adopte-t-il et lui donne son nom ? Autant d'ambiguïtés.

J'aurais voulu élucider ces zones d'ombre. En même temps, à quoi bon ? Est-il sûr que la connaissance de l'environnement originel et celle de la rampe de lancement expliquent la trajectoire d'une vie ? Aucune fonction algébrique, aucun programme d'ordinateur ne rend compte des destins.

Une chose était indéniable, Franceschini était un enfant de Poto-Poto comme nous. Il avait enduré le statut d'indigène, il avait vadrouillé dans les ruisseaux du ghetto, avait joué au football pieds nus, avait manié le lingala, le mounoukoutouba et le lari avec virtuosité, avait parlé le français avec l'accent de la cité.

C'est Banga, alors au greffe, qui, de sa plume sergent-major, rédigea l'acte d'adoption par lequel Émile Kwanga devint Émile Franceschini.

À en croire la même source, ce sont les souris noires (la famille indigène) qui ont fait pression sur deux souris grises (M'ma Odile et Pauline) afin qu'un souriceau dont on ne sait plus s'il est blanc, noir ou gris accède au statut de souris blanche.

Banga ajoutait un autre élément : quelques mois avant l'adoption, Saint-Gilles serait revenu au Congo et s'activait à récupérer le petit Milou. Il était trop tard.

Le départ de Franceschini offrait l'occasion d'accélérer l'africanisation de l'université. Les autorités s'empressèrent de combler le poste vacant. Le nouveau titulaire était un enfant du pays dont le retour avait été bruyamment célébré. La radio égrenait en litanie ses diplômes, du certificat d'études primaires au doctorat, soulignant qu'il était l'auteur de deux thèses.

Le nouveau venu se définissait comme phénoménologue. Un terme que le Petit Larousse de l'époque ne mentionnait pas. Ses cours étaient émaillés de citations de Hegel et d'Husserl. Nous l'avons surnommé « Papa concepts ». Aux partiels de février, il sema la panique en nous faisant sécher sur un sujet dont le libellé fit penser à un canular : « Quelle est la teneur métaphysique du jaune, quel est le coefficient métaphysique du citron ? »

Au fil des semaines, les rangs de l'amphithéâtre s'éclaircissaient. Pélagie et moi avons aussi commencé à nous absenter du cours. Au début, j'avais mauvaise conscience. Pélagie me disait que j'étais trop « légaliste ». Toujours son vocabulaire de politicienne. Mais je suis injuste, tout Poto-Poto, je l'ai déjà dit, donnait dans ce travers. La mode était de parler comme Lénine et le Petit Livre rouge de Mao.

Pélagie se voyait déjà sorbonnarde.

« C'est quoi ?

— Ceux qui fréquentent la Sorbonne... »

Depuis qu'elle avait obtenu sa bourse, elle n'avait pas le

triomphe modeste. Elle me retournait le couteau dans la plaie et y versait du pili-pili. Elle savait combien j'avais rêvé à la Sorbonne, moi. La Sorbonne et le Boul'Mich', là où Senghor, Césaire et Villon avaient étudié.

J'encaissais les coups. Car qui d'autre qu'elle aurais-je eue pour amie? Mes cousines? Des filles de ma tribu?... Toutes sans intérêt.

Un après-midi, j'ai reçu un courrier de l'ambassade des États-Unis. Une bourse m'était octroyée. À Wellesley College dans le Massachusetts. J'ai hurlé de joie en courant dans la cour, en me trémoussant et en me dandinant comme un joueur de football qui vient de marquer un but. Ma mère a cru que je venais d'apprendre la nouvelle d'un décès et que je m'en lamentais. Les pas de danse pour célébrer sa joie ou pour exprimer sa douleur sont chez nous si proches qu'on s'y méprend.

Mon triomphe était d'autant moins modeste que je ne m'y attendais pas. J'étais ressortie abattue du test d'anglais. Sans doute avait-on pris en considération le reste de mon dossier, notamment mes notes de partiels. Mes parents haussèrent les épaules et plaignirent ma naïveté. C'était à la solidarité familiale que je devais ma grâce. Plus précisément à l'un de mes cousins. Un cancre pour lequel je ne nourrissais ni sympathie ni estime. Après avoir redoublé sa classe de troisième, il avait été recruté dans la police et, de là, sélectionné dans l'élément qui assurait la garde rapprochée du ministre de l'Éducation nationale.

En tout état de cause, nous avons fêté l'événement à Santé Tout Brazza avec les amis et, sur l'insistance de ma famille, le fameux cousin.

L'orchestre jouait des rumbas, des cha-cha-cha, des pachangas et la danse du boucher. Nous avons fait bisser

Massoua et *Mokolo na kokoufa*, nos deux rumbas préférées.

Vers deux heures du matin, on a entendu des coups de feu. Le sifflement des balles ne laissait aucun doute ; il ne s'agissait pas d'un orage. Le cousin a pris un air responsable et nous a conseillé de nous mettre à l'abri. J'ai enfourché mon solex et lui sa mobylette. Il m'a escortée jusqu'à la maison avant de rejoindre son poste, chez le ministre.

La fusillade a continué une grande partie de la nuit. À plusieurs reprises, on distingua des détonations d'armes lourdes. Manœuvre militaire ? Coup d'État ? Attaque de mercenaires ? C'était le lot quotidien.

Le lendemain, Brazzaville avait retrouvé son apparence des jours précédents. Une ville calme et sereine. Une ville hypocrite. Comment savoir ? Depuis la disparition du *Courrier d'Afrique*, il n'y avait plus de quotidien. La radio ne mentionnait rien. Elle égrenait les rumbas : les nouveautés, les rengaines, les classiques, les démodées, s'interrompant juste pour des annonces qui invitaient à un mariage, à un retrait de deuil, au chevet d'un parent mal en point, à rejoindre son poste en brousse, sous peine de sanction.

Radio-trottoir était la source la mieux informée sur la nuit de la fusillade. Elle nous gratifiait de deux versions. Selon la première, il ne s'agissait pas d'une canonnade. La foudre était tombée sur la poudrière du camp militaire entraînant une série d'explosions. D'où la panique.

Selon la seconde, qu'on chuchotait uniquement à des oreilles sûres, des éléments de la défense civile cantonnés dans la forêt de la Patte-d'Oie avaient perdu la tête. Sous l'effet du chanvre indien, un factionnaire avait aperçu, tapis sur les branches des arbres, des ennemis à peau blanche et à visage de singe. Il avait tiré et, en tombant, l'ennemi s'était métamorphosé en phacochère, s'était relevé, avait pris la fuite, s'était évanoui dans les taillis. Réveillés, les miliciens du corps de la défense civile, à l'instar du factionnaire, avaient aperçu des ennemis sur les branches, derrière les buissons et les troncs d'arbres. Ils avaient « rafalé » toute la nuit, procédant à plusieurs reprises à des tirs d'obus. Les assaillants, des chimpanzés armés de fusils Fall, chutaient des branches, se métamorphosaient en phacochères, ou en sangliers, se volatilisaient dans la forêt en poussant une longue plainte. Rampant sous les tirs, des instructeurs cubains et quelques officiers de notre armée parvinrent à la baraque du chef de corps. Avec difficulté, ils ramenèrent le calme.

Mon fameux cousin m'assurait que les miliciens n'en démordaient pas. Ils avaient été l'objet d'une attaque par des êtres étranges à la double apparence : humaine et animale. Malgré leur peau noire, les Cubains ne parvenaient pas à comprendre ; ils n'avaient pas, les malheureux, l'esprit bantou. Pour comprendre ce phénomène il fallait avoir été circoncis, connaître le sens des masques et des statues, avoir été éduqué dans nos contes, mythes et légendes.

Les responsables de quartiers recommandaient la prudence et la vigilance, appelaient à dénoncer aux comités révolutionnaires les éléments de la cinquième colonne infiltrés dans nos parcelles sous la forme d'êtres humains, mais aussi de chiens, de chats, de cabris et de poulets. Des êtres en tout point semblables à nous et qui, comme nous, parlaient en langue. Couramment. Puisqu'on ne devient agent de la CIA qu'après une maîtrise totale de la langue de l'ennemi. Comment dès lors les reconnaître ? À leur mine, nous répondait-on.

Une autre légende date de cet événement. Des Blancs,

agents de la CIA, sillonnaient Poto-Poto, Bacongo, Talangaï et Makélékélé, vous aveuglaient avec la lumière de leur torche, et vous étiez changé en cochon. Il s'ensuivit un boycott spontané de la viande de porc, du jambon et de toute charcuterie. Plus tragique, deux individus qui s'éclairaient d'une torche dans une venelle obscure furent capturés, ligotés, lynchés, jetés dans le fleuve.

Cet événement, et toutes les croyances qui s'y rattachent, sont à la source du récit qui m'a valu, quelques années plus tard, le Grand Prix de la nouvelle de l'ORTF. Inutile de préciser que j'ai modifié le lieu, la date et le nom des personnages.

Pélagie me rendit visite, le visage soucieux. Je la rassurai. Il n'y avait pas eu de combats dans la nuit ; c'était seulement l'orage.

« Ah, quitte là ! quel orage est ça ? Le sol était sec ce matin.

— Un orage au-dessus de Léopoldville. Sa violence a donné l'impression que c'était ici.

— Pas née du dernier orage, moi… D'ailleurs, ce n'est pas pour ça que je suis venue… Des histoires de nègres. »

Elle avançait ses lèvres et faisait avec la bouche un bruit méprisant.

Elle avait besoin de parler.

Même si, dès les premières notes d'une rumba, nous reprenions l'air en sifflotant, en tanguant des épaules, en esquissant des pas de danse, nos cœurs étaient lourds du vide laissé par Franceschini. Nous n'avons négligé aucune solution pour soulager notre chagrin, y compris le recours aux clairvoyants de quartier. Ceux-ci n'avaient-ils pas le pouvoir de nous désenvoûter ? Mais ces messieurs coûtaient cher. Passe encore pour une consultation, mais les sommes exigées pour les sacrifices étaient au-delà des moyens de deux pauvres étudiantes.

Et puis n'était-il pas doux d'être habitée par le fantôme de Franceschini ? Que penserait-on d'une personne dont les yeux resteraient secs à la disparition d'un proche ? Il nous fallait faire ce qu'on désigne aujourd'hui d'un terme hideux : le « travail de deuil » !...

Nous l'effectuions en rendant visite au vieux Banga. Il nous parlait du gamin de Poto-Poto des années vingt et nous lisait des passages des lettres que l'exilé lui écrivait de France.

Un autre souci rongeait Pélagie.

Barnabé s'en était revenu de Neuilly plus tôt que prévu. Un ministre lui avait offert un poste dans son cabinet. Au début Pélagie avait renâclé à emménager chez lui, suscitant un rappel à l'ordre de ses parents.

« La femme doit vivre sous le toit de son mari.

— Nous ne sommes mariés que par procuration.

— Qu'est-ce que c'est que ce raisonnement de Moundélé ? Nulle autre formalité n'est nécessaire. Le moment de consommer est venu. »

Grisé par les vents de l'Indépendance qui le portaient d'une crête à l'autre, Barnabé avait demandé à Pélagie de renoncer à sa bourse. À quoi bon poursuivre des études, maintenant que son époux était revenu ? N'avait-elle pas de surcroît la chance d'avoir un mari bien placé, avec des revenus susceptibles de subvenir à ses besoins ?

Pélagie avait une autre vision de son avenir. Sait-on de quoi sera fait demain ? N'avait-elle pas vu, dans ce pays où la coutume l'emporte toujours sur les lois de la République, tous les biens du couple ravis par le conseil familial au profit de la belle-famille, et des veuves de hautes personnalités passer de la villa au dénuement le plus complet ?

« Ainsi tu souhaites ma mort ?

— À quel moment ai-je dit ça ?

— Là, tout bonnement.

— J'émettais une hypothèse.

— Le mauvais sort ne sait pas faire la différence entre une hypothèse et un vœu. Évoquer le malheur, l'appelle. »

Pélagie avait eu du mal à calmer Barnabé. Il avait fallu lui faire des câlins, même se laisser faire l'amour. Ce qui s'était bien déroulé, car, malgré sa personnalité falote, Barnabé était un bon « faiseur d'amour ». D'ailleurs, Pélagie savourait tellement la chose-là qu'elle était peu regardante sur le profil de celui qui la lui faisait. Se méprenant sur le sens des gémissements de Pélagie, Barnabé en avait conclu qu'il pouvait, en échange, obtenir ce qu'il voulait. À la fin des ébats, il était revenu sur le sujet, indiquant qu'il était désormais possible de poursuivre ses études au pays, nos diplômes possédant une équivalence officielle avec ceux des universités françaises.

Pélagie ricana : elle ne voulait pas de formation au rabais. D'ailleurs, c'est médecin qu'elle souhaitait devenir et non pas professeur, et leur université-là n'avait pas de filière médicale.

« Et puis, maman, je vais te dire… Ne le répète pas, l'homme-là je ne l'aime pas pour moi, ô.

— Lequel ?

— Barnabé, pardi.

— Ce n'est pas une question d'amour. Mais de raisonnabilité.

— Raisonnabilité est un barbarisme, maman. »

Je le concédai. C'est qu'à l'époque je me demandais, en écrivant mes brouillons de roman, s'il ne convenait pas de cultiver les congolismes, afin d'avoir une écriture marquée de l'oralité, comme le préconisaient de nombreux critiques.

« C'est toi, Kimia, qui parles comme ça ! »

Elle me prenait pour une oie blanche.

« Je ne sais pas ce qu'il vaut au lit…

— Pas mal. Il biguine bien sous les draps, mais ça ne suffit pas. Il lui manque la culture.

— Mam'hé ! où vas-tu nicher la culture ?

— Il baise bien, si tu préfères, mais ne sait pas faire l'amour. »

Quelle nuance entre les deux ? Qui pouvait faire une différence entre ces deux expressions, qui savait faire la chose-là avec culture, sinon Franceschini ?

Je l'aurais réduite en purée, la Pélagie-là. Mais je me suis dominée.

« … Barnabé, c'est un homme de cœur, maman. Rappelle-toi ta détresse quand on a diagnostiqué ta grossesse… Puis ensuite quand on a découvert le teint de Charles Ngolo Etumba… Il a tout assumé, sans discuter.

— Je ne peux pas le supporter, te dis-je. »

Je gardai mon calme et risquai une autre tentative.

« Je n'peux pas, je n'peux pas, je n'peux pas, je n'peux pas… »

Elle débitait la même phrase au rythme d'une mitraillette, en allant crescendo. Une crise d'hystérie. Contraire à sa personnalité. D'habitude, Pélagie dominait les événements, savait se contrôler. Était-elle la proie d'une grande fatigue ou jouait-elle la comédie ? À moins qu'elle ne fût sous l'emprise de l'envoûtement de Franceschini. Un Blanc, certes, mais qui avait vécu une enfance à l'africaine, qui avait vadrouillé pieds nus dans les rues de Poto-Poto. Donc pas indifférent à la puissance des grigris.

Le couple palabra toute la soirée et Pélagie campa ferme sur ses positions. De guerre lasse, elle s'en alla passer la nuit chez ses parents, à Bacongo. Barnabé se présenta le matin en la suppliant, en l'implorant, en s'agenouillant à ses pieds.

« Le seul moyen de m'en défaire est de l'amouracher d'une femme.

— Ça dépasse mes capacités.

— Manque pas de femmes prêtes à s'offrir à un fonctionnaire… À défaut, tu pourrais jouer ce rôle.

— À défaut de quoi ?

— De l'animal idoine.

— Iguane ?

— Idoine. I. D. O. I. N. E.

— Et quel serait mon rôle ?

— Séduire Barnabé.

— Pardon ?… Tu me prends pour une voyelle ou une bordelle ?

— Ni l'une ni l'autre, maman. Tu es ma sœur. En langue, et selon la coutume, la sœur de la femme, c'est la femme du mari, non ?

— Voilà autre chose !...

— Ah, quitte là ! Tu connais aussi bien que moi la coutume lorsqu'on épouse une jumelle. Le mari de l'une est celui des deux. Il y a même des sœurs qui se partagent leur homme. D'ailleurs, en langue, une belle-sœur n'appelle-t-elle pas « mon mari », l'époux de sa sœur ?

— Mais c'est qu'il ne m'attire pas ton Barnabé... Et puis tu oublies, je pars aux États-Unis, ma chère.

— Ouais, je sais... Mais les États-Unis c'est un mauvais choix. Quel zoulou va reconnaître des diplômes américains ? Pour nos analphabètes-là, seul ce qui vient de France a de la valeur. »

Une autre solution consistait à jeter la suspicion sur Barnabé en faisant parvenir des informations troubles au ministère des Affaires étrangères. Cela correspondait au climat de ces années-là. Quiconque ne se montrait pas aux réunions de quartier, à l'entraînement de la Défense civile, était aperçu à un cocktail ou à un dîner dans une ambassade occidentale, devenait suspect, un élément de la cinquième colonne. Les hauts fonctionnaires plus facilement que les autres. Des enfants dénonçaient leurs parents.

Il suffirait de mettre mon cousin dans le coup, de lui glisser un bon matabiche. Quelques lettres anonymes conforteraient les soupçons.

« Non, non, non. C'est trop sale. »

La troisième solution consistait à consulter un clairvoyant.

« La puissance de sa "métaphysique" agira sur Barnabé qui me répudiera.

— Ça marche vraiment la chose-là ?

— Pas vraiment-vraiment, mais je connais des cas de réussite. Le problème, pour toi et moi, c'est qu'à force de lire nous nous aliénons l'esprit. Pour que ces bobards fonctionnent, il faut croire à leurs effets. »

Nous avons opté pour la deuxième solution : la lettre de dénonciation. Chaque jour nous nous retrouvions pour la concevoir. Chaque jour nous remettions en cause notre rédaction. Il fallait imaginer des éléments plausibles. Il ne fallait pas que la missive ait l'allure d'un texte de lettré et nous avions du mal à nous couler dans le style des militants en tenue vert olive. Cela a demandé plusieurs jours. Ensuite, il a fallu contrefaire notre écriture, trouver des gants pour ne pas laisser nos empreintes digitales. Or les gants sont chez nous une marchandise rare. Un magasin d'habits de mariés en proposait, ils coûtaient une fortune.

Nous en étions là lorsque, un après-midi, Pélagie fit irruption chez moi.

« Tu as entendu la radio ?

— Je ne l'écoute plus. Elle me fatigue. Je ne fais confiance qu'à radio-trottoir.

— Chut ! pas si fort. On va te prendre pour un élément de la cinquième colonne… Il y a eu remaniement ministériel.

— Si tu savais ce que je m'en fiche.

— Chut ! te dis-je. On va t'entendre… Moi, je ne m'en fiche pas. »

Et elle s'est mise à danser un mélange de rumba, de boucher et de danse traditionnelle. Un peu comme moi lorsque j'avais reçu mon annonce de bourse aux États-Unis.

« Le ministre de Barnabé est balancé !

— Alors ?

— Donc le cabinet et tous les conseillers aussi.

— Tu es sûre que le nouveau venu ne va pas conserver certains membres du cabinet ?

— C'est contre les usages. De plus, l'ancien et le nouveau ministre sont comme chien et chat. Mais attends, je ne t'ai pas tout dit, maman. Il y a eu un mouvement des commissaires du gouvernement. »

À l'époque, il était plus chic d'appeler les préfets commissaires du gouvernement.

« Barnabé est nommé commissaire du gouvernement dans la Lékoumou. »

Une région de la partie sud du pays, frontalière avec le Gabon. Nous n'avions plus besoin de nous salir les mains.

Selon notre destination, nous nous étions surnommés les Français, les Soviétiques, les Cubains, les Yankees. Moi, j'étais Yankee. Tchiloemba, le Ponténégrin, aussi.

Nous avons quitté Brazzaville quelques jours après les Soviétiques. Les Français partaient les derniers. Pélagie m'a accompagnée à Maya-Maya.

Les Brazzavillois aimaient à s'y rendre en promenade le dimanche, savoir qui s'en allait, qui s'en revenait, découvrir la tête des nouveaux. C'était aussi l'occasion de confier à des mains sûres des lettres à poster en France. Je n'étais pas revenue à l'aéroport depuis le départ de Franceschini.

« Finalement, plaisanta Pélagie, tu connaîtras Paris avant moi. »

J'y ai transité moins de vingt-quatre heures.

Notre DC 10 a atterri le soir. Il était dix-neuf heures. À Brazza, c'était la nuit, alors que nous voyions encore le soleil, comme si l'Afrique nous avait escortés. La lumière était douce et l'air tiède. Une sensation de saison sèche. Cela m'a serré le cœur. Un autobus nous a transportés dans un hôtel. Le nez contre la vitre, j'essayais de repérer les lieux dont j'avais entendu parler : la tour Eiffel, la Concorde, l'arc de triomphe de l'Étoile, le Boul'Mich', le Sacré-Cœur, la Seine… À l'hôtel, les fonctionnaires de l'ambassade américaine chargés de notre accueil nous ont expliqué que nous n'étions pas sortis de la commune du Bourget. Paris était à une vingtaine de kilomètres. À peu près la distance qui sépare Kintélé de Brazza. De l'autocar, je n'avais aperçu que le bitume de l'autoroute, des maisons grises qui se ressemblaient les unes les autres, des piétons au visage morne. L'un de nous s'est enhardi : pourrions-nous faire un tour dans la Ville lumière, juste pour voir ? Histoire de raconter que nous avions foulé le pavé de Paris. Cela a amusé notre encadreur américain. Non, ce n'était pas prévu. L'Américain a posé une main affectueuse sur l'épaule de notre camarade et l'a raisonné. Après sept heures de vol, nous avions besoin de repos. Nous aurions le lendemain encore sept heures à endurer. Il faudrait se réveiller aux aurores.

L'angoisse m'a envahie.

Le dîner était intimidant. Je ne savais ni comment me tenir ni comment manger. Le maître d'hôtel nous a embarrassés lorsque, nous distribuant la carte, il nous a demandé de lui indiquer nos choix. Des noms de plats inconnus. Ni saka-saka, ni koko, ni maboké, ni poisson salé, ni mouamba, ni manioc. Nous donnions des réponses au petit bonheur la chance, pour ne pas avoir l'air de sauvages. À défaut de plat de chez nous, plusieurs, dont moi, ont choisi du riz. Un mets quotidiennement présent sur les tables congolaises. On nous a servi du riz au lait. J'ai recraché la première cuillerée.

En m'essuyant la bouche, j'ai déchiré ma serviette. Mam'hé ! j'avais peur d'avoir été vue. À la fin du repas, j'ai soigneusement replié ma serviette en veillant à dissimuler mon forfait.

Ma chambre était d'un luxe effarant. Du sybaritisme, auraient dit Franceschini et Banga dans leur vocabulaire de latinistes et d'hellénistes. J'avais peur de bouger, de me déplacer, de déchirer, de salir ou de briser quelque chose. Et puis la télévision, accrochée là-haut, actionnée par une télécommande. Vraiment, les Blancs-là, comme disait ma mère, étaient forts ! Dans un cahier, j'ai noté mes impressions en style télégraphique. Elles me serviraient pour les lettres que je me proposais d'écrire dans l'avion entre Paris et New York.

La salle d'eau, une merveille. Deux robinets, dont l'un d'eau chaude. Au pays, on chauffait sa bassine en l'exposant au soleil. J'en bénéficiais rarement. C'était pour papa et, à l'occasion, pour les garçons. Et comment utiliser le modèle réduit de piscine à côté du lavabo ? J'ai téléphoné à Tchiloemba, le Ponténégrin. Il s'est moqué de moi. C'était compliqué d'expliquer au téléphone. Il lui fallait venir dans ma chambre pour me faire une démonstration.

« Rien ne vaut les travaux pratiques, maman. »

J'ai compris où l'animal voulait en venir ; je lui ai donné un faux numéro de chambre.

« Bon, papa, laisse tomber, je vais m'en sortir.

— Tu vas perdre du temps à chercher. »

Par tâtonnements, je m'en suis sortie seule. J'ai paressé dans la baignoire et me suis enveloppée dans un peignoir blanc en peluche. Malgré l'apaisement procuré par le bain, j'ai eu un sommeil agité. Des cauchemars absurdes dont je ne me souvenais pas. Sauf un. Les serveurs s'étaient aperçus que j'avais déchiré ma serviette de table et m'avaient saisie par la camisole. Je comparaissais devant un tribunal présidé par une surveillante générale à visage de sorcière. Je tentais de me réciter le poème de Clément Marot que Banga se redisait en guise de prière face à ses juges, mais je trébuchais dès le milieu du premier vers. On m'a annoncé le verdict : j'étais refoulée des États-Unis, condamnée à faire la cuisine à perpétuité dans un village de la Sangha.

Le lendemain matin, au petit déjeuner, une serviette propre

était posée à ma place. Mon voisin s'est servi de la sienne pour se moucher, avant de la jeter.

« Eh, camarade, lui ai-je chuchoté, ils vont te faire payer la chose-là.

— Payer quoi ? Une serviette en papier ? »

Les années avaient passé. Qu'étaient devenus mes condisciples ? Comment avaient-ils évolué en Russie, en Allemagne, à Cuba, en Chine… Et je chantonnais un calembour de Franceschini : « Mais où sont les nègres d'antan ? » Il m'est arrivé d'avoir des nouvelles de certains d'entre eux, d'en rencontrer dans les circonstances les plus inattendues.

Curieux destins… Aucun de nous n'avait eu de parents officier, homme d'affaires, polytechnicien, ingénieur, professeur, médecin ou magistrat. Nous sommes partis du plus bas de l'échelle sociale, sans aucun héritage, plus démunis et fragiles qu'un lionceau, un chaton, un oisillon, qui viennent au monde armés de griffes et de crocs, protégés par leurs pelages et leurs plumes. Nous avions été plus des éléments du paysage que des membres de l'humanité. L'héritage social des plus nantis consistait en un père suppléant d'instituteur (nos fameux *moniteurs*), aide-infirmier, magasinier, chauffeur, boy-chauffeur, planton, ou cuisinier de gouverneur. Il aura suffi d'une génération pour que nous nous hissions à la hauteur des jeunes Européens ou Américains. Non, aucun devin, aucun programme d'ordinateur n'aurait su prévoir que les négrillons enfantés par des analphabètes sur la natte, dans des ajoupas, manieraient un jour sans anicroche les langues de Shakespeare, de Goethe et de Pouchkine, jongleraient avec les algorithmes, traduiraient Eschyle et Suétone, piloteraient des avions à réaction, construiraient des routes, des immeubles, des ponts, dirigeraient des équipes dans des salles d'opération.

Quant à moi, je suis, dit-on, devenue une Yankee, même si les gens de ce pays aiment à m'appeler la « Française ». Dans l'un et l'autre cas, je ne proteste pas. L'Amérique est devenue ma patrie, et le français ma langue intime, celle de mes secrets. Quand je décline mon pedigree en termes administratifs, je lis le scepticisme dans les yeux de mes interlocuteurs. Et c'est vrai : où donc est en moi la Congolaise ? Je suis une Africaine, je veux dire la citoyenne d'un pays sans passeport, d'un pays à venir.

Je précise Africaine, pas Africaine américaine, qui est encore autre chose.

Comment s'est produite la métamorphose ? Je l'ai décrite dans mon premier roman. Un ouvrage mal tissé, et passé inaperçu.

Difficile de me répéter, difficile de récapituler les étapes. Toute à mes études, à mon adaptation, à mon intégration, je n'ai pas pris de notes ; le coureur concentré sur son effort n'observe pas dans l'instant sa foulée. Désolée, j'ai peu de matière à vous offrir pour étoffer le squelette de mon CV.

Juste quelques repères.

Ma bourse m'avait conduite à Wellesley College, un des rares établissements d'études supérieures réservés aux filles, qui s'honore d'avoir été l'*alma mater* de quelques célébrités : une certaine May-ling Soong, future Mme Tchang Kaï-chek, Madeleine Albright, Hillary Clinton et d'autres noms qui ne diraient rien ni à mes compatriotes ni à mes amis européens.

Mon accueil avait été minutieusement organisé. Une responsable administrative me confia à une étudiante, manière de chef de classe, Gaynor Timberland. Une petite rousse souriante, au visage piqueté de taches de son. Elle m'a demandé de l'appeler Gay. Comme tout le monde.

Ma chambre était simple, monacale, exiguë, mais luxueuse par rapport à tout ce que j'avais connu. Un confort inconcevable à Poto-Poto.

Par la suite Gay m'a révélé qu'elle m'avait trouvée, ce premier jour, bien taiseuse. C'est que je ne comprenais que la moitié des questions qu'on me posait et que, surtout, je voulais donner le change, dissimuler mon désarroi, mon chagrin.

Le soir dans ma chambre, j'ai lu la documentation qu'on m'avait remise. Une question a surgi : quand reverrais-je Poto-Poto, mon père, ma mère, ma famille ? À la fin de l'année, à la fin de mes études ? Combien dureraient celles-ci ? Qui donc me paierait la double traversée : d'abord vers la France, puis de là vers Brazza ? Le salaire annuel de mon père ne suffirait pas. J'ai éteint ma lampe de chevet et je n'ai pu retenir mes sanglots.

Il y avait peu de filles de couleur à Wellesley. Aucune dans ma section. Elles se regroupaient en toute occasion. Je les comprenais. Nous aussi avions ce réflexe grégaire à Savorgnan. Pourtant les Blanches de Wellesley ne se comportaient pas à leur égard comme les filles de colons vis-à-vis de nous. J'avais du mal à aborder les « sœurs ». Elles répondaient à peine à mes saluts. Rarement un sourire. Quand il venait, c'était seulement des lèvres, pas des yeux. Une expression anglaise convient parfaitement à leur attitude. *To pay a lip service.* Quelque chose comme « effectuer le devoir des lèvres ».

Quand je réussissais à m'introduire en leur sein, la conversation tournait court. Mon fort accent, mon anglais maladroit, caractéristique d'une sauvage, ou bien étais-je un élément suspect parce que les Blanches m'accueillaient dans leurs groupes ?

Même si Maman utilisait les fameuses enveloppes *via air mail* — ces enveloppes presque transparentes, bordées de bandes diagonales rouges et bleues —, ses lettres mettaient un mois à me parvenir. Souvent plus. Elles débutaient par la même formule. « Ma chère Kimia, je viens te donner de mes nouvelles qui sont bonnes, Dieu merci... »

Suivaient, dans une prose phonétique, des nouvelles de Papa dont elle brossait un portrait affectueux, sans manquer l'occasion, au détour d'une phrase, d'évoquer ses manies qui ajoutaient à l'affection que je lui portais. Elle narrait la chronique de la famille et du quartier, campait un personnage typique de Poto-Poto, rapportait la une de radio-trottoir qu'elle commentait d'une saillie dont elle avait le secret.

Je ne me suis pas débarrassée de cette correspondance transcrite tantôt par Papa, tantôt par ces écrivains publics de quartier qui, je crois, ont aujourd'hui disparu. Elle constitue une source précieuse dans laquelle je puise la matière de mes romans.

J'ai aussi longtemps gardé la première lettre de Pélagie. Paris l'avait terrorisée. Elle s'y sentait oppressée. Les immeubles noirs, le métro avec les voyageurs plongés dans leur journal, au point de ne pas sentir les voisins qui lisaient par-dessus leur épaule. Programmés comme des machines, les Parisiens se levaient brusquement, sans aucune consultation, à la station où ils devaient descendre. Un autre vous dévisageait avec un mélange de surprise et de mépris parce que vous l'aviez salué d'un sourire, comme on le fait naturellement chez nous lorsqu'on rencontre un passant, fût-il un inconnu.

L'accueil à l'Office des étudiants l'avait ragaillardie. Des Blancs, prévenants et souriants, les recevaient comme des princes. Les Blancs de France avaient un autre cœur que les Mindélés de la colonie.

Dès leur arrivée, ils avaient reçu l'équivalent de quatre mois de bourse. Un pour le mois en cours, trois pour le trousseau. Un pactole. Les garçons allaient dilapider ce pécule en sapes chez Guy Taylor, Blima ou Boghosian. Elle avait songé à faire un mandat pour la famille au pays puis s'était ressaisie. Ils en prendraient l'habitude et, son geste de générosité étant perçu comme un dû, ils le réclameraient chaque mois.

Dans ma réponse, j'embellissais l'Amérique. Je voulais lui faire envie. Pour être saisissante, je plagiais la description de Bardamu découvrant Manhattan. Pélagie ne devait pas connaître Céline. Si elle l'avait lu, elle ne se souviendrait pas de ce passage.

Elle avait été déçue d'être « affectée » à Montpellier et non à Paris. Comme moi, elle se considérait « exilée en brousse ».

Elle avait retrouvé la trace de Franceschini. Comment? Sur ce point, ses réponses à mes questions restaient évasives. Il était venu lui rendre visite au cours des vacances de la Toussaint. J'aurais voulu moi aussi entrer en relation avec mon professeur. J'avais besoin de ses conseils. Il a fallu que je la relance plusieurs fois pour qu'elle m'envoie son adresse.

Avec Franceschini, la correspondance est devenue régulière. Une semaine ne s'écoulait pas entre mes lettres et ses réponses. Moi, j'avais besoin de mûrir ce que je lui confierai. Et puis, j'avais peur de ne pas être à sa hauteur. J'écrivais et récrivais plusieurs brouillons avant de mettre ma lettre au propre. Je passais des heures à vérifier l'orthographe, à débusquer les solécismes, les impropriétés et les barbarismes. Surtout depuis qu'il m'arrivait de confondre le français et l'anglais. Je m'étais procuré un coffret de papier vélin rose que j'aspergeais de gouttes de parfum.

Je reconnaissais les lettres de Franceschini à l'écriture. Des *r* majuscules au milieu d'un mot, des *n* semblables aux *u*, des pleins expressifs de sa sensualité, des déliés révélateurs de son élégance. J'abandonnais tout pour les lire. Je les relisais, en apprenais des phrases par cœur. Des lettres d'un mentor autant que d'un père. D'une certaine manière, Franceschini a été mon Pygmalion.

Et puis, il y a eu cette nouvelle. C'était en 1965. J'aurais dû noter la date exacte.

Affalée dans un fauteuil je suivais à la télévision un match de football américain dont je tentais en vain de comprendre les règles.

On est venu m'appeler. La *provost* me convoquait.

Un message du Département d'État l'avait informée de la rupture des relations diplomatiques entre le Congo et les États-Unis.

Pour les Américains, un non-événement. Aucun organe de presse n'en a fait état. Le Congo ? Était-ce une ville, un pays, un quartier ?

Just a remote country. Un bled.

« Si vous souhaitez rentrer chez vous, les dispositions seront prises à votre convenance.

— Sinon ?

— Votre bourse sera maintenue. Pour autant que vos résultats scolaires le justifient.

— Sinon ? »

La *provost* fronça les sourcils et consulta le message posé sur sa table.

Rentrer chez moi ?... À quoi pensait-elle ?... Au Congo ou à la France ? Pour les Américains, les deux paraissaient quelquefois se confondre. Était-ce qu'à leurs yeux nous demeurions une colonie ou bien étaient-ils enclins à cet amalgame du fait de la langue ? J'étais à leurs yeux une

Française. Ils le disaient sans malice, sans intention de froisser ma fibre patriotique.

Quelques jours plus tard, un diplomate de notre ambassade est venu de Washington. Il effectuait une tournée pour encourager les boursiers à rentrer au pays. Question d'honneur national. Au pays, on nous offrirait une nouvelle bourse. Du moins, le supposait-il. Ma réponse a été évasive. Depuis notre arrivée, l'ambassade ne s'était jamais préoccupée de notre sort.

La même semaine, une lettre de Papa. Qui, se demandait-il, maintenant que nos représentants ne seraient plus là pour nous prendre en charge, qui donc s'occuperait de nous, là-bas, dans ce pays d'une autre langue, où l'on n'aimait pas les Noirs ? Il m'annonçait un mandat pour payer mon retour.

Retourner au pays était pour moi une punition, un échec.

Le téléphone a fonctionné entre les « Yankees ». Deux seulement ont décidé de rentrer. Les deux qui rencontraient le plus de difficultés avec la langue anglaise ; les deux qui étaient en manque de manioc, de saka-saka et de rumba. Les villageois !

Une fille choisit une solution intermédiaire qui me tenta un instant. Partir et fausser compagnie au groupe à l'escale de Paris. Rester en France et y tenter l'aventure. Ce ne serait pas la mer à boire. Malgré Dipanda, Paris demeurait notre métropole. Malgré ce qu'en pensaient, pour des raisons différentes, d'un côté nos dirigeants, de l'autre les Français, nous étions un peu françaises, nous aussi, non ?

Je n'ai consulté ni Franceschini ni Pélagie. Cette dernière ne m'écrivait plus. Quant au premier, je ne souhaitais pas l'associer à ma réflexion. Il était trop pétri de culture française et, en même temps, de manière paradoxale, d'un patriotisme congolais chatouilleux. Je redoutais qu'il ne me fasse un sermon sur l'honneur national, sur l'éthique, sur le respect de la parole donnée. Je me suis fait ma religion toute seule.

Dans une longue lettre, je l'ai expliqué à mes parents, à qui, pour reprendre une formule chère à Pélagie, « j'arrangeais la vérité ».

Si, au pays, la censure a décacheté ma lettre, elle aura pensé que j'avais été recrutée par la CIA.

Peu de temps après je suis tombée malade, on m'a opérée. À mon réveil, j'étais une autre, définitivement dégagée de mon besoin de Poto-Poto.

Après Wellesley, j'ai obtenu une bourse du MIT, le Massachusetts Institute of Technology, à Boston. J'étais fière de ma réussite. Je la devais à mes seuls mérites.

C'est au MIT que j'ai passé l'équivalent de ma licence de lettres, puis mon Phd, sur « Le baroque dans l'œuvre de Jacques Stephen Alexis ». Un auteur haïtien dont Franceschini nous avait parlé. Parti de Cuba avec un groupe de camarades, il avait débarqué à Haïti où il avait été capturé. On n'a jamais retrouvé son corps. Il y avait un lien évident entre les héros de ses romans et l'auteur. Mais c'était surtout à Franceschini que me menaient mes recherches.

Après ma thèse, j'ai obtenu, grâce à la recommandation de Gay, un poste d'assistante à Tufts University. Un statut temporaire. La titulaire était en congé de maternité. La même année, je me suis rendue à la convention de la Modern Language Association (MLA), surtout connue des enseignants en lettres et sciences humaines pour son marché de postes vacants. À l'issue d'une dizaine d'interviews, on m'a fait deux offres. J'ai choisi celle de l'université de Baton Rouge. Le climat, l'histoire et la culture de la Louisiane me séduisaient. Peut-être y voyais-je aussi une manière de me rapprocher de mes origines ?

C'est à cette occasion que j'ai fait la connaissance de Jordan Julien, un jeune avocat à la peau miel clair. Il avait des yeux noisette, des cheveux tabac blond bouclés, un visage d'éphèbe. Ce type physique que les Antillais appellent chabin. Je l'avais croisé au petit déjeuner de l'hôtel. Je l'ai retrouvé le soir dans l'ascenseur et nous avons découvert que nos chambres étaient au même étage. Nous avons timidement flirté. Jordan Julien était associé au célèbre cabinet d'avocats Fourler, Parker & Reads. Originaire de La Nouvelle-Orléans, il m'a parlé de là-bas.

Nous nous sommes mariés un matin de mai. Gay était mon témoin et Ted, son *boyfriend*, a joué le rôle de mon père. C'est à son bras que j'ai pénétré dans l'église. Un mariage simple avec moins d'une vingtaine d'invités. Tchiloemba, le Ponténégrin, avait fait le déplacement depuis Charlotte en compagnie d'une amie allemande. Une journée merveilleuse.

Nous avons passé notre lune de miel aux Bahamas.

J'ai fait deux sauts au pays. Pour les obsèques de mon père, puis, deux ans après, à l'occasion de celles de ma mère. Chaque fois, j'avais hésité à prendre l'avion. Je me trouvais mille raisons pour excuser mon absence. J'avais peur de l'Afrique, j'avais peur d'y être capturée. Les deux fois, c'est Jordan qui m'a encouragée.

Les deux fois, j'ai recherché Franceschini. Je voulais qu'il sache ce que j'étais devenue. Professeur comme lui, dans une matière qu'il nous avait fait aimer. Je voulais que Jordan et lui se connaissent.

Ces brefs séjours m'ont donné envie d'y revenir pour une période plus longue, pendant des vacances, en compagnie de mon mari. Un rêve que nous avons longtemps caressé et laissé mûrir en nous. Faire ensemble le voyage au Congo, c'était le moyen d'offrir à Jordan l'occasion de compléter les réponses que je donnais aux innombrables questions qu'il me posait sur l'Afrique. Elles étaient quelquefois naïves. Certains Noirs américains nourrissent sur l'Afrique, et les Africains, des stéréotypes aussi agaçants que les Blancs. Nous avions en commun la couleur de nos peaux. Ils savaient que leurs ancêtres venaient de chez nous, mais ils en parlaient comme d'un péché originel. Ils nous faisaient sentir que nous étions différents d'eux. Même s'ils ne l'exprimaient pas aussi abruptement, ils avaient des a priori sur nous. Nous nous appelions frères et sœurs, mais issus de deux branches devenues parallèles. Ils étaient des Américains.

Jordan me rétorquait que je me faisais des idées ; que les jeunes générations étaient débarrassées de ces stéréotypes. Ne s'appelaient-ils pas *African American* ?

Guider Jordan dans Poto-Poto, Brazza et ses environs, c'était lui fournir des clés sur moi, c'était nous rapprocher plus.

Même si Jordan était un enfant des « ghettos noirs », pour parler comme les Africains américains, je ne pouvais le loger à Poto-Poto. D'ailleurs, notre maison était occupée par un membre de la famille. Le fameux cousin, ancien garde du corps du ministre de l'Éducation qui, après quelques verres, aimait à se répandre dans la cité en assurant que, sans son intervention, je n'aurais jamais obtenu la bourse pour les États-Unis ; que j'étais devenue importante grâce à lui et que, puisque je me trouvais bien là-bas, puisque mon frère vivait en France, que l'un et l'autre étions devenus des Mindélés, aux termes du droit coutumier et par des raisonnements tortueux, ce logement lui revenait.

L'ancien hôtel des Relais, devenu Méridien, était complet. Le chauffeur de taxi nous a conduits à l'Olympic Palace. Un charmant bâtiment, niché dans la verdure, à l'écart des rumeurs de la ville. De vastes chambres, avec baies vitrées à glissières, une terrasse et des lits *king-size*. J'aimais m'asseoir dans les jardins, taquiner les trois aigles, faire la causette avec les perroquets et les serins ou rêvasser devant la piscine. Nous y avons passé deux nuits. Le tarif était au-dessus de nos moyens.

On nous a conseillé Le Capitole, un modeste hôtel du quartier OCH, au plateau des Quinze-Ans. L'OCH existait déjà avant mon départ, mais se limitait à quelques pâtés de maisons. Aujourd'hui, beaucoup de particuliers se sont installés autour et le quartier s'est étendu.

Dès le lendemain de notre arrivée, je suis allée à Bacongo. J'avais oublié l'adresse exacte de la parcelle de Pélagie. Je me souvenais du nom de la rue, mais pas du numéro. Grâce à un chauffeur de taxi patient, j'ai retrouvé le lieu. Les nouveaux propriétaires n'ont pas pu me renseigner.

Dans une de ses lettres Franceschini me disait être revenu au Congo. Y était-il encore ? Où résidait-il ? J'ai rôdé aux alentours des Trente-Deux Logements. Le bâtiment, initialement construit pour abriter les coopérants français, était désormais occupé par des compatriotes. Les claustras de bois étaient écaillés, les murs étaient couverts de suie, l'ascenseur ne fonctionnait pas.

Quant à Banga, il était dans son village, dans le nord du pays. Pour les Congolais, le nord du pays commence au-delà de la rivière Tsiémé, la limite septentrionale de Brazzaville. Sur une carte pourtant, Brazzaville est situé dans l'extrême sud du pays. Pour les Congolais, il n'y a pas de centre. Le Nord et le Sud ne sont pas des notions géographiques, mais géopolitiques.

Nous ne nous attardions guère dans notre chambre. Le climatiseur, mal placé, nous soufflait une bise en plein visage. Nous dormions emmitouflés dans nos chandails, la tête couverte d'un bonnet. Quand nous arrêtions l'appareil, les moustiques se ruaient sur nous. J'ai attrapé une méchante trachéite.

Avec son poste de télévision dernier cri et un fauteuil à la finition maladroite, la chambre avait été conçue pour des gens qui ne lisent pas. Ni lampe de chevet ni lampe de table.

Dans la salle de bains, des robinets dorés, mais aucun meuble pour déposer les objets de toilette.

Depuis notre arrivée, j'alternais tenue pagne et jean.

Jordan arborait des chemises ethniques avec des motifs ashantis, comme on en voit au Ghana, en Côte d'Ivoire et dans certains milieux africains américains. Il s'étonnait de ne voir personne vêtu comme lui, « à l'africaine ».

« Combien de fois te répéterai-je que c'est l'Afrique perçue par Harlem et les campus américains que tu recherches.

— C'est préoccupant.

— En quoi ?

— Vous perdez votre âme.

— Les âmes évoluent, Jordan. Les Congolais savent mieux que toi et moi celle qui leur convient aujourd'hui. »

Je n'avais pas oublié la langue. Chaque fois que j'en avais l'occasion, je m'exprimais en lingala. On me répondait en français.

Notre allure intriguait.

À l'occasion d'un séjour en France, j'avais déposé un manuscrit chez plusieurs éditeurs. J'ai reçu une réponse à l'automne. L'une des maisons acceptait de le publier avec des modifications mineures qui ne dénaturaient pas l'essentiel.

Une histoire à la première personne, racontée par un homme.

Un ancien normalien de la rue d'Ulm arrive au Congo au titre de la coopération française. Au fil des pages, la personnalité du narrateur prend forme. Contrairement aux apparences, il ne s'agit pas d'un Blanc pur sang ni d'un banal coopérant venu à l'aventure en Afrique, mais d'un quarteron qui a vécu sa première enfance dans les quartiers indigènes de Brazzaville. Une espèce de sauvageon, qui parlait couramment lingala, mounoukoutouba, lari, et le français avec un fort accent local. Un jour, il disparaît.

On l'aura compris, il s'agissait d'une réécriture de la vie de Franceschini. L'éditeur n'aimait pas le titre original, *Le Quarteron*. Il craignait que le lecteur français, aussi bien qu'africain, ignorât le sens de ce mot, au demeurant perverti par le général de Gaulle dans un discours célèbre où il s'en était pris à « un quarteron de généraux ». J'avais alors proposé *Le Blanc manioc —Moundélé Kwanga*, en lingala —, une allusion à l'insulte qu'on lançait aux sang-mêlé. Ces gens dont la couleur se rapproche de celle du Blanc, qui se croient de la même culture que l'Européen, mais ne laissent pas de marcher pieds nus, de vivre dans des cases, de se nourrir de manioc, comme les indigènes. L'éditeur préféra *La Tache mongolique*, en référence à une histoire absurde que mon narrateur tenait de sa mère.

Je craignais que certains lecteurs congolais ne reconnussent dans mon personnage Émile Franceschini, réduisant ma fiction à un vulgaire roman à clés. Ce qui, en tout état de cause, fut bien le cas.

Les emprunts au réel vont plus loin : en Louisiane, je suis moi-même devenue une espèce de Franceschini. Son pendant féminin.

Quelques mois plus tard, mon éditeur m'a invitée en France pour le lancement du livre. Mon attachée de presse réalisait un travail admirable, même si elle m'agaçait par ses utilisations abusives de ma position aux États-Unis : une Noire d'une ancienne colonie française, réfugiée aux États-Unis parce que la France lui avait refusé le droit d'asile ; une victime de la politique d'un gouvernement qui fermait ses frontières aux émigrés francophones. Mon attachée de presse trouvait dans ce portrait matière à attendrir un lectorat généreux et bien pensant. Malgré plusieurs démentis, la légende poursuit son chemin.

J'ai accordé beaucoup d'interviews, fait quelques émissions de radio, et deux de télévision. J'ai été déçue de ne pas être invitée à *Apostrophes* de Bernard Pivot.

L'attachée de presse m'envoyait régulièrement les coupures de presse sur *La Tache mongolique*. Pour la plupart d'entre elles, il s'agissait de brèves recensions, quelquefois d'une simple reprise de la quatrième de couverture.

Les jours coulaient avec douceur. L'emploi du temps d'un professeur, comme d'un écrivain, est somme toute assez routinier. Ce qui n'est pas sans charme.

Les nouvelles du pays étaient rares. Il y avait belle lurette que Pélagie avait cessé de m'écrire. Poursuivait-elle toujours ses études en France ? Était-elle rentrée ? Et Franceschini ? Où était-il ? Que faisait-il ? Vivait-il encore ? De nombreux souvenirs s'effaçaient, mais pas celui de ces deux-là.

Je m'étais abonnée à la revue *Présence africaine* et la recevais à intervalles irréguliers. Ses articles me tenaient à jour. L'écho que j'avais ici du débat africain était différent. Celui d'une autre Afrique, qui parlait la même langue que l'Amérique. Une Afrique avec des géants : le Ghana, le Nigeria, l'Afrique du Sud. Une Afrique que j'apprenais et dont je devenais une africaniste. Mon besoin d'Afrique francophone était d'autant plus fort que je vivais dans une autre langue.

Une étude sur la langue de Jacques Roumain dans *Gouverneurs de la rosée* a éveillé ma curiosité. L'auteur était un certain Isidore Moundélé. Un nom inconnu. Ses idées, son ton, son style me paraissaient familiers. Moundélé indiquait-il la véritable identité de l'auteur, ou s'agissait-il d'un pseudonyme ? Moundélé veut dire le Blanc en lingala comme en kikongo. J'ai écrit à Isidore Moundélé sous couvert de *Présence africaine*. Un mois et demi plus tard, j'ai reçu une lettre avec un timbre à l'effigie du gouverneur général Félix Éboué, oblitéré à Brazzaville. L'écriture ne laissait aucun doute. C'était celle qui annotait à l'encre rouge nos copies du temps du lycée Savorgnan.

Franceschini était bien l'auteur de l'article sur Jacques Roumain. Il était revenu au pays. Après son expulsion, il avait tenté de vivre au Cameroun. Une expérience ratée. Le Congo était une écharde définitivement rivée en lui.

J'ai relu plusieurs fois sa lettre. Surtout cette phrase : « Il est plus facile à un Africain de s'intégrer en Europe, ou en Amérique, que dans un autre pays d'Afrique. » Son parcours me donnait mauvaise conscience. Lui se réimplantait là-bas, moi je m'enracinais ici.

Notre correspondance a repris son cours. Cette fois-ci, je m'efforçais à maintenir son rythme. Franceschini n'écrivait plus sur des cartes postales. Sans doute avait-il des difficultés à s'en procurer au pays. Il utilisait du papier orné, en haut dans le coin droit, par les silhouettes filiformes des élèves de l'école de Poto-Poto. Les Mickeys.

Un jour, des collègues m'ont associée à l'organisation d'un colloque sur la littérature africaine postcoloniale. Une épithète sur laquelle j'avais quelques réserves. J'ai fait inviter Franceschini.

Le colloque se tenait à Columbus, dans l'Ohio.

Je suis allée l'accueillir à l'aéroport. J'ai tout de suite reconnu sa silhouette dans l'ombre chinoise qui, à contre-jour, poussait un chariot à bagages. Il a regardé autour de lui avec anxiété. Il était vêtu d'un duffle-coat, coiffé d'un Stetson à larges bords et bourdalou de soie. Je lui ai trouvé un air de parenté avec Jean Moulin, tel qu'il apparaît dans le seul portrait que je connaisse de lui. Il ne m'a pas reconnue. Avais-je changé ? Avec le temps mon souvenir avait dû se nimber dans sa mémoire. Celui de Pélagie l'intéressait plus.

J'étais la seule Noire dans la salle d'attente, il ne pouvait se tromper. Son visage s'est éclairé, il m'a fait signe.

J'avais oublié qu'il était grand. D'où le sobriquet dont l'avaient affublé certains condisciples, le Viking. Autour de six pieds. Ici, la taille d'un petit basketteur. J'ai dû reculer le siège de la voiture.

« Bizarre, j'imaginais les voitures américaines plus grosses, comme celles qui, dans mon enfance, sillonnaient les rues de Léopoldville. D'immenses cabriolets de la taille d'un tank.

— Avec la crise pétrolière, ils ont changé leurs habitudes. »

C'était vendredi. Les citadins filaient vers leurs résidences secondaires. Le trafic était fluide. Le crachin faisait frissonner.

« Quel temps pourri !

— Normal ici, en cette saison. Encore qu'il y ait eu des journées superbes au milieu de la semaine... En Louisiane, c'est autre chose. Vous devriez y venir. »

Il avait oublié que je vivais en Louisiane.

À la radio, des voix chantaient le duo des fleurs de *Lakmé*. Une autre chaîne diffusait du jazz. Franceschini a posé sa main sur mon avant-bras.

« S'il vous plaît, Kimia, revenez sur cet air d'opéra... Plus fort. »

Il a gardé un moment sa main sur mon bras, puis sur ma main. J'ai eu l'impression qu'il voulait la caresser.

C'était Gay qui m'avait fait découvrir *Lakmé*. À la fin du morceau, l'animateur de l'émission dialoguait avec un écrivain. Son invité du jour. Il expliquait l'importance de la musique dans son inspiration. Franceschini a fait la moue. Je lui ai demandé s'il aimait la musique classique.

« Bien sûr. Surtout les voix... Mais je trouve ce terme de classique impropre. Il y a du classique dans le jazz, dans la chanson de variétés... dans la rumba congolaise.

— En dehors de la rumba, je vous croyais surtout amateur de jazz.

— Idée reçue : les nègres sont censés n'aimer que leurs musiques et le jazz, alors que... »

Il se prenait donc pour un nègre.

« J'ai dû dans un cours attirer votre attention sur le jazz. Comme j'ai cherché à éveiller votre curiosité pour la littérature noire...

— Durant les cours d'instruction civique. »

L'allusion l'a fait sourire.

C'était de Pélagie que je tenais mon information sur ses goûts musicaux. Du temps de nos études à Brazzaville, quand elle avait le privilège d'être reçue aux Trente-Deux Logements.

« Cela ne signifiait pas qu'il fallait jeter le reste de la littérature aux orties. Je trouvais aberrant de vous former sur des programmes conçus en France pour des petits Français... C'est vrai que l'Indépendance était toute fraîche et que vos responsables n'avaient pas eu le temps de réfléchir à ces questions-là.

— Nos responsables étaient des analphabètes, ils ignoraient l'existence de Jacques Roumain, de Jacques Stephen Alexis. Quant à Césaire et Senghor, à force d'avoir entendu parler d'eux, ils se sont imaginés les avoir lus...

— Vous êtes sévère et injuste, Kimia. Vos responsables n'avaient que le certificat d'études primaires. Pour l'époque, la valeur du bac d'aujourd'hui. Mais ces hommes avaient des tripes. Ils ont eu l'audace et le courage d'affronter le Blanc, le colon, de lutter contre le système de l'indigénat, puis d'exiger l'Indépendance… C'est à ces hommes que vous devez d'avoir obtenu des bourses, d'avoir poursuivi des études à l'étranger… Et puis, tous n'étaient pas des ignares… Rappelez-vous Banga.

— L'exception qui confirme la règle. C'est pour ça qu'il n'est plus au gouvernement. »

L'échange prenait un ton acide.

Il pleuvait. Les essuie-glaces dégageaient des demi-cercles sur le pare-brise. J'avais du mal à distinguer la route. J'ai ralenti et allumé les phares.

À la radio, l'invité de l'émission s'écoutait parler.

« Ça vous intéresse ?

— Vous pouvez éteindre. »

J'aurais voulu dire des choses anodines. Celles qu'on énonce pour cacher son émotion quand on revoit un être cher. Au lieu de cela, j'ai expliqué le thème du colloque, son organisation, énuméré la liste des participants… J'utilisais le jargon du milieu, toujours un peu pédant.

À l'approche de Columbus, le soleil m'a éblouie. J'ai mis des lunettes noires. Elles m'ont valu un compliment de Franceschini.

Après un péage, je me suis rendu compte que Franceschini s'était assoupi. Pour lui, il était minuit.

À plusieurs reprises, j'ai coulé un regard dans sa direction. J'étais heureuse de le voir somnoler à côté de moi. Il m'appartenait. Il était toujours aussi séduisant. L'âge l'avait embelli. Ses cheveux d'or, parsemés de fils d'argent, avaient viré au tabac blond. Un brusque coup de volant l'a tiré de son sommeil.

« Excusez-moi, j'ai voulu éviter un nid-de-poule.

— Pas possible ! Des nids-de-poule, comme sur les chaussées brazzavilloises !

— Avec une différence. Ici, on les bouche plus vite. »

À nouveau, il a dit que j'étais injuste.

Du coin de l'œil, je le voyais considérer les gratte-ciel. Je lui ai fait une brève présentation de Columbus, expliqué qu'il y avait plusieurs Columbus, toutes en hommage à Christophe Colomb, fourni des informations glanées à la hâte dans un guide... Il hochait la tête. Je savais qu'il ne retiendrait rien.

Il devait être logé sur le campus, à la *guest house* de l'université. Sa chambre ne serait prête que le lundi. Pour le week-end, je lui en avais réservé une au Hyatt Regency de Columbus.

L'employée de la réception a demandé ce que nous préférions : deux lits jumeaux ou un *king-size* ? Franceschini a déclaré avec un accent français amusant que cela dépendrait de madame. Je ne savais pas qu'il comprenait l'anglais.

« Méfiez-vous. Je ne comprends pas ce que je devrais comprendre et je comprends ce que je ne devrais pas entendre. »

Il a ajouté à l'intention de la réceptionniste :

« Non, je ne suis pas encore digne de dormir avec madame. »

La réceptionniste a dit qu'elle ne comprenait pas le français et j'ai improvisé une traduction anodine.

Avant de partir, il m'a tendu un texte afin que je le fasse traduire. C'était la présentation qu'il comptait faire au colloque. Il a insisté pour que je la lise et lui fasse part de mon avis.

Sur la recommandation de Connie, une collègue de Rochester, j'avais réservé une table au Kilimandjaro Blues. Franceschini a regardé sa montre et froncé les sourcils. Je lui ai expliqué que les Américains allaient au restaurant dès six heures du soir. Pour lui il était une heure du matin.

J'ai eu du mal à me garer.

La température n'était pas particulièrement basse, mais l'air était humide. J'ai remonté le col de mon manteau.

Il m'a pris le bras. Il fleurait bon une eau de toilette discrète, avait les yeux bouffis et sa voix était caverneuse comme après une profonde sieste.

Nous avons marché ainsi pendant quelques minutes. Les passants ont dû nous prendre pour un couple.

Le Kilimandjaro Blues était situé quelque part dans le *down town*. Il fallait descendre des marches pour déboucher dans ce que les Américains nomment un *basement*. Un mot qui donnait toujours aux francophones l'occasion de faire une plaisanterie grivoise.

Il y avait peu de clients dans la salle. Le plafond était bas, et certaines zones de la salle étaient sombres. Notre table était proche d'une enceinte sonore. Le garçon nous a déplacés. Nous nous sommes assis l'un en face de l'autre. L'un des murs était recouvert de photos en noir et blanc, griffonnées de dédicaces. Derrière le bar, en hauteur, quelques coupes en argent et des médailles accrochées à de larges rubans de soie.

Franceschini a parcouru le menu avant de me le tendre. Il n'y comprenait rien.

Je voulais lui faire découvrir la *soul cuisine*.

« C'est quoi cette bête-là ? Ça se mange à quelle sauce ?

— C'est la cuisine du Sud. Notamment de La Nouvelle-Orléans. Quand vous y viendrez… »

Mes explications étaient confuses. J'ai bafouillé à plusieurs reprises. Franceschini fronçait les sourcils. Je m'en suis sortie par une pirouette et j'ai entrepris la traduction du menu. Une tâche laborieuse.

« Bon, choisissez pour moi. Je vous fais confiance.

— Aimez-vous les plats relevés ?

— Quelle question ! C'est ma peau blanche qui vous abuse. Le revers est noir… Je suis né sur une natte, moi, Kimia, pas dans un lit de clinique. Ma mère a dû mettre du pili-pili dans mon biberon. »

Bien que Noire, mon estomac supportait mal les condiments. Mais je ne voulais pas m'égarer dans une conversation oiseuse. L'utilisation du mot pili-pili, au lieu de piment, m'avait fait plaisir. C'était comme une légère brise qui m'amenait les odeurs de Poto-Poto. Poto-Poto du temps où tous ceux que j'aimais vivaient encore et où la vie allait de soi.

Franceschini était tenté par le jambalaya, un plat typique de La Nouvelle-Orléans. Il a fredonné, en prenant une mine nostalgique, un air qui s'appelait *Jambalaya* et qui évoquait un rassemblement d'Amérindiens dansant sous la lune. Aucun lien avec le plat. Cela nous a fait rire.

Il sirotait du pinot noir. Moi, du cabernet. Son verre se vidait plus vite que le mien. J'ai pensé à la première fois que Pélagie et moi l'avions rencontré dans un boui-boui de Poto-Poto. Un soir où, titubant, il avait gravi les marches de l'estrade, s'était emparé du micro, avait interprété des rumbas en lingala.

Un groupe est entré dans la salle. Trois garçons et deux filles. L'une d'elles était Connie. Elle m'a fait un signe. Une métisse, originaire de la Sierra Leone, aux cheveux crépus, coiffée à la garçonne. Elle avait un sourire de fillette et la peau mie de brioche. J'aimais son esprit malicieux. Nous nous étions connues, quelques années plus tôt, à l'occasion d'un colloque à Gainesville, en Floride. J'avais été séduite par son esprit primesautier. Cette fois-ci, elle faisait partie du comité préparatoire de notre colloque et nous logions dans un *bed and breakfast* de Columbus, au même étage et à quelques chambres l'une de l'autre. Franceschini lui a fait un baisemain appuyé et a gardé un moment sa main dans la sienne. Son audace n'a pas offusqué Connie.

Quand elle est repartie, Franceschini l'a suivie des yeux. Elle avait de hauts talons et une démarche de mannequin. Il a dit qu'il aimait l'accent de Connie. Il a soudain paru bien réveillé alors que, pour lui, il était près de deux heures du matin. Il a sorti son paquet de cigarettes, m'en a proposé une.

« Vous ne fumez pas ?… J'avais oublié… »

Comment, après tant d'années, aurait-il pu se rappeler, ou oublier, un détail aussi insignifiant ?

« … la fumée ne vous dérange pas, j'espère… Sommes-nous bien dans l'espace fumeur ?

— Il n'y en a pas ici, maître.

— Ne m'appelez pas maître. »

Le ton était bourru.

« Formidable ! il n'y a pas de coin non fumeur. Donc… »

Il a sorti une boîte d'allumettes.

« Il est interdit de fumer dans la salle.

— Qu'est-ce que c'est que ce foutu restaurant ?

— C'est ainsi partout. Aux États-Unis, on ne fume pas en salle.

— Foutu pays ! Et comment font les fumeurs ?

— Ils sortent.

— Dans ce froid ? »

Il a fait cul sec et a vanté le goût du pinot noir. Je lui ai fait servir un autre verre.

« Je bois seul ?

— Je conduis, maître. »

Il a haussé les sourcils.

« Et ce soir, j'ai charge d'âme. »

La décoration florale était magnifique. Nous nous sommes demandé si les fleurs étaient naturelles.

J'ai sorti le texte de son intervention de mon sac à main.

« Y avez-vous jeté un coup d'œil ?

— Oui, avec votre permission.

— Je vous ai demandé de le faire… »

La première phrase surprenait. Une entame avec un trait d'humour. Le *starting joke* qu'apprécierait le public d'ici. Dans la mesure où le jeu de mots serait bien traduit. Suivait une métaphore tirée de la tradition orale kongo, puis des pages qui coulaient de source.

« Alors ?

— Vous allez faire un tabac, maître. »

Il m'a rabrouée. À la fois parce que je lui avais encore donné du maître et parce qu'il n'aimait pas les compliments. Ou, plutôt, ne savait pas y répondre.

J'ai posé son texte sur la table, l'ai feuilleté. Il s'est penché pour lire mes annotations.

« Deux remarques seulement.

— Ah !…

— Un détail mineur, mais important dans ce pays. Chaque fois que vous dites "il", je vous suggère de dire "il ou elle". »

Il a haussé les épaules.

« Ouais… passons. Et la seconde ?

— J'insiste, maître.

— Ne m'appelez pas maître. C'est ridicule… Appelez-moi Émile… Je vous appelle bien Kimia, moi. Nous sommes deux collègues, non ?

— Vous allez me trouver entêtée, mais je reviens sur ma première observation…

— Vous n'êtes pas têtue mais, si vous insistez, vous allez devenir ridicule.

— Et vous grossier.

— Bravo ! C'est bien. Ne vous laissez pas impressionner par les hommes, l'âge et les titres. Toujours parler avec… »

Il tapota son ventre et avala une gorgée de pinot noir.

« Ici, mon cher, mon cher…

— Émile.

— … Émile, continuai-je timidement, ici la question du genre est capitale.

— La question du quoi ?

— Du genre.

— Un autre animal que je ne sais à quelle sauce manger. »

Une serveuse est arrivée. Elle nous a mis en garde, les assiettes étaient brûlantes.

Mes arguments sur le « genre » étaient boiteux.

« Oh ! mais eh ! »

Un *eh !* difficile à transcrire. Un *eh !* proprement congolais, surtout lorsqu'on parle en langue, qui jaillit spontanément pour marquer l'étonnement, l'admiration, la stupéfaction.

« Elle… ils… s'en vont !

— Qui ? »

D'un mouvement du menton, il a désigné la table de Connie.

« Ils sortent seulement fumer…

— Vous permettez ? Je les rejoins.

— Je vous accompagne.

— Non, non, non… Ne bougez pas, Kimia. Vous n'allez pas attraper la crève pour moi. Vous ne fumez pas, vous.

— Histoire de vous présenter aux autres.

— Vous l'avez déjà fait tout à l'heure… je suis assez grand garçon. »

L'orchestre jouait *What a Wonderful World*. Le chanteur imitait la voix grave et enrouée de Louis Armstrong. Jusque dans sa manière de faire admirer sa denture.

J'ai demandé à la serveuse de garder les plats au chaud et de remplir le verre de Franceschini.

Quand ils sont revenus dans la salle, Connie et Franceschini, tout sourire, fermaient la marche.

« Brou ! Un temps de chien !… Et quelle femme, Connie ! Elle a oublié d'être sotte, la petite. Pas une simple poupée, une femme à forte personnalité. J'aime ça.

— Dans quelle langue avez-vous parlé ?

— En français. Elle le parle à merveille. J'adore sa manière de le prononcer. »

Dans la voiture, je lui ai rappelé que j'avais besoin de photos d'identité pour établir son badge. Il en avait à l'hôtel.

« Autre chose, Émile.

— Ah, bravo ! On y vient.

— Dans votre texte, vous employez souvent le mot "nègre"…

— Et alors ?

— À bannir ici.

— Mais n'est-ce pas ainsi que nous nous appelons depuis le mouvement de la négritude ?… Pourquoi ricanez-vous ? »

J'avais seulement souri. Comment lui rappeler sans le froisser que, même s'il se sentait noir, il était un Blanc ; qu'il était plus prudent de ne pas utiliser ce terme ; que seuls les Noirs pouvaient se permettre de s'appeler nègres sans être suspectés de racisme.

« Ici, les gens ne savent pas ce qu'est la négritude. Le mot est intraduisible.

— Comment désignez-vous les Noirs, alors ?

— *African American*…

— Afro-Américain, en français.

— Non, pas Afro-Américain, c'est différent.

— Avouez qu'Africain américain c'est lourd en français. »

J'avais du mal à me garer. Je suis descendue dans le parking de l'hôtel au sous-sol. Dans l'ascenseur, je n'ai pas vu le bouton sur lequel il avait appuyé. Nous sommes directement arrivés à l'étage de sa chambre alors que je voulais l'attendre à l'accueil, au rez-de-chaussée.

« Vous plaisantez. Je ne vais pas vous laisser faire le pied de grue dans ce hall… Juste le temps de fouiller dans mes affaires. »

La chambre était élégante. J'ai pensé à ma première nuit dans une chambre d'hôtel, lors de notre escale au Bourget. J'aimerais passer ma vie dans des chambres d'hôtel.

Il m'a tendu deux photomatons.

« Voulez-vous prendre un verre ?

— Il est tard, Émile.

— Demain c'est samedi, vous pouvez faire la grasse matinée.

— Hélas, non… La préparation du colloque. Au revoir, M. Franceschini.

— Émile, pas monsieur Machin Truc.

— Ça viendra. »

En m'embrassant, il a cherché mes lèvres.

« Non, M. Franceschini. »

Il n'a pas insisté et s'est même excusé en parlant de « faiblesse ».

Dans ma chambre, le bouton rouge du téléphone clignotait. Un message de Jordan. Je l'ai rappelé à temps, il allait s'endormir. Il était à New York. La mise au point d'un dossier à défendre devant une cour arbitrale. Nous sommes restés longtemps à bavarder.

Le lendemain soir, un couple de collègues organisait une réception de bienvenue pour les participants au colloque. La plupart des convives étaient des professeurs de Columbus. Les hommes avaient les cheveux en bataille, des joues de cactus, étaient vêtus de jeans, avaient le col déboutonné, étaient chaussés de *sneakers*. Franceschini m'a dit en langue que ce laisser-aller vestimentaire l'indisposait ; qu'il préférait ressembler aux sapeurs de chez nous plutôt qu'à ces clochards de salon.

Chez les femmes, le souci de la toilette était plus marqué. Des babas cool en sandales de moine et robes de gitanes qui dissimulaient leurs formes. Moi aussi j'étais en jean. Au lieu de chaussures de jogging, j'avais mis des souliers à talons et portais une veste de cuir cognac que Jordan m'avait achetée en Italie. La tête enserrée dans un foulard noué façon madras antillais, Connie arborait une gandoura sénégalaise en basin moiré. Sa coiffure soulignait son port de tête et sa silhouette élancée. Une princesse des tropiques, a murmuré Franceschini.

Une collègue m'a entraînée pour un détail d'organisation que nous avions perdu de vue. Nous nous sommes rendues au secrétariat de la conférence. À mon retour, Franceschini avait disparu.

Je ne me suis pas attardée à la réception et, de retour dans ma chambre, j'ai téléphoné à la *guest house* du campus. Le poste de Franceschini ne répondait pas. J'ai vainement refait plusieurs tentatives. Un groupe avait dû l'entraîner pour une sortie en ville. Pourquoi me faisais-je tant de soucis ? C'était un grand garçon...

À une heure du matin, je ne dormais pas.

S'il lui arrivait quelque chose... C'était moi qui l'avais fait venir dans ce pays ! Je craignais qu'avec son anglais primitif, il ne sache pas retrouver son chemin. J'ai refait son numéro. Aucune réponse. La réception m'assurait que la clé du professeur Franceschini n'était pas dans son casier : il l'aura emportée par mégarde. J'ai appelé Connie. Seulement ce maudit répondeur. Je me suis rhabillée.

Dans le couloir, un homme sortait d'une chambre voisine. Apparemment celle de Connie. Je me suis arrêtée. Je voyais l'homme de dos. Il n'avait pas allumé la minuterie.

De ma fenêtre, j'ai aperçu la même silhouette qui se glissait dans un taxi. Celle d'un individu en duffle-coat à capuche, coiffé d'un chapeau à larges bords.

Quelques jours après mon retour à Baton Rouge, j'ai reçu une lettre de Franceschini. Il me remerciait de mon invitation et exprimait sa joie d'avoir découvert l'Amérique. Un pays différent de l'image qu'il s'était forgée. Imprégné de la pensée marxiste qui dominait alors dans les milieux intellectuels français et africains, il avait jusque-là ignoré le monde américain.

Nous avons repris notre correspondance. Selon son habitude, il répondait par retour du courrier et, comme naguère, sur des cartes postales. La plupart représentaient des pièces d'art nègre.

Toute la semaine, il avait fait un temps de chien sur Paris. Crachin, giboulées, neige fondue. Les gens pestaient. Moi, j'étais heureuse. Mon deuxième roman était bien accueilli par la critique et mon attachée de presse me conduisait d'une interview à une émission.

Quelques jours plus tôt, j'étais passée sur le plateau de l'émission de Bernard Rapp. Il m'avait demandé si je me sentais écrivain congolais, africain, américain, français ou francophone.

« Un écrivain tout court.

— Vous voulez dire écrivaine, avait corrigé une romancière québécoise.

— Écrivaine ?

— Parfaitement, par égard pour le genre. »

J'avais failli lancer la saillie de Franceschini lorsque, au Kilimandjaro Blues, j'avais utilisé ce terme.

« Et comment appelez-vous les souris et les autruches mâles ? »

Avait suivi un débat oiseux, habilement abrégé par Bernard Rapp. Heureusement pour moi, car je m'étais emportée et m'embourbais dans mon argumentation. Mon attachée de presse buvait du petit-lait : l'incident ferait monter le chiffre de ventes du roman.

Le lendemain, nous avions rendez-vous de bonne heure dans un café de Saint-Germain-des-Prés, proche de mon hôtel. Je m'y suis rendue à pied. Il faisait frisquet. Bien qu'on fût au mois de mars, les vitres des voitures étaient recouvertes de givre. En me présentant le programme, l'attachée de presse s'était réjouie que la séance de signatures fût précédée d'un débat. Selon elle, le public achetait plus volontiers les livres d'un auteur qu'il venait d'entendre. Mais je me sens plus à l'aise, moi, devant une feuille de papier qu'en présence d'une salle ou devant un micro. Pour me rassurer, l'attachée de presse m'a prodigué ses dernières recommandations à la manière d'un entraîneur motivant un boxeur dans un coin du ring.

Le sujet du débat aurait fait bondir Franceschini : « Le rôle de la littérature dans le développement des nations ». Deux autres Africains avaient été conviés. Ils étaient arrivés avant moi. L'un d'eux, vêtu d'un ample boubou safran, avait gardé sur la tête une chéchia écarlate. Il attirait les caméras.

Je connaissais l'autre Africain de nom, mais ne l'avais pas lu. Il nous a infligé un développement en trois points sur l'importance de la littérature pour la construction nationale et le développement des pays durant la période postcoloniale. Mon tour venu, j'ai trébuché à plusieurs reprises sur mon texte.

« À ma table de travail, je suis une artiste, pas une militante ni une stakhanoviste. L'écrivain n'a pas à se poser la question de l'utilité sociale du roman. Un seul désir m'anime : offrir du plaisir… L'écriture est comme l'amour ; elle se pratique en cachette et, comme l'amour, son but est de donner du plaisir. »

Le sang a afflué à mes joues. N'avais-je pas été trop loin dans la métaphore ? Au milieu de mines réprobatrices, des regards se sont dilatés et des sourires idiots ont illuminé certains visages.

Les Africains s'étaient regroupés dans les premiers rangs.

Mes paroles ont suscité un tollé parmi eux. De la tribune, l'un des orateurs s'est exprimé dans un jargon compliqué où il était question de « paradigme », de « volonté politique », de « développement endogène et autocentré », de « signal fort », d'« esprit de sacrifice »... Fâché avec le mot systématique, le tribun préférait faire usage du terme « systémique ». Certains membres de l'assistance appuyaient les propos de l'homme en boubou de pesants hochements de tête. Quand le modérateur m'a proposé de répondre, je me suis contentée de sourire.

Après la signature de quelques livres, il y a eu un temps mort. Ni mon visage ni le titre de mes livres n'attiraient le public. Peut-être aurais-je dû, afin de mieux racoler, m'habiller d'un pagne ?

J'étais habituée à cette situation. Je ne suis pas un auteur de best-seller. Mon voisin, militant francophone endurci, m'a gentiment reproché mon franglais. Il avait de l'esprit.

Un chaland se présentait, saisissait un exemplaire sur la pile, le feuilletait, le refermait, examinait l'ouvrage sous toutes les coutures, le palpait, le soupesait, reconsidérait le titre, coulait un regard sournois dans ma direction, parcourait la quatrième de couverture, considérait le prix, me dévisageait encore et, tandis que je bavardais avec mon voisin, redéposait le livre sur la pile et s'esquivait.

Les écrivains ressemblent dans les séances de dédicace aux putains exposées dans les vitrines des bordels d'Anvers. Le client les détaille, les apprécie, les évalue, les compare, s'en va, s'en revient et, profitant d'un moment où la rue est déserte, pénètre sournoisement dans la maison.

Je suis une putain assez bien cotée : j'ai dédicacé un nombre honorable de livres.

Dans l'allée en face de moi, j'ai aperçu de dos un géant

en duffle-coat brun poil de chameau et coiffé d'un chapeau à large bourdalou en soie. Son air conquérant attirait l'attention. Il était accompagné d'une femme noire dont le visage me disait quelque chose, sans que je puisse y mettre un nom. Quand l'homme s'est retourné, je n'ai plus eu de doute. C'était lui. Il a passé son bras autour de celui de la femme et ils sont venus vers moi.

« Mon épouse », a dit Franceschini.

Je me suis levée.

« Ravie de faire votre connaissance.

— Ah ! quitte là. Tu ne me reconnais plus ?... J'ai tant vieilli ? »

La femme s'était exprimée en langue. C'est au timbre de sa voix que j'ai reconnu Pélagie. Sa silhouette s'était enrobée, mais ses yeux étaient aussi conquérants qu'à l'époque de Savorgnan.

Pourquoi Franceschini ne m'avait-il pas révélé leur mariage quand il était venu à Columbus ?

Ils ont attendu la fin de ma séance de signatures et nous avons pris le métro jusqu'à la station Saint-Michel. Nous avons remonté le boulevard en nous mêlant à la foule. À hauteur de la rue de l'École-de-Médecine, devant la librairie Gibert, nous avons traversé la chaussée. Franceschini se souvenait de l'époque où le Boul'Mich' était recouvert de pavés. On les avait arrachés après les événements de mai 1968.

La foule était plus nombreuse sur l'autre trottoir, en face du lycée Saint-Louis. Celui où abondaient naguère les cafés les plus célèbres du Boul'Mich'. Franceschini a égrené leurs noms. Dupont-Latin, La Source, Capoulade, Le Mahieu... Autant de lieux de rendez-vous où se retrouvaient les étudiants, les artistes, les écrivains. Il en parlait avec nostalgie.

Leurs enseignes avaient été remplacées par celles de fast-foods et de magasins de fringues.

Encombrés par leurs paquets, Pélagie et Franceschini voulaient les déposer à leur hôtel. Le Cujas.

« Nous ne t'invitons pas à monter, la chambre est trop petite. Mais j'aime revenir ici... J'y possède mes habitudes. Le poète Nicolas Guillen logeait ici. »

Nous avons dîné dans le quartier Mouffetard.

Pourquoi Franceschini m'avait-il dissimulé son mariage avec Pélagie ? Que craignait-il ? La question bourdonnait dans ma tête comme un insecte qui se cogne aux murs d'une pièce sans trouver l'issue. J'avais beau relativiser la chose, me dire que cela n'avait aucune importance, que ce n'était pas mon affaire, qu'il fallait prendre de la hauteur, que, de mon côté, je m'étais mariée, je ressentais la chose comme une trahison.

La nuit suivante, j'ai rêvé de Brazzaville. J'y rencontrais Franceschini, Pélagie, Floribert, mes parents. Des visages de sorcières me traînaient devant un tribunal familial. Des scènes incohérentes, une atmosphère chaotique et oppressante. Dans une forêt dont la végétation ressemblait à celle de la Patte-d'Oie, des militaires casqués en tenue vert olive me tenaient en respect avec leur kalachnikov tandis que les masques les plus grimaçants de la statuaire africaine ricanaient en dansant une sarabande, poussant des cris hystériques dont je reconnaissais quatre syllabes : « Jambalaya, jambalaya ! » J'essayais de fuir par une rue dans mon quartier à Baton Rouge ; je me réveillai en sueur.

La veille au soir, à la sortie du restaurant du quartier Mouffetard, Pélagie et moi nous étions fixé rendez-vous pour le lendemain. Une sortie entre femmes. Franceschini était occupé toute la matinée par des examens médicaux. Après nos courses, nous avons déjeuné au Printemps.

Après plusieurs échecs successifs en médecine, Pélagie

s'était réorientée vers des études de kinésithérapie. Grâce à des relations au pays — comme hier, comme toujours — elle avait obtenu une nouvelle bourse pour des études en Tunisie. Pratiquant des économies de fourmi, accomplissant des petits boulots, elle nourrissait le secret désir de repartir en France pour y reprendre sa médecine sous une autre identité. Au pays, il n'y a rien de plus facile que de se procurer de nouvelles pièces d'état civil et de se constituer un nouveau pedigree. À la fin de ses études, elle rentra à Brazzaville et s'installa à nouveau avec Barnabé. Il avait repris du service en politique et vivait dans l'aisance. Il l'aida à ouvrir un salon de soins esthétiques avec spa. Le premier d'une Congolaise dans la capitale. Elle y exerçait ses talents de masseuse-kinésithérapeute. Une belle affaire qui correspondait au goût de ces années-là.

Un client se présenta : Franceschini.

Retrouvant le climat de complicité et de confiance du temps de Savorgnan, Pélagie m'avoua que Franceschini était le père de son premier fils, Charles Ngolo Etumba, le métis dont la couleur de peau avait étonné.

« Ne me dis pas que tu ne t'en étais pas doutée.

— Comment le savoir ? Il y avait bien les langues de vipère qui distillaient leur venin, mais je méprisais ces commérages. »

Pélagie éclata de rire, me présenta sa main et nous avons topé.

La liaison entre les deux amants dura près de deux ans. Barnabé ne se doutait de rien. Bien sûr qu'il subodorait quelque chose. Mais quoi, avec qui ? Il est sûr que, si ses soupçons avaient porté sur Franceschini, celui-ci en aurait été quitte pour une nouvelle expulsion.

Barnabé prétendit avoir eu un songe au cours duquel il

avait surpris Pélagie au bras d'un Moundélé, à la piscine d'un hôtel. Elle faillit donner dans le piège. Un appel téléphonique fortuit détourna la conversation. Pour endormir les soupçons de Barnabé, elle déploya, la nuit venue, toute sa science et son savoir-faire d'amoureuse.

Un remaniement ministériel fut défavorable au malheureux Barnabé. On lui offrit pour lot de consolation un poste d'ambassadeur à Pékin.

« Tu me vois à Pékin ?... En train de secouer le Petit Livre rouge et de crier "Vive le président Mao, vive le Grand Timonier. À bas l'impérialisme yankee et le révisionnisme soviétique" ?... Moi (ici Pélagie eut un bruit de bouche et une moue méprisants) ?... Et qui donc se serait occupé de mon spa ? (Elle prononçait *espa*)... *Or que* le Président ne voulait pas d'ambassadeur célibataire, mais des monsieur-madame... J'ai dit mam'hé la chance, si c'est la chance, wo... D'un seul coup, d'un seul, comme nous écrivions dans nos rédactions, j'ai sauté sur l'occasion. J'ai donné à mon Barnabé l'autorisation de choisir une autre femme.

— Il a accepté ?

— Où ça ?... Tu connais les hommes... Il a fallu une discussion à *deux clos.* À deux clos dans la chambre. C'était chaud, ma chère... En final de tout, il est parti et moi j'ai emménagé chez Franceschini.

— Aux Trente-Deux Logements ?

— Quelle mémoire ! Non, il s'était depuis lors acheté une case au plateau des Quinze-Ans. »

J'ai prolongé mon séjour à Paris.

Pélagie avait mille choses à me raconter. Dans la rue, dans un café, chez eux, chez moi, dans le métro, dans le bus, dans le taxi... Bien que je pense de moins en moins en langue, c'était bon d'entendre le lingala de Poto-Poto et le mounoukoutouba de Bacongo de la bouche de Pélagie.

Après le départ de Barnabé en Chine, Pélagie et Franceschini s'étaient, comme on dit, mis ensemble. Pélagie s'était fait un point d'honneur à récupérer le petit Charles Ngolo Etumba, le petit métis, produit de sa liaison avec le lieutenant Baraton selon les uns, avec Franceschini selon les autres. Ce fut la question la plus épineuse de son deux clos avec Barnabé. Quel que fût le géniteur de l'enfant, Barnabé s'était attaché à lui. Qu'importait que Charles Ngolo Etumba ne fût pas son fils, il l'était devenu. De manière irréversible.

Pélagie me relatait l'entretien par le menu en y mettant le ton, avec les gestes qui ponctuent les phrases et les différents épisodes du récit, et donnent à l'étranger le sentiment erroné d'assister à une dispute. Déjà, à l'époque où nous jouions des pièces de théâtre, sous la baguette de Franceschini, Pélagie nous avait donné l'occasion de découvrir ses talents de conteuse, d'imitatrice, de comique, au point que nous lui avions fait jouer un *one woman show*.

Barnabé se résolut à se séparer de l'enfant à condition qu'il portât son nom, pas celui de Franceschini. C'était lui, Barnabé, qui l'avait élevé, c'était son fils. Pour un Congolais, la filiation n'est pas affaire de spermatozoïde. Est mon fils, ou ma fille, celui, ou celle, que j'ai nourri, que j'ai logé, à qui j'ai tiré les oreilles. Ne valait-il pas mieux au surplus, pour l'avenir du gosse, qu'il portât un patronyme local? Surtout pour un café-au-lait. En règle générale, le Congolais est un homme ouvert, mais nous possédons aussi une proportion d'esprits bornés prompts à suspecter l'authenticité de celui qui porte un nom européen. À moins qu'il n'ait la peau noire. Charles Ngolo Etumba n'était plus vraiment un gosse, mais un superbe adolescent dont Pélagie prenait plaisir à m'exhiber les photos, à vanter les succès galants. Puis, prenant le ton d'une mère remplie du sens de ses devoirs, elle me rapporta dans le détail le discours qu'elle lui tenait afin qu'il prît des précautions pour ne pas engrosser l'une de ces délurées, ni contracter la « maladie du siècle ». Un midi, il nous a rejointes dans une crêperie de la rue des Canettes, proche de la rue Garancière où il poursuivait des études dentaires.

Franceschini s'est toujours montré critique à l'égard de certaines coutumes. Ainsi récusait-il l'idée qu'elles constituaient un patrimoine identitaire à préserver sans discernement et que nous perdrions notre âme à nous en dépouiller. Lorsque, au début des années soixante-dix, Mobutu lança sa fameuse campagne d'« authenticité », il écrivit une série de lettres ouvertes incendiaires sur la question.

L'une de ses marottes était d'affirmer que l'avenir de l'Afrique commandait une mutation vers la loi de la cité. Ainsi refusait-il d'apparaître aux veillées mortuaires, nos célèbres *matangas*. Une coutume, selon lui, inutilement dispendieuse. C'était, martelait-il, aux vivants qu'il fallait consacrer ses forces et ses ressources. De plus, ces veillées épuisaient les participants et favorisaient, le lendemain, l'absentéisme sur leurs lieux de travail. Cela lui valut une volée de bois vert de la part d'un cloporte du parti unique. Il répliqua qu'il n'avait pas honte d'être traité d'individualiste, d'égoïste, d'étranger, de Blanc ; que ce n'était pas un crime d'être tout cela et pire ; qu'en tout état de cause, nous descendions tous du singe ; qu'il souhaitait, lorsque viendrait son heure, qu'on épargnât à sa famille, à ses proches et à ses amis de gâcher leurs soirées dans ces rassemblements mondains. Le deuil était une affaire intime. D'ailleurs lui, Émile Franceschini, fils de Pauline Kwanga, de M'ma Odile, et de père inconnu, demandait à être, le moment venu, incinéré. Il avait rédigé un testament en ce sens, dont il avait remis une copie à Pélagie. Elle eut avec lui des débats animés sur le sujet.

Elle avait beau lui ordonner de ne pas évoquer de telles idées sacrilèges, il persistait.

Franceschini fit une concession à la coutume. Il mit un point d'honneur à « doter » Pélagie.

Chez nous, c'est le fiancé qui apporte la dot à la famille de la future mariée au cours d'une cérémonie où il « offre le vin ». D'où la difficulté pour nos élèves de comprendre le « sans dot » d'Harpagon. Quand Banga, d'un ton taquin, releva le paradoxe, il expliqua que la donation du vin constituait l'équivalent des anciennes « fiançailles » européennes. Pélagie me rapporta qu'il prit un plaisir particulier à se prêter au jeu où les oncles maternels des deux familles négocient la valeur de l'épousée. Une valeur estimée en objets symboliques et non, comme l'affirmaient dédaigneusement les colons, en argent.

L'oncle de Pélagie voulait que la fête eût lieu à l'Olympic Palace. Franceschini préférait la cour de la parcelle familiale. Un mariage coutumier doit être authentique ou ne pas être. Pas de « métissage des genres ». Le clan de Pélagie lui fit remarquer qu'un Blanc manioc était mal placé pour faire ce jeu de mots. Pendant la palabre, Franceschini, très en verve, fit preuve de qualités insoupçonnées de négociateur. La famille consentit à se contenter de la parcelle, sous réserve que le Moundélé payât une « amende » : un costume, quelques abacosts et des Pierre Cardin — ainsi appelait-on les mocassins —, quelques cartouches de cigarettes et des casiers de boissons supplémentaires au profit du doyen du clan de Pélagie.

Malheureusement, la pluie empêcha la cérémonie. On la différa donc, obligeant Franceschini à prendre en charge les frais de séjour des parents venus de la campagne. Il s'exécuta de bonne grâce. Une cérémonie indigène n'avait pas de prix. Explication de Pélagie : c'était une manière d'accomplir son initiation dans la société, lui qui, comme le commande la coutume, avait certes été circoncis, mais à l'hôpital.

La famille de Pélagie exulta, le Blanc manioc avait accompli son devoir, comme un indigène authentique. Quiconque s'aventurerait désormais à le traiter d'étranger aurait à s'expliquer devant le conseil familial.

Peu après, contre toute attente, Franceschini voulut un mariage civil. Non pas devant le maire de Brazzaville, mais le consul général de France.

Par l'éducation reçue à Poto-Poto, et par intime conviction, Franceschini répétait à qui voulait l'entendre qu'il était un nègre ; que sa peau n'était qu'une apparence. Un oripeau. *Or que*, déplorait Pélagie, aux yeux des autres Mindélés, comme à ceux des Noirs, quoi qu'il fît, il demeurerait un Moundélé. À cause justement de sa peau, à cause de ses cheveux blonds, à cause de ses yeux bleus, à cause de son nom, à cause de sa manière de voir la société et le monde, à cause, à cause… Souvent, Franceschini percevait, entre les mots, dans des allusions perfides, dans les regards, dans certains sourires qu'il était l'objet de rejet. Impassible devant les allusions perfides, il ne laissait pas de ressentir une brûlure au cœur. Pélagie l'a entendu exprimer ses tourments lors de cauchemars à voix haute. Dès lors, et afin de protéger sa famille, Franceschini éprouvait le besoin de faire sanctionner leur union par l'autorité française. Afin d'honorer et de protéger Pélagie. Mariée selon la loi française elle cesserait d'être une concubine, une « ménagère », comme on disait à l'époque coloniale, et ses enfants d'être des *bana makangou*, des enfants nés de père inconnu, à l'instar des métis de la colonisation.

À ce raisonnement Pélagie ajoutait une considération pratique qu'elle accompagnait d'un coup de coude et d'un clignement d'œil. L'instabilité de nos pays-là. Quoi que proclament nos dirigeants, nous ne vivons pas dans des États de droit. Si — qu'à Dieu ne plaise — il arrivait malheur à Franceschini, il ne souhaitait pas que sa femme et ses enfants soient à la merci des fluctuations politiques. Avec tous ses défauts (mis en valeur plus par les Français que par ceux qui viennent y trouver asile), la France est un pays où chacun peut invoquer la loi et y recourir, quelles que soient sa race ou ses origines. Au Congo, la loi existe aussi, mais elle cède le pas aux considérations humaines. Les proches en jouissent, les autres en pâtissent. C'étaient des considérations humaines, et non la règle, me rappelait Pélagie, qui nous avaient permis d'obtenir des bourses. Chatouilleuse — et trop susceptible — sur ce point, je rétorquais que je n'en nourrissais ni remords ni complexe ; que si nous avions eu la chance d'obtenir des bourses, c'était nous, et nous seules, qui avions passé nos examens. Nos familles avaient marqué l'essai pour nous, nous seules l'avions transformé.

En tout état de cause, m'affirmait Pélagie, qui connaît maintenant son homme mieux que quiconque, quel que soit le passeport de Franceschini, il ne perdra jamais son âme nègre.

La noce moderne, à l'européenne, eut lieu à l'Olympic Palace. Une soirée animée par Les Bantous de la Capitale, alors l'orchestre le plus prestigieux du pays. Pélagie avait secrètement donné consigne aux musiciens de ne pas jouer *Floretta, ma Floretta*. Une romance des années soixante où l'identité de Floretta est un secret de polichinelle. Un musicien, flirt d'adolescence de Pélagie, avait composé cette rumba à l'époque où il l'avait surprise dans les bras d'un autre.

Pélagie et Franceschini ouvrirent le bal au rythme de *Para Fifi*, un autre grand succès des années cinquante, ou du début des années soixante. Franceschini l'adorait. Sidérée de voir ce géant blanc danser la rumba avec des reins de Bantou né sur la natte, élevé en brousse et initié à quelque société secrète, l'assistance réserva une ovation aux époux, comme des supporteurs au stade lorsqu'un joueur d'Étoile du Congo, ou des Diables noirs, marquait un but. Les mariés furent rejoints sur la piste par Banga et sa femme, leurs témoins, puis par l'ensemble des invités. Même les serveurs de l'hôtel rythmaient la musique de la tête ou de discrets balancements des hanches et des épaules. Qui peut résister à l'enivrement de *Para Fifi*? Même pas moi, malgré mon long séjour sur un autre continent.

Banga dansait les rumbas, les cha-cha-cha et les pachangas avec classe. Ondulations des reins et des jambes, le torse droit et le port de tête semblable à celui des femmes qui vont à la rivière une charge sur la tête. Quel sens du rythme, quelle souplesse dans ce corps de septuagénaire. Floribert, mon ancien soupirant, mon brave Floribert, se pavanait en veste ivoire, nœud papillon, pantalon noir et chaussures bicolores à bout perforé. Il exhibait un panama et des lunettes noires dont il ne se départit pas en salle. Même pas de nuit. « As-tu peur d'attraper un coup de lune ? » le taquina Pélagie. Il expliqua que c'était pour affirmer son look. Celui qui lui avait valu, quelques années plus tôt, le titre de roi des sapeurs. Dans sa longue robe fuchsia, sa capeline excentrique, et avec sa voilette, sa perruque rousse façon crinière de lion, son épouse, une employée du centre d'esthétique de Pélagie, attirait les regards et provoquait de discrets sourires.

Pélagie avait un album de photos de l'événement. Je pourrai le consulter à l'occasion de mon prochain voyage au pays.

Tout ce qui précède m'a été raconté en langue, émaillé de français, avec des gestes, des mimiques, des imitations impossibles à retranscrire. Le récit se faisait en français et les dialogues en langue. Pélagie débitait ses phrases sans reprendre son souffle, avec des parenthèses et d'autres parenthèses dans ses parenthèses. Quand elle s'apercevait de ses égarements, elle me demandait de lui venir en aide, de lui rappeler le point de départ de sa digression et moi-même je ne savais plus où nous en étions. C'était bon de cesser d'être intello. Parfois, je me laissais porter par le charme et le tourbillon du flot de ses paroles, parfois j'étais à bout de souffle, je me maîtrisais et me demandais comment Franceschini supportait cette logorrhée.

Quand nous sommes sorties de la Samaritaine, il faisait beau. Les rives de la Seine ressemblaient à une diapositive de paysage équatorial. Nous avons marché jusqu'à la rue Cujas.

« Cela me fera du bien, avait dit Pélagie, j'ai tendance à prendre du ventre.

— Tu cherches des compliments, maman. »

Et je lui en avais prodigué. Ses yeux se sont illuminés.

La lumière était douce sur Paris. Une lumière rasante de fin de journée qui évoquait celle de chez nous à la saison sèche. Nous sommes passées devant la statue équestre de Henri IV au milieu du Pont-Neuf. Un style pompier, persiflait Franceschini. Accoudées au parapet en surplomb de la pointe du Vert-Galant, nous avons contemplé le fleuve. Un ruisseau, comparé au Congo. Mais les rives de la Seine sont propres, aménagées avec goût. Des Bateaux-Mouches bondés se croisaient et leurs passagers agitaient les mains. Les arbres étaient en pleine floraison. Des blancs et des rose pâle. Pélagie voulait savoir leurs noms. Peut-être un pommier du Japon et des magnolias. Pélagie a fredonné une rengaine oubliée que nous avions dansée chez Faignond, ou chez Macédo, *Monsieur le Consul à Curitiba*. On y parlait de magnolias, qui rimait avec « ah, ah, ah ! ». Assis, ou couchés, sur les berges, de jeunes couples se bécotaient et se caressaient.

« Tu vois ça ? m'a murmuré Pélagie en langue. Maintenant

cela ne me fait plus rien. Mais à mon arrivée en France, cela m'avait choquée.

— Et moi donc ! »

C'était pourtant une coquine, Pélagie, mais pas une exhibitionniste. Les Bantous, et les Bantoues, aiment *la chose-là*, à l'instar des autres peuples du monde — voire plus — mais n'aiment pas se donner en spectacle.

Nous avons longé les quais.

La rue monte en pente douce en direction de la place Saint-Michel. Les passants étaient moins pressés qu'à l'habitude. Le col ouvert, la veste sous le bras, les hommes affichaient un air dégagé et nous sentions leur regard caresser nos corps. Cela nous rendait guillerettes. J'ai répondu au sourire de certains. C'était amusant, sans conséquence. En sandales, vêtues de robes légères, les femmes dévoilaient leurs minces épaules. Nous nous arrêtions devant les kiosques des bouquinistes. Pélagie a acheté un plan de Paris du XVIe siècle, et l'affiche d'un film que nous avions vu au cinéma ABC, à Poto-Poto. Les têtes d'affiche étaient Cary Grant et Deborah Kerr. J'ai acheté plusieurs volumes de Louis Aragon, dans la collection blanche de Gallimard, recouverts de papier Cellophane.

Sur le perron de l'hôtel Cujas, Pélagie a voulu me retenir. J'étais éreintée par notre longue marche. Par son bavardage aussi.

J'ai filé. Peu après mon arrivée à l'hôtel, Jordan m'a appelée. Il avait passé la journée à New York et s'envolait le lendemain pour Hong Kong. Un contrat entre une multinationale et la société nationale angolaise de pétrole. Nous avons parlé longtemps. Je lui manquais, il avait besoin d'entendre ma voix.

Je me suis couchée en mettant sur la table de chevet les

acquisitions faites chez les bouquinistes. La lampe éclairait mal les pages. Pourtant, je n'arrivais plus à m'arracher de *La Diane française*.

On a frappé à la porte. J'ai eu peur. Il était plus de onze heures trente. « Minuit moins », comme on dit au pays. J'ai appelé la réception. Personne n'avait demandé à monter. Un voisin ?

On a frappé une nouvelle fois. Des coups faibles.

« Qui est là ? »

— C'est moi.

— Qui, vous ? »

Une voix d'homme a décliné à plusieurs reprises son identité, sans que je comprenne ce qu'elle disait. Le cœur battant, j'ai regardé à travers l'œil de la porte. Le visage de l'homme était déformé. Il était vêtu d'un duffle-coat camel et coiffé d'un chapeau à large bourdalou en soie.

« Franceschini ?

— Oui. »

J'ai entrouvert la porte.

« Alors ?

— Besoin de te parler.

— À cette heure ? »

Il avait un chat dans la gorge.

« Attendez-moi à la réception ! Ce sera plus pratique. Je suis en chemise de nuit. Dans deux minutes je vous rejoins en bas.

— Il y a du monde à la réception. J'ai besoin d'un entretien confidentiel. »

Je n'avais pas de peignoir. J'ai enfilé mon jean à même la peau.

« Excusez le désordre. »

Des effets traînaient sur la bergère. Je les ai fourrés dans un tiroir. Il a jeté son chapeau et son duffle-coat sur une chaise.

« Alors ? »

J'ai pensé à mille choses. Que Pélagie avait eu un malaise, qu'on avait cambriolé leur chambre, qu'ils avaient besoin d'aide, qu'une mauvaise nouvelle était arrivée du pays !...

Je ne me souviens plus de ce que Franceschini m'a raconté. Il m'a prise dans ses bras et je n'ai pas résisté, je lui ai donné mes lèvres. Mon jean a glissé sur la moquette et je l'ai pris par la main. J'ai découvert mon lit et m'y suis glissée. Il s'est baissé pour se déchausser et, lorsqu'il s'est redressé, il a poussé un hurlement.

« Qu'est-ce qui t'arrive ?

— Un tour de reins. »

Je suis restée des mois sans nouvelles de Franceschini. À mon retour à Baton Rouge, j'avais écrit à « Monsieur et Madame ». Un tissu de formules convenues. Au passage, je prenais le risque de m'enquérir du lumbago de Franceschini. Afin d'éviter toute équivoque, j'ai corrigé dix fois ma phrase. La réponse était arrivée par retour du courrier. Écrite de la main de Franceschini, signée du couple. Contrairement à son habitude, il n'avait pas utilisé de carte postale. La lettre était rédigée sur du papier à l'en-tête de l'hôtel Cujas. J'ai mis plusieurs mois à y donner suite. À cause de mon rythme de travail et d'un roman en préparation. Peut-être mon silence avait-il une autre raison. Quelque chose de confus. Malgré mes convictions sur le droit des femmes à l'initiative et à la liberté amoureuse, j'étais rongée de scrupules après l'épisode du lumbago. Non vis-à-vis de Pélagie, mais de Jordan. Il m'a fallu du temps pour prendre de la distance et me convaincre que je ne l'avais pas trahi. Lui. Elle, c'est une autre histoire.

On peut aimer deux, ou plusieurs hommes à la fois.

Dans une correspondance, Franceschini indiquait qu'il avait dû prolonger son séjour en France pour traiter un début de diabète et mes lettres s'étaient entassées dans son casier à Brazzaville. Diabète ? Cela m'a rappelé de sombres souvenirs. Un parent en était mort. On l'avait auparavant amputé d'un orteil, puis d'une jambe, puis de l'autre…

Franceschini accueillait sa maladie avec philosophie,

mais pestait contre l'interdiction qui lui était faite de boire. « Comment concevoir la vie sans boisson ? »

C'est l'année suivante que, sans nous être concertés, nous nous sommes retrouvés à Ouagadougou, au Festival du cinéma. Je m'y étais rendue par curiosité. On était dans ces années où les universités américaines octroyaient les yeux fermés des crédits pour l'étude des liens entre le cinéma et la littérature. Les départements d'études africaines favorisaient l'intérêt porté au cinéma africain.

Franceschini était membre du jury. Cela m'avait étonnée. Lui aussi. Les organisateurs avaient voulu faire appel à des esprits avisés autant qu'à des spécialistes du cinéma. Ses articles dans la revue *Présence africaine* avaient attiré leur attention, d'autant plus qu'ils étaient signés de son pseudonyme (Moundélé) et qu'on ne soupçonnait pas la couleur de sa peau.

Ouaga c'est l'Afrique. Pas la mienne. L'Arizona en version sous-développée. Ces longs espaces jaunes, rougeâtres, leurs arbres isolés, effeuillés, aux branches filiformes, guérites de charognards décharnés, me glacent. Sans ses hommes, grands, beaux, dignes, simples et profonds, je rayerais le Burkina Faso de mes itinéraires.

La presse locale avait mentionné l'arrivée de Franceschini. On le voyait, en première page, assis sur les bords de la piscine de l'hôtel Silmandé, en chemise Pathé'O, lunettes noires, coiffé d'un bob. Il répondait à une interview. Je lui ai fait parvenir un message, rédigé au dos d'une carte postale. Je terminais par une formule de midinette : « De la part d'une admiratrice du pays bantou. » Ma signature était volontairement illisible, mais le nom de l'hôtel, le numéro de téléphone, celui de ma chambre, étaient en lettres capitales, d'une écriture soignée. Il a bien sûr compris. Le soir, nous nous sommes retrouvés au Gondwana, un « maquis » dont les festivaliers vantaient la cuisine. C'était une bâtisse mossi, en banco et toit de chaume. Franceschini voulait dîner à la belle étoile, mais il n'avait pas réservé. Dans la cour, toutes les tables étaient prises. L'intérieur avait du cachet. Un sol recouvert de sable, avec des chaises et des tables de style traditionnel. Aux poteaux étaient accrochés des peintures et, dans un coin, un ensemble hétéroclite de pièces d'art africain offertes à la vente. Franceschini se disait épuisé par une journée de visionnage ininterrompu. « Un travail de forçat ! À vous donner la nausée du cinéma. » Cela attisait sa soif. Il a dénigré la bière locale, a vidé plusieurs verres de whisky.

Il a reconnu autour de nous des visages de cinéastes de renom, d'acteurs, de journalistes. J'avais entendu parler de certains d'entre eux, mais n'en connaissais aucun. Les uns étaient discrets, réservés, d'autres jouaient les vedettes d'une réplique du festival de Cannes au Sahel. En me les désignant d'un mouvement discret, Franceschini accompagnait chaque présentation d'un commentaire. Tantôt sévère, deux fois désobligeant, une fois assassin. Un seul personnage eut grâce à ses yeux.

Lorsqu'on nous a apporté la carte, j'ai pensé au premier voyage de Franceschini « aux States », pour reprendre une de ses formules favorites, à notre dîner au Kilimandjaro Blues, au cours duquel je lui avais expliqué ce qu'était la *soul cuisine* et tenté de lui traduire les plats du menu. Le soir où je lui ai présenté Connie…

Maintenant, c'était lui qui me fournissait des explications et me guidait. Il avait une connaissance étonnante des plats africains. J'ai suivi sa suggestion : un ndolé aux crevettes. Un plat camerounais dont l'apparence me rappelait le koko de chez nous. Il m'a conseillé de l'accompagner de riz, de miondo et d'aloko.

Sa chemise était magnifique. Une sorte de miniboubou bleu, réalisé par une combinaison de batik et de tissu jean qu'il portait par-dessus son pantalon. Le bleu lui allait bien.

« J'en possède une collection. Celle-ci m'a été offerte par le styliste Pathé'O lui-même. Il prétend que je suis, avec Mandela, l'un de ses mannequins.

— Tu en as effectivement les mensurations.

— Pfft, tu n'as pas vu mon ventre…

— *You are fishing for compliments, sir.* »

Il était heureux que je lui parle en anglais. Il a sauté sur l'occasion pour utiliser cette langue.

Franceschini parlait fort et certains de nos voisins se retournaient. Il n'avait pas progressé en anglais. Il le parlait toujours avec un accent français caricatural, truffant ses propos d'expressions maladroites. À plusieurs reprises, il a parlé de « Wajington d'ici ».

« Qu'est-ce qui te fait sourire ? »

J'ai hésité.

« Tu dis toujours Wajington au lieu de Washington.

— C'est vrai, tu m'en avais fait la remarque. Au…

— Au Kilimandjaro Blues. »

Il est revenu sur les séances de visionnage du jury. Il était fier d'avoir pu suivre les productions sud-africaines et nigérianes sans, prétendait-il, regarder les sous-titres. Il a éreinté un cinéaste que la presse française portait aux nues alors que, selon lui, son film contenait des fautes de goût.

« Il se contente de planter sa caméra et de nous présenter des scènes de théâtre. Mais pour les bonnes âmes françaises, qui souffrent de n'avoir pas eu leur guerre d'Algérie, c'est une aubaine. Une occasion de se comporter en tiers-mondiste généreux. À leurs yeux, toute production africaine, dans un décor inhabituel, avec des coutumes mystérieuses, est "géniale".

— N'est-ce pas la même chose en littérature ?

— Absolument. Les jurés des grands prix ne lisent pas les livres. Il leur faut être politiquement corrects et avoir leur nègre génial. »

Il soutenait qu'au fond les choses n'avaient guère changé depuis les années quarante. Il s'est lancé dans le résumé d'un ouvrage de Julien Gracq. J'aurais aimé m'exprimer aussi aisément et clairement devant mes étudiants. Je retrouvais le pédagogue qui nous avait donné le goût du livre, deux décennies plus tôt. Je lui ai fait répéter le titre de l'ouvrage de Julien Gracq afin de me le procurer à Paris. La conversation est revenue sur le cinéma et il a affirmé de manière péremptoire que le film africain ne s'imposerait que lorsqu'il abandonnerait le « cinéma calebasse ».

J'ai voulu nuancer son propos. Il n'aimait pas être contredit.

« Faux ! j'aime le débat. Pas ma faute, si je m'échauffe. C'est ma manière de parler. »

Après avoir avalé une rasade de whisky, il a admis avoir été injuste avec le cinéma africain. Celui qu'il appelait « calebasse ».

« Le cinéma africain ne s'imposera que lorsqu'il cessera de ne s'adresser qu'aux Africains... et aux boy-scouts des *O.N.gettes.* »

J'ai pris la défense des ONG.

Du bout de la fourchette, il a picoré dans mon assiette.

« Je n'ai pas dit ONG, mais *O.N.gette*... »

À la table voisine, des gens ont cru que nous nous disputions. Il a baissé la voix.

« Le cinéma africain doit parler au reste du monde. »

Le ndolé était délicieux. Il avait un goût différent de notre saka-saka et de notre koko. Cela m'a rappelé le jour où, à Brazzaville, il s'était introduit dans notre groupe théâtral. Il avait utilisé la même expression : « des pièces de patronage ».

Nous n'avons pas pris de dessert. J'ai commandé un café et lui un autre whisky.

Nous avons discuté pendant longtemps. Je serais demeurée là toute la nuit. J'ai dû déjà le dire, Franceschini a été mon Pygmalion.

Il a regardé sa montre et a demandé l'addition. Le lendemain, il avait une réunion à huit heures trente, suivie de longues séances de visionnage, alors qu'il n'aimait pas se lever tôt.

Un chauffeur assoupi sur son volant l'attendait à la sortie. Il lui a ordonné de prendre la direction de l'hôtel Silmandé.

« Moi je loge à l'Indépendance.

— Ça, c'est un détail. »

Après avoir protesté, pour la forme, je suis descendue avec lui au Silmandé où il voulait prendre un autre verre. Le bar était rempli et enfumé. Il m'a proposé de monter boire dans sa chambre.

Cette fois-ci, il n'a pas eu de crise de lumbago.

J'ai quitté Ouagadougou la première.

J'avais l'impression d'y abandonner mon âme, d'avoir laissé échapper un nouveau destin. À l'escale de Paris, j'ai eu envie de changer de destination. Pour aller où ? Le rejoindre à Brazzaville ? Rompre avec Jordan ?

Durant plusieurs semaines, je n'ai pas fait l'amour avec Jordan. Une femme a mille prétextes pour justifier son inappétence. Même s'ils n'acceptent jamais la chose de gaieté de cœur, ils vous comprennent, les hommes. Certains hommes.

Jordan baigne dans son travail, est happé par ses déplacements. D'une ville des États-Unis à une autre, quand ce n'est à l'autre bout du monde. Les avocats d'affaires sont des globe-trotters qui passent dans les villes sans les voir. Ils vont d'un hôtel à l'autre, au bureau d'un client et de là dans une salle d'arbitrage.

Inappétence ? En fait, je ne voulais pas tromper Franceschini.

En proie à un cafard de collégienne, pendant plusieurs semaines, je n'ai pu poursuivre le roman que j'avais en chantier. Je sortais de la logique de mon intrigue et m'égarais dans mon histoire personnelle. Je bâclais la préparation de mes cours.

J'ai pris une année sabbatique, puis demandé une mise en disponibilité. Libre de mon temps, j'ai parcouru l'Europe, d'un salon littéraire à un débat. Franceschini me rejoignait. Quand je ne lui trouvais pas de rôle susceptible de légitimer sa prise en charge par les organisateurs, mes droits d'auteur finançaient ses voyages.

Aux salons du livre de Paris, de Brive, de Nancy, aux 24 Heures du livre, au festival « Étonnants Voyageurs » de Saint-Malo, à Dakar, à Bamako, à Harare, à Churchill College, il était avec moi, passant tantôt pour mon attaché de presse, tantôt pour mon éditeur, quelquefois pour mon mari. N'eussent été nos différences de peau, on nous aurait pris pour un père et sa fille.

Nous passions le plus clair de ces journées dans ma chambre.

Malgré mes efforts, et l'ordinateur portable que je lui avais offert, Franceschini demeurait rétif à Internet. Nous ne correspondions que par lettres. Lui, fidèle à son support, la carte postale, moi choisissant les papiers vélins aux textures les plus agréables. Un jour, j'ai reçu un télégramme.

C'était en novembre. Il y a plus de deux ans. Il m'informait d'un déplacement à Paris où il avait été invité à présider une soutenance de thèse. Il prolongerait son séjour en France afin d'honorer une autre invitation : un colloque organisé par la revue *Présence africaine*. J'ai répondu dans la journée : je ne pouvais pas le rejoindre aussi rapidement. J'étais piégée. J'avais depuis plusieurs mois promis à Jordan de l'accompagner en France où il était invité par les associés français de son cabinet à la célébration du trentième anniversaire de l'ouverture de leur bureau parisien. Un programme alléchant avec visites de musées, soirée sur la Seine, dîner à la tour Eiffel. Une semaine qui coïncidait avec la présence de Franceschini à Paris.

À Roissy, un chauffeur de maître nous attendait avec une pancarte au nom de Jordan. Au moment où il a saisi notre chariot à bagages, j'ai aperçu devant moi une silhouette familière. Une jeune métisse qui se dirigeait vers la station de taxis. Je l'ai hélée. Elle s'est retournée. Je m'en doutais, c'était bien Connie. Je lui ai proposé de monter avec nous. Nous l'avons déposée devant un modeste hôtel du boulevard Garibaldi, proche de l'Unesco, où elle participerait à une rencontre sur le thème du « Paris noir ». Connie s'est étonnée que je n'y sois pas conviée. Depuis ma mise en disponibilité, les organisateurs de ce genre de réunion pensaient de moins en moins à moi.

C'était un samedi.

Le dimanche, Jordan et moi avons visité Paris suivant un programme que j'avais préparé et qui, afin de protéger mes souvenirs personnels, prenait soin d'éviter les lieux où Franceschini et moi étions allés ensemble.

Il avait crachiné toute la journée.

Le lundi, Jordan avait une réunion au siège du bureau parisien de Fourler, Parker & Reads. J'ai annulé ma participation au programme prévu pour les conjoints. Je préférais rester à l'hôtel, avancer dans mon manuscrit. En fin de matinée, j'ai éprouvé le besoin de m'aérer. J'ai flâné dans les grands magasins et chiné au marché aux puces. J'avais l'esprit ailleurs. Je suis revenue à l'hôtel et j'ai appelé la librairie Présence africaine. Une personne mal informée assurait la permanence. Elle m'a rappelée pour répondre à ma question. Le colloque se tenait à l'Unesco, 7 place de Fontenoy, métro École-Militaire, ou Ségur. À deux pas de l'endroit où nous avions déposé Connie. Je m'apprêtais à aller dans les parages quand Jordan est arrivé. Son conseil de gestion avait été plus bref que prévu.

Le dernier jour prévoyait une visite au musée de Chantilly. Nous avons pris un autocar au siège de Fourler, Parker & Reads, du côté de la place de l'Étoile. J'ai reconnu la place Maillot où la circulation est aussi dangereuse qu'à la place de l'Étoile. J'ai reconnu le Palais des congrès sur la droite, aperçu une sculpture de César sur la gauche. Franceschini s'extasiait devant elle.

Nous nous sommes engagés sur le périphérique puis sur une autoroute. Une pancarte signalait la sortie du Bourget et j'ai pensé à mon arrivée en France.

Nous avons traversé la forêt de Chantilly. Il en émanait un climat d'apaisement. Les arbres avaient des couleurs fauves. Magnifiques. Les mêmes teintes que celles qui avaient enchanté Franceschini lorsque, après son arrivée à l'aéroport de Columbus, nous avions traversé des forêts.

On nous a séparés en petits groupes et confiés à des guides. La nôtre maîtrisait son sujet et maniait l'humour en y mêlant quelquefois une malice élégante. Cela m'a donné envie d'approfondir mes connaissances historiques. J'avais négligé cette matière à cause des dates.

La guide nous a suggéré de terminer la visite par une promenade dans les allées du jardin. Un ordonnancement à la française. Les pièces d'eau enchantaient Jordan. Il photographiait le paysage en me plaçant au premier plan. Nous nous sommes accoudés à un parapet. Il y avait des amoureux sur les pelouses. Cela m'a rappelé le jour où

Pélagie et moi, au sortir de la Samaritaine, contemplions ceux des berges du Vert-Galant. Un couple, étendu sur un manteau marron clair, s'enlaçait et s'embrassait de manière indécente. Tout en me reprochant mon voyeurisme, je ne pouvais détacher mon regard d'eux. Des animaux en chaleur. J'ai eu envie de leur jeter des pierres. Jordan m'a prise par le bras et m'a entraînée vers la sortie.

À la hauteur du pont-levis, un couple marchait devant nous. Je l'ai reconnu. Celui qui tout à l'heure s'ébattait sur la pelouse. Ils se tenaient par la taille, ce qui les déséquilibrait et les faisait marcher de travers. Il avait un manteau crème, la tête coiffée d'une casquette et la fille était métisse.

Dans l'autocar, Jordan s'est endormi. Moi, j'étais à cran.

De retour à l'hôtel, j'ai prétexté le besoin de faire une course. Jordan profitait du décalage horaire pour consulter son secrétariat aux États-Unis. D'une cabine téléphonique, j'ai appelé l'hôtel Cujas. Franceschini y était bien descendu. Je n'ai pas laissé de message. J'ai appelé l'hôtel du boulevard Garibaldi où nous avions déposé Connie. Elle était dans sa chambre, mais ne répondait pas. Au cours du dîner, j'ai subtilisé le portable de Jordan et suis allée aux toilettes. J'ai pu par hasard joindre Franceschini. Un échange bref. Mon ton l'a perturbé.

Le lendemain, nous nous sommes retrouvés à la terrasse de la Brasserie Lipp. J'étais arrivée la première. Il n'était pas coiffé de son chapeau à bourdalou de cuir, mais d'une casquette. Nous disposions de moins d'une demi-heure pour nous expliquer. Au début, il a nié. Puis, accablé par les preuves que je lui avançais, il a pris un air piteux.

« C'est avec Connie que tu avais besoin de me faire ça.

— Nous ne sommes pas mariés, Kimia. Tu as un mari, moi une femme…

— Je comprendrais que tu ailles au bordel, mais me faire ça avec Connie ! Mon amie… Je suis trop noire pour toi… C'est ça ? »

Deux années se sont écoulées.

Franceschini est une météorite dont le passage a griffé mon âme, l'a balafrée d'une cicatrice indélébile. D'une signature que je suis seule à savoir déchiffrer. Ce que Jordan aime le plus en moi a été façonné par les mains de Franceschini. Je suis moi-même une partie de la chair de mon sculpteur. Son souvenir est comme l'eau d'un fleuve dont aucun soleil ne me sèche. J'ai conscience de formuler à son sujet des propos incohérents. Qu'importe ! il s'agit d'un monologue, dans une langue qui m'est propre. Il suffit que je me comprenne moi-même ; s'il lisait ces confidences, chaque phrase lui serait transparente.

Tous mes livres, tous les articles que je rédige sont des lettres que je lui adresse.

Je suis son itinéraire dans des revues spécialisées. Dans certaines discussions, j'évoque son nom et j'observe les réactions. Il jouit d'un prestige qui va grandissant. Au début je n'y arrivais pas, maintenant je lis ses articles.

Un jour, j'ai flanché. Je lui ai envoyé un message, sans allusion ni à notre liaison ni à notre rupture. Je lui parlais de mon travail. Une phrase quand même pour dire que j'aurais aimé avoir de ses nouvelles, une autre pour lui confier que je me rendais compte que, s'il lui arrivait quelque chose, je ne le saurais pas.

Il n'a pas répondu.

J'avais dû le blesser profondément lors de cette rencontre

orageuse à la Brasserie Lipp. Il a pris ma scène de jalousie pour de la haine. Manquerait-il quelque chose d'africain à Franceschini ? Chez nous, on ne rompt pas à la suite d'une colère. Quand la tornade de la palabre éclate, que soufflent les vents, que la pluie lave à grande eau, la lumière revient, on quitte guéri l'arbre à palabres et la famille se ressoude.

J'ai passé le mois dernier à Paris. J'allais souvent me réfugier à l'étage du Café de Flore pour avancer dans la correction des épreuves de mon prochain livre. Cet après-midi-là quelqu'un a annoncé la mort de Mitterrand. Incrédule, j'ai levé la tête. C'était le vendeur du *Monde*. Le dernier du genre. On ne vend plus les journaux à la criée. Un Indien, ou un Pakistanais — peut-être un Mauricien — coiffé d'une casquette de base-ball, connu dans les bistrots germanopratins pour sa manière de lancer des titres chocs à la cantonade. Chaque fois des canulars. Il a aperçu sur le coin de la table le dernier numéro du *Monde* que je n'avais pas déplié.

« Il est sale, madame, prenez celui-ci. »

D'un geste preste, il a subtilisé mon exemplaire pour le remplacer par un propre.

Quelques jours plus tard, je suivais sur l'écran de télévision la cérémonie des funérailles de l'ancien président français à Jarnac. Dans le gris métallique de janvier, sur le pavé en sudation, un cercueil recouvert du drapeau tricolore que le vent arrache et jette à terre. Danielle et Jean-Christophe, leur fils, qui le ramasse et le replace. Au sein de la famille, il y a Mazarine, la fille de la main gauche de François Mitterrand.

Quelque chose avait changé en France.

C'est au cours du même mois qu'une invitation m'est parvenue pour une tournée en Afrique.

J'avais failli refuser. Je ne crois plus au bien-fondé de ces rencontres. Elles aident peu à la vente des livres et sont une perte de temps pour les auteurs. Je n'y rencontre jamais les écrivains que j'admire. Aujourd'hui, c'est par les médias que l'on touche les lecteurs. C'est à notre personnage qu'on s'intéresse, pas à notre travail.

Le programme prévoyait l'animation d'ateliers d'écriture. Un exercice vain. L'écrivain est un artisan. Son métier s'apprend, mais pas dans une classe. Il n'est ni un cordon bleu ni un féticheur possédant des recettes et des pouvoirs secrets à transmettre. C'est en lisant qu'on apprend à écrire.

J'ai décidé d'effectuer le voyage en raison des étapes de la tournée. Quatre capitales d'Afrique francophone, dont Brazzaville. Encouragée par mon attachée de presse, j'ai accepté, après avoir négocié pied à pied les termes de mon contrat.

Pas d'atelier d'écriture ni de conférence *ex cathedra*. Je lirai mes textes. C'est l'unique introduction à tout débat fructueux. La meilleure.

Paresse ? Fantaisie ? Un peu des deux. Avant tout une intime conviction. La préparation de conférences disperse, mord sur le temps réservé à l'écriture, n'est pas dans la nature de l'artiste. Toute ma philosophie s'exprime dans mes romans. Mes gloses ne peuvent éveiller l'écho que mes romans font résonner en vous.

J'avais aussi fait modifier le contrat pour allonger mon séjour au Congo.

Le centre culturel français de Brazzaville existait avant mon départ. Ils l'ont réhabilité et nommé André Malraux. Les transformations du bâtiment n'ont rien d'impressionnant. Quand on vous offre un cheval, on ne regarde pas sa denture. C'est un bâtiment de style impersonnel, un blockhaus blanc, situé dans le centre-ville, loin des quartiers populaires. Plus proche de Bacongo, dont il est à portée de tam-tam, que de mon cher Poto-Poto.

Dans la salle, une odeur âcre, intime, tenace. Hormis quelques personnes des beaux quartiers, habillées de frais et placées dans les premiers rangs, c'était surtout des jeunes des cités indigènes qui avaient fait le déplacement. L'amphithéâtre craquait et, pour le public en surnombre, on avait installé des écrans dans le hall. Une foule qui n'avait lu aucun de mes livres. Attirés par les affiches, qui m'avantagent, ils sont venus voir, écouter quelqu'un qui leur ressemble, si possible dialoguer avec lui, même si mon nom de plume, Makéda Banga, rend équivoques mes origines. Il pourrait être celui d'une Camerounaise ou d'une Gabonaise. Qu'une Noire soit passée à la télévision française suffit pour déclencher l'engouement.

Malgré la distance que je m'impose, j'ai du mal à refréner un sentiment d'orgueil. La fierté de provoquer chez les enfants de Poto-Poto et de Bacongo l'étincelle d'espoir qu'habituellement seuls les sportifs et les musiciens allument.

Je relativise mon succès. Aucun de mes ouvrages n'atteint en France de grands tirages, et deux seulement ont été traduits en anglais. En Amérique, ma notoriété se limite aux départements d'études francophones de quelques campus.

Le directeur du centre m'a introduite par une lourde porte en fer qui donne dans les coulisses. D'un geste du bras, quelqu'un a arrêté mon entrée sur la scène, comme pour m'empêcher de trébucher. Il fallait attendre un peu plus longtemps dans les coulisses. D'un geste théâtral, un adolescent en ticheurte et blue-jean a battu le tam-tam. La salle a été plongée dans l'obscurité et les feux de la rampe ont inondé la scène. Invitée à prendre place sur une estrade où m'attendaient, derrière une table recouverte d'un tapis de bridge, deux chaises et un micro, j'avançais d'un pas mal assuré. Le sourire crispé, je cherchais à me donner une contenance avantageuse. C'était la première fois que j'étais applaudie avant même d'avoir ouvert la bouche. Cela m'a donné le trac et j'ai dû recourir à des trucs qu'un professeur de yoga nous avait enseignés. J'ai pris de la distance et j'ai considéré toute cette mise en scène d'un œil moqueur.

Un trio, composé d'une kora, d'une sanza et d'un balafon, a joué un morceau léger et rythmé. De la musique de chambre pour instruments tropicaux. Mélodie apaisante et brève. Avec le public, j'ai applaudi les musiciens. Cela m'a détendue.

Le directeur du centre m'a présentée en termes sobres et concis. Après m'être éclairci la gorge, j'ai ouvert l'un de mes livres.

Qui pouvait savoir que ma manière de lire imitait celle de Franceschini ? Peut-être était-il dans la salle. Je n'avais pas eu le temps de le prévenir de mon passage. Les feux de la rampe m'éblouissaient. J'ai pris une voix atone et monotone, qui ressemblait à une plainte. Au début, les lumières crues des projecteurs me gênaient, mais je m'y suis habituée.

Un silence de vallée perdue enveloppait la salle. Finalement, c'était bien de ne pas voir le public. Rencontrer d'autres regards m'aurait gênée.

L'ovation qui a suivi mon dernier mot ne m'a pas étonnée. J'avais choisi pour clore ma lecture, un texte que j'avais déjà testé avec d'autres publics. Chaque fois, il fait mouche. Je ne suis qu'à moitié satisfaite du résultat.

Maintenant, la salle était éclairée et je pouvais distinguer les spectateurs. Les premières questions étaient assez faciles. Une jeune étudiante, les bras chargés de livres (les miens, je crois) et d'un cahier dans lequel elle avait rédigé ses questions, m'a sidérée. Elle préparait un mémoire sur moi, avait lu plusieurs fois chacun de mes romans, les connaissait mieux que moi. Elle a relevé que j'avais écrit la même phrase dans deux romans différents. J'en ai eu honte. Je m'en suis sortie par une pirouette.

« Makéda Banga est l'auteur que je relis le moins, d'où ces répétitions. »

Un individu, apparemment connu du public pour ses bouffonneries, a fait une intervention si longue que le public l'a applaudi afin de l'amener à conclure. Cela a provoqué une atmosphère de chahut. Quand le calme est revenu, l'homme a sorti de sa poche un poème ponctué de vocatifs. Le chahut a repris de plus belle. L'homme s'est rassis en riant de lui-même de manière sympathique. L'assistance lui a alors adressé un tonnerre d'applaudissements.

Quelqu'un m'a interrogée sur mon travail d'écrivain. Comment fabriquait-on un roman et combien de temps passais-je à écrire les miens ? Question récurrente. Chaque fois, elle me désarçonne. Je n'ai pas été satisfaite de ma réponse. La boîte de Pandore avait été ouverte : les questions suivantes n'avaient aucun lien avec mes livres, ni même avec le métier d'écrivain. Deux d'entre elles avaient trait à la politique. Elles confirmaient mes craintes : la majorité du public n'avait jamais ouvert mes livres et lisait peu.

Le directeur du centre culturel a essayé de replacer le débat sur les rails.

Une jeune femme s'est levée. Elle aussi avait la tête nattée, mais tressée d'une manière différente de la mienne.

« Vous sentez-vous un écrivain africain, français ou américain ?

— Qu'importe mon passeport, l'essentiel est que mes romans vous touchent. »

Une tignasse moutarde, devant elle, un peu de biais, à l'ombre d'un poteau, a opiné. Il était dans l'ombre et je le voyais mal. Peut-être était-ce lui ? Sans Pélagie...

La question suivante était posée par une autre jeune fille. Sidonie quelque chose, étudiante en maîtrise de lettres.

« Qu'est-ce qu'un bon roman ? »

Elle n'avait pas fini de formuler son propos, quand mon attention s'est portée de manière plus attentive sur le visage de la tignasse moutarde qui avait hoché la tête après ma précédente réponse. Perturbée, j'ai demandé à la jeune Sidonie de reformuler sa question.

« Un bon ou un beau roman ?

— L'un et l'autre. Je vous laisse le choix. »

J'ai suggéré au modérateur de prendre plusieurs questions auxquelles je répondrai globalement.

Quand la salle s'est vidée, une grappe de jeunes gens m'entourait. L'animateur de la soirée a eu du mal à m'arracher à eux afin de m'entraîner dans une autre salle où avait lieu une séance de signatures.

Ce sont surtout des Européens qui ont acheté mes livres.

Comme à l'habitude, j'ai peiné à rédiger des dédicaces personnalisées. J'espère qu'ils ne se les échangeront pas.

L'étudiante qui a travaillé sur moi a acheté mon dernier livre et m'a présenté tous les ouvrages précédents. Des livres crasseux, annotés dans la marge. Elle souhaitait que je lui consacre une heure d'entretien et voulait savoir où je logeais. Une fille sympathique mais collante, et je voulais protéger mes moments de liberté, au cas où…

Pourtant j'avais besoin d'elle. Je lui ai donné mon adresse courriel.

« Connaissez-vous la jeune femme qui m'a posé la question sur la nature d'un bon roman ?

— Laquelle ?… »

Quelqu'un dans la queue lui a marmonné quelque chose en langue.

« Ah, Sidonie.

— Sidonie comment ? »

Elle a froncé les sourcils et a paru embarrassée.

« C'est une de nos dirigeantes étudiantes. On a tellement l'habitude de l'appeler par son prénom…

— Une condisciple ? »

Elle ignorait le mot.

« Bon, pas vraiment. C'est une thésarde, moi je suis en maîtrise. Mais nous avons le même patron de recherches. »

Sans doute l'homme à la chevelure moutarde. Je m'en

doutais ; c'était lui qui avait dû souffler la question à la jeune Sidonie. Lorsque nous n'avions pas la même opinion sur une nouveauté, surgissait le débat sur la nature et les qualités d'un bon roman. Mon impatience laissait toujours la question sans réponse.

« Comment s'appelle-t-il ?

— Franceschini. Professeur Franceschini Émile. »

Elle a ajouté quelques commentaires.

« Était-il dans la salle ?

— Je ne l'ai pas vu. »

Un jeune est intervenu.

« Il était là, oui. »

Le jeune homme s'impatientait, il la pressait d'en finir. Ils se sont échangé des mots en langue. Une petite dispute où il était difficile de faire la part de la fâcherie et celle de la plaisanterie. Cela s'est terminé par des éclats de rire. Le garçon m'a présenté un exemplaire usagé d'un roman que j'avais commis à mes débuts et dont je n'étais pas fière.

« Vous savez, monsieur, j'ai publié plusieurs ouvrages depuis.

— Je sais, je sais... Mais le moins cher de vos ouvrages équivaut à quinze jours de bourse. Je suis de famille pauvre, madame. »

J'ai feuilleté le livre aux pages écornées. Malgré ses maladresses, il avait du punch. Peut-être aurais-je dû conserver le même ton dans mes ouvrages ultérieurs.

La soirée s'est poursuivie par un cocktail dans les jardins du centre culturel. J'avais de la peine à avaler les boissons et à grignoter les canapés que me présentaient des garçons en livrée, car j'étais entourée d'étudiants et d'étudiantes qui m'interrogeaient sur des vétilles et voulaient se faire photographier avec moi. Au dîner, à la résidence de l'ambassadeur de France, il y avait plusieurs écrivains locaux et quelques professeurs de l'université. Franceschini n'était pas du nombre. Le directeur du centre culturel le connaissait : une forte personnalité ! Il avait exprimé son opinion en hochant la tête, avançant la lèvre inférieure, esquissant un sourire enveloppé de mystère. Franceschini n'avait pas répondu à son invitation.

Je reviens souvent au Congo. Soit directement, soit en mettant à profit une invitation dans le voisinage. De courts séjours, par la force des choses. Ces cures d'Afrique me sont nécessaires ; elles m'alimentent. Je vis à l'étranger, mais la substance de mes romans est une pâte extraite de la terre africaine. Quand Franceschini réussit à se forger un alibi bien ficelé, il me rejoint au Gabon, à Luanda, à Douala. Une fois nous avons pris des risques, en passant le week-end dans un bungalow, sur la route du Nord, entre Kintélé et Massi. La propriété d'un ami, située dans un vallon, au bord d'un de ces cours d'eau transparents qui finissent en cascade dans le fleuve. Ces escapades ne durent que quelques jours. Je devrais dire quelques nuits, notre unité de mesure.

À l'occasion d'un séjour conjoint en France, Franceschini a tenu à me faire connaître La Flèche où il a passé ses années d'adolescence dans un prytanée. Il a reproché à ses parents (Franceschini père et Pauline) de l'avoir abandonné aux mains d'adjudants. Je n'en ai pas su plus. Cette âme de Romain répugne à se plaindre. Après avoir détesté La Flèche, il s'est bâti un mythe autour d'elle. Elle appartient à son patrimoine intime.

Arrivée à Brazzaville la veille, je m'installais dans ma chambre. Chaque fois la même. Une attention de l'hôtelier. Évidemment pas celui du Capitole, qui fait partie des connaissances que je prends soin d'éviter.

La sonnerie du téléphone a retenti. Un appel étrange. Hormis Franceschini, personne n'était au courant de ma présence. Une voix féminine, aimable et posée, se présenta comme l'assistante du professeur Franceschini. Elle avait un fort accent rwandais. Ou burundais. Les deux peuples parlent la même langue.

Une invitation à déjeuner du doyen Franceschini. Chez lui, à la bonne franquette. Cela m'a intriguée. Franceschini avait dépêché, le matin même, à l'aéroport, un chauffeur de l'université pour m'accueillir. Celui-ci m'avait remis un pli par lequel son patron s'excusait de son absence. Une obligation de dernière minute. Il viendrait à l'hôtel en fin d'après-midi. La missive n'évoquait aucun déjeuner. Encore moins chez lui.

La voix de la Rwandaise, ou de la Burundaise, était rassurante. J'ai accepté l'invitation. Peut-être Franceschini avait-il été contraint de s'adonner à ce jeu risqué : un bluff afin d'écarter les soupçons de Pélagie ? A priori, je faisais confiance à toute initiative de Franceschini. Même farfelue. Ce genre de machination entrait dans sa logique.

J'ai demandé si Mme Franceschini se trouvait à Brazza. L'accent rwandais, ou burundais, a hésité :

« Non, elle est aux États-Unis. »

J'ai cru entendre un rire dans l'appareil.

Pélagie n'avait pas l'habitude de se rendre là-bas.

Je suis partie de l'hôtel très tôt. Brazzaville connaît maintenant de tels encombrements. Sans compter les quiproquos d'adresse avec les chauffeurs de taxi. Nous parlons français, mais nous détournons certains mots, certaines expressions, du sens qu'on leur prête.

À mon époque, Brazzaville s'arrêtait au pont de la Tsiémé. Ce rappel a fait rire le chauffeur. Il roulait à tombeau ouvert n'hésitant pas à se déporter sur la gauche pour éviter des nids-de-poule. J'ai eu du mal à repérer l'emplacement de l'ancien village Massengo, ainsi que le chemin sablonneux qui descendait autrefois à Nganda Faignond. Deux destinations favorites des balades familiales dominicales quand papa voulait nous faire respirer l'air des plateaux Batéké. Ces lieux-dits ont été absorbés par des quartiers de Brazzaville intra-muros.

Nous avons encore roulé pendant quelques kilomètres avant de quitter la nationale 2, sur la droite. Une chaussée étroite, goudronnée de frais, en lacet, où le chauffeur prenait systématiquement ses virages à la corde, comme s'il était sûr que personne ne surgirait en sens inverse. J'ai regardé l'heure. Nous risquions d'arriver trop tôt. J'ai demandé au chauffeur de s'arrêter à un petit belvédère. Je suis descendue me dégourdir les jambes.

Au-dessous, en direction du sud, Brazzaville ressemblait à une maquette sans légende. La luminosité ambiante rehaussait le paysage. Une manière de tableau de l'école hyperréaliste. Pendant un instant, je me suis demandé pourquoi mes romans comportaient si peu de descriptions de paysage ? Sans doute parce que celles que je lisais chez d'autres romanciers m'ennuyaient.

Du flanc de la colline, Brazzaville ressemblait à une nécropole silencieuse, abandonnée au bord du fleuve. Nul doute que Franceschini avait choisi de s'établir sur ces hauteurs pour satisfaire son besoin de solitude, de paix, de contemplation. Des tendances que j'avais remarquées chez lui et qui avaient constitué le sujet de plusieurs de nos conversations. Je trouvais le nom de la villa un peu grandiloquent. L'Acropole du Grand Zimbabwe ! Cette double référence à la Grèce antique et à l'un des sites historiques les plus prestigieux du continent portait la marque de l'hellénisant en même temps que sa volonté constante d'affirmer une africanité trop souvent contestée, à cause de sa peau. Le chauffeur ne réussissait pas à prononcer correctement ce nom trop compliqué. Dans sa bouche, cela devenait « Le crapaud Paul de *Sibaboué* ».

« C'est bien de donner à sa case le nom de baptême de son ami Paul, mais… »

Il m'expliqua que le Moundélé-là avait pour ami inséparable un Noir (je vous jure, maman !), ancien ministre, du nom de Paul Banga.

« … mais de là à appeler son ami crapaud !… Bon, *veut dire qué* si l'ami-là a accepté d'être le parrain de la maison, c'est que derrière la bête-là y a métaphysique, madame. »

Métaphysique ! Un mot inattendu dans la bouche d'un chauffeur. S'agissait-il d'un chômeur diplômé ? J'avais lu dans la presse locale un article sévère sur le sujet. On y mentionnait même l'existence d'une association de chômeurs diplômés. Il était improbable que le chauffeur en fût un. Après lui avoir posé quelques questions, j'ai compris qu'il s'agissait d'un glissement sémantique amusant. Le vocable « métaphysique » fait l'objet d'un emploi populaire courant au pays et désigne tout ce qui ressortit au domaine de la superstition.

« Bon, je sais qu'en tant que Moundélé vous croyez pas à nos histoires de métaphysique-là, maman.

— Est-ce que j'ai la peau d'une Moundélé ?

— C'est vrai, maman. Votre peau-là, c'est pas peau de Moundélé, mais votre français-là c'est pas français d'Africaine non plus… Peut-être d'Antillaise.

— Il n'y a pas d'intellectuelles ici ?

— Comment ? Ça peut pas manquer (il prononçait : "ça

pé pas maké"). Ici, intellectuelles c'est en pagaille. Bon, c'est vrai que tu as même peau que moi, mais ton français-là (en fait, il avait dit ton "loupoutou-là") il est trop long et chante pas assez pour être d'ici, maman. »

J'avais perdu l'habitude d'être appelée maman et sa propension à le faire m'agaçait. Je me suis cependant gardée de lui en faire la remarque. C'est du coup que je lui serais apparue comme une véritable Moundélé.

Et Franceschini ? Qui donc, hormis Banga, sa famille, et ceux qui l'avaient vu danser la rumba et la pachanga dans les bars des quartiers indigènes, qui donc le tenait pour un enfant de ce pays, si moi, avec ma peau noire, j'étais prise pour une étrangère ?

Il était temps de reprendre la route.

Je me suis présentée à l'entrée de l'Acropole du Grand Zimbabwe une dizaine de minutes après l'heure du rendez-vous. Un homme empressé, en tenue kaki sous un tablier blanc, nous a ouvert un portail métallique noir surmonté de grilles couronnées de fers de lance dorés.

Le chauffeur de taxi voulait savoir s'il devait m'attendre.

« Pas la peine, a répondu une voix derrière moi, on te raccompagnera. »

Le corps sanglé dans un pagne bariolé à dominante jaune paille, la tête prise dans un foulard qui lui donnait une allure de pharaonne, c'était Pélagie. Elle m'attendait les bras en V au sommet des marches de la véranda. Elle s'est répandue en un flot de paroles pour me souhaiter une bienvenue à la manière traditionnelle. J'avais du mal à contrôler mon désarroi.

Un bâtard de berger allemand aboyait en grattant le sol de ses griffes. Elle le houspilla et le serviteur qui m'avait ouvert la grille se précipita, saisit la bête par le collier et la traîna sans ménagement en direction de sa niche.

« Ne crains rien, Kimia, il n'est pas méchant. »

Elle descendit quelques marches pour venir à ma rencontre. Ses sandales, dont le port accentuait sa démarche chaloupée, grinçaient sur la pierre de l'escalier. Pélagie me prit dans ses bras. Son parfum était discret. J'avais la gorge serrée et j'avais du mal à trouver le ton juste. Je ne voulais ni la repousser ni me conduire en hypocrite.

« Préfères-tu la véranda ou l'intérieur ?

— La véranda, murmurai-je avec gaucherie.

— Vois ce paysage. C'est ce qui a conquis Franceschini. À l'époque, le chef de terre nous a cédé le terrain pour une bouchée de cacahuètes. Le brave n'avait jamais vu autant d'argent de sa vie... »

Elle m'a proposé un siège d'où je pouvais admirer le panorama.

Ce n'était ni en Amérique ni en France que j'aurais pu acquérir un tel domaine. Peut-être était-il temps pour moi aussi d'envisager mon retour au pays et de prendre toutes les dispositions afférentes.

Pélagie s'était installée sur la balancelle.

Dans quel traquenard m'étais-je laissé entraîner ? Je m'essuyais le front et la paume des mains.

Après m'avoir indiqué les différents points que l'on distinguait à l'horizon, Pélagie a excusé Franceschini. Il était retenu par un conseil d'université qui risquait de se prolonger. Elle m'a offert un rafraîchissement et la conversation a tourné autour de banalités : le temps, la durée de mon séjour, la tendance de plus en plus répandue à construire en dehors de la ville, l'incapacité des autorités à maîtriser les problèmes d'urbanisme et de société... Sur chaque sujet, Pélagie se révélait à l'aise et conduisait le propos avec aplomb, le sourire aux lèvres. Moi, je bredouillais des phrases à peine cohérentes et tâchais, sans y parvenir, de prendre un air dégagé. Était-elle sincèrement affable ou bien feignait-elle l'affection pour mieux m'étriller tout à l'heure ?

« Ça chauffe, soupira-t-elle en s'éventant la poitrine de l'échancrure de son bustier, on va cuire. »

Effectivement, le soleil de la mi-journée dardait ses rayons sur le toit de la véranda et la dalle de béton ; nous endurions une température de hammam.

Elle appela le serviteur et lui donna des instructions en langue. La sienne, le lari, que je ne comprends pas. Dans le salon, le sifflement du climatiseur était à peine audible. La fraîcheur de la pièce soulageait. Deux bambins, l'un avachi sur un pouf, l'autre à plat ventre sur un tapis, le menton dans le creux des mains, suivaient, les yeux écarquillés, des dessins animés à la télévision.

« Qu'est-ce que je vous ai dit ? tonna Pélagie. Fermez-moi ça et venez dire bonjour à Tantine Kimia... ou Makéda, ajouta-t-elle d'une voix douce. Que préfères-tu ?

— Ne plaisante pas, Pélagie.

— Tantine Kimia est un grand écrivain, expliqua-t-elle au plus jeune en le prenant par la main pour le diriger vers moi. Nous avons fait nos études ensemble...

— Je l'ai vue sur une affiche », osa l'autre.

Après quelques bisous, j'ai fait un effort pour me montrer maternelle. J'ai posé à chacun d'eux les quelques questions que l'on adresse dans ces circonstances. Leur âge (m'extasiant sur leur taille), la classe dans laquelle ils se trouvaient (m'exclamant que c'était un moment crucial), leur matière préférée... Je sentais bien que j'embarrassais les pauvres gosses. Ils ne s'en tiraient pas trop mal.

« Bon, maintenant, on va faire la sieste, les enfants. Compris ? Et si on ne dort pas, on lit. Mais pas vos bêtises-là ! »

Suivait un torrent de paroles où Pélagie s'en prenait aux émissions de télévision, à la télévision elle-même, cette maudite invention. Ce n'était pas avec ces bêtises qu'ils pourraient devenir l'un pilote, l'autre médecin. Au lieu de lire ! Avaient-ils seulement ouvert les livres que leur père venait de leur offrir ? Qu'ils prennent garde, elle allait bientôt leur demander un compte rendu écrit ! Elle me prenait à témoin, me citait en exemple.

La sonnerie du téléphone retentit et elle disparut dans un corridor voisin. Je l'entendais répondre par monosyllabes et quelquefois émettre de brefs commentaires que je ne comprenais pas.

« Mille excuses, déclara-t-elle à son retour sur un ton enjoué, c'était lui. Franceschini craint que ça ne se prolonge. Il nous demande de ne pas l'attendre. »

À Paris déjà j'avais remarqué qu'elle appelait Franceschini par son nom de famille. Une coquetterie qui m'amusait.

Mais pourquoi n'avait-il pas demandé à me parler ?

Les choses prenaient une tournure de plus en plus suspecte. Et qu'adviendrait-il de mon rendez-vous avec lui en fin d'après-midi ? Maintenu ou pas ? Comment m'en assurer ? Pélagie m'avait piégée. À quelle fin ? Plus elle s'exprimait, plus je me convainquais que l'appel téléphonique me conviant à ce déjeuner n'avait pas été donné par une secrétaire. Tout en remuant diverses hypothèses dans ma tête, je m'efforçais de faire bonne figure et d'assurer le dialogue avec la maîtresse de maison.

Elle s'était placée à contre-jour et cette position, à mon désavantage, accroissait mon malaise. Derrière elle, une niche au sommet arqué contre laquelle était enroulé, à mi-hauteur, un rideau de bambou fin et, derrière celui-ci, des feuilles de bananiers, vertes et frangées.

Elle parla soudain avec un fort accent rwandais.

« Imitation réussie, n'est-ce pas ?... Tu en fais une tête, ma chérie ! Moi qui voulais te faire rire... »

Elle changea de ton.

« Franceschini m'a raconté votre... votre (elle fit la moue)... votre histoire. Une belle histoire. Très belle ! Au début, j'avoue en avoir été jalouse. »

Pélagie m'observait de biais.

Sa prévenance était de façade ; elle devait guetter dans mes yeux, dans le tressaillement d'un muscle de mon visage, mes réactions à des propos en apparence anodins, mais mûrement calculés. Patiemment, elle tissait des fils autour de moi.

« Je fais bien sûr allusion à votre aventure à Columbus, si c'est Columbus-là... »

Mais il ne s'était rien passé à Columbus. Que lui avait donc raconté Franceschini ? Prêchait-elle le faux pour savoir le vrai ?

« Si tu veux mon avis... »

Elle ne me laissa pas le temps de m'exprimer. J'avalais une gorgée d'eau. Elle poursuivit avec l'aplomb d'une comédienne, qui a la maîtrise de son rôle :

« Si tu veux mon avis, ma chérie, il s'est conduit avec toi comme un goujat. »

Décontenancée, je maudissais Franceschini. Je me maudissais moi-même. Comment n'avais-je pas décelé la supercherie ? Pourquoi tenait-elle à m'infliger ce supplice ? Où la perverse voulait-elle en venir ?

« À des rapports clairs entre nous. »

Son ton était posé. Pour me perturber.

Chaque fois que j'essayais de prendre la parole, pour abréger l'entretien et mettre un terme à une situation insupportable, elle me priait de ne pas l'interrompre.

« Depuis que tu es réapparue dans son paysage, Franceschini s'est transformé. Pour le meilleur et pour mon plaisir. Il ne sait pas que je sais... S'il a ses "petits", pour te porter des messages, j'ai les miens pour vous *zieuter*... Quelquefois ce sont les mêmes. »

Sourire.

« Il ne sait pas que je sais quoi au fait ?... Une seule chose... »

Un regard glacial, alors que la bouche grimaçait un sourire.

« Que malgré l'orage de chez Lipp, il t'aime toujours », soupira-t-elle, en détachant chaque syllabe.

Elle me défiait d'un regard que j'avais du mal à soutenir. Sa voix était blanche.

« Que se passe-t-il quand vous vous retrouvez ? Je ne suis pas assez naïve pour croire Franceschini capable d'amour platonique, mais je n'ai aucune preuve du contraire. Peu importe. Comme on dit en langue, "un coup de sagaie dans l'eau ne laisse aucune trace". »

Je comprenais de moins en moins où Pélagie voulait en venir.

« Il a subi tant de mesquineries qu'il commençait à devenir acariâtre. Et le voilà qui multiplie les attentions à mon égard. Et je suis une Africaine, moi. C'est-à-dire... c'est-à-dire une femme prête à partager. »

Et de me rappeler dans son détail une coutume de chez nous. Plus précisément chez les gens du Nord. Lorsque deux femmes sont jumelles, le mari de l'une devient l'époux de l'autre.

Pélagie se déclara ma jumelle. Une jumelle un peu dépareillée, mais une jumelle quand même. Une vraie.

Elle évoqua notre pacte de sang, en face du Congo, au temps de nos études au lycée Savorgnan.

« Et tu vas me faire croire que tu n'es pas jalouse ?

— Si, bien sûr... Ou plutôt non... Non, je ne cherche pas à te le faire croire. Tu n'es pas née de la dernière pluie.

— Et alors, pourquoi toute cette mise en scène, pourquoi ce jeu ?

— Du calme, maman. Du calme, du calme. Je ne te veux aucun mal. Tu es ma sœur, maman : ma jumelle. »

J'avais envie de rugir, de contre-attaquer. Elle restait calme, elle.

« La jalousie c'est le premier mouvement. La réaction qui montre que mon amour pour lui n'est pas éteint. Si je ne ressentais rien, ce serait lamentable et je n'aurais plus de raison de continuer à vivre avec lui.

— Masochisme, alors ? »

Elle demeura de marbre. D'un geste lent, elle saisit le pot de thé et l'approcha de ma tasse. Je plaquais ma main au-dessus.

« Non, mais domination de soi. Nous ne sommes pas des bêtes, Kimia. »

Elle se lança dans des considérations que j'avais déjà entendues ici et là, sur l'allongement de l'espérance de vie ; fit observer que les couples étaient conduits, par leur travail, par la vie moderne, à rencontrer d'autres personnes ; que la vie à deux, la routine du quotidien usaient les sentiments les plus vifs ; qu'avec le temps le contenu de l'amour évoluait...

« Tu aimes Franceschini ? »

Elle avait perdu son sourire agaçant et m'observait par-dessous ses sourcils.

« Tu as le droit de ne pas me répondre. Je peux aussi reformuler ma question : aimes-tu un homme ?... Je veux dire un autre... À part Jordan, as-tu un ami, un autre amant ?... Tu ne veux pas répondre ?

— Pardonne-moi, Pélagie, je suis ton invitée. Je te dois des égards.

— Tu parles comme une Blanche. »

Elle voulait me faire sortir de mes gonds.

« N'as-tu pas choisi de partager ta vie avec un Blanc ?

— Un Blanc d'apparence. Son âme, tu le sais, est nègre. »

Il fallait couper court à ce dialogue sans issue.

« Tu m'as invitée à déjeuner ou à un interrogatoire ? Veux-tu demander à ton boy de m'appeler un taxi ?

— Du calme, maman. Calme-toi. Oh ! nous sommes des Africaines, non ? »

J'ai eu envie de mentir. Afin de ne pas compromettre Franceschini. Mais elle insistait.

« Laisse-moi t'expliquer, maman. J'aime Franceschini, moi. Mais crois-tu que je vais lui faire la scène parce qu'il aura dansé une rumba avec une autre que moi ?... À mon âge ? Après tant d'années de mariage ?... »

Elle a pris l'exemple de la danse. Il ne dansait pas qu'avec elle. Et il arrivait qu'il dansât mieux avec une autre cavalière qu'elle. Devait-elle y voir une tromperie, une trahison ? Lui en faire une scène ?

« Que sur le coup je ressente une brûlure au cœur, sans doute. Mais, justement parce que je suis une femme et pas une lionne, ni une chienne, je me domine.

— Mais Franceschini et moi n'avons pas fait que danser. »

Je me suis reproché ma remarque. Je dépassais les limites. J'ai compris au mouvement de sa poitrine qu'elle inspirait une grande bouffée d'air. Allait-elle fondre sur moi ?

« Je le sais, maman, je le sais… Pourquoi me retourner le couteau dans la plaie ? Pourquoi ne pas accepter pour autre chose ce que nous acceptons dans la danse ?

— Mais tu fourres dans le même sac deux choses de nature différente.

— Non, deux choses de même nature, maman. Seul change le regard de la société. C'est lui que nous craignons. »

Je ne sais plus ce que je lui ai répondu. Elle a souri et s'est levée.

« Je sens que cette conversation t'agace. Peu importe. Réfléchis à ma proposition, maman. Je vais te raccompagner.

— Ne te dérange pas. Appelle-moi un taxi.

— Les taxis ne montent ici qu'avec un client. Et tu es au Congo, maman, les taxis ne possèdent pas de téléphone. »

Même quand elle m'adressait la parole, dans son 4×4 japonais bien climatisé, Pélagie gardait les yeux fixés sur la chaussée devant elle. Nous avons descendu la route en lacet qui rejoint la RN2. Elle conduisait avec maîtrise et prudence. Je me sentais rassurée. Même au volant, il y avait de la classe dans son maintien et chacun de ses gestes. Au cours du trajet, elle m'a demandé à nouveau de réfléchir à sa proposition.

Elle n'avait pas tort. Mais je n'allais pas opiner si vite, lui sauter au cou en la remerciant, en la bénissant, avec des larmes aux yeux et des trémolos dans la voix. Pas mon genre ; le sien non plus.

En s'engageant dans l'allée qui relie l'avenue à l'entrée de l'hôtel, elle m'a priée de lui pardonner d'avoir recouru à un stratagème.

Je crois qu'elle m'a adressé un clin d'œil. Nous nous

sommes donné la main et je suis descendue de sa voiture. Elle m'a prise dans ses bras et m'a embrassée. Je me suis contentée de coller ma joue contre la sienne…

Avant de démarrer, elle m'a encore lancé à travers la fenêtre du véhicule :

« Réfléchis, maman, et sens-toi à l'aise. Nous sommes des jumelles. »

Il est venu.

En fin d'après-midi. M'a embrassée sans prononcer un mot. Un long baiser, un tourbillon, le vent, la tornade…

Sans être nouveau, aucun geste, aucune caresse qui ne fût surprise et reprise. Longs jeux, volupté, émerveillements. C'est lui qui perdit pied le premier. Il a lâché une plainte. J'ai posé ma main sur sa bouche et je l'ai longuement étreint en fermant les yeux. C'était bien.

La paix s'est diffusée dans nos corps et nos membres. Un instant hors du temps au cours duquel j'entendais les pulsations de nos artères. C'est lui qui a rompu le silence.

« Pour toi, ça n'a pas été ça. Tu ne réponds pas ?

— Ç'a été.

— Non, je te connais.

— Tu sais bien que ce n'est jamais pareil. »

Je lui ai caressé la tête. Plus tard, après qu'il eut tiré quelques bouffées de sa cigarette, je me suis décidée.

« Faut que tu saches… »

Accoudé sur le drap, la joue et le menton dans la main, il avait l'air attentif et légèrement amusé. Le débit hésitant, et un chat dans la gorge, je me suis efforcée de lui faire une relation fidèle de mon déjeuner avec Pélagie à l'Acropole du Grand Zimbabwe. Au fur et à mesure que j'avançais dans mon récit, son visage se décomposait. Les sourcils froncés, il s'est redressé, le dos appuyé sur l'oreiller, calé contre le mur. Le plus dur était de ne pas ciller.

« Pourquoi lui avoir raconté ?

— Raconté quoi ?

— Columbus et la scène chez Lipp. »

Il rejeta les draps et se rapprocha de moi.

« Tu t'imagines bien que je ne lui ai pas raconté notre histoire, un jour, comme ça, sous l'effet d'une soudaine inspiration. »

Faisant du rangement dans son bureau, Pélagie était tombée sur un vieux cahier où étaient consignées, en style télégraphique, les journées de son premier séjour à Columbus.

« À Columbus, j'ai moins compté que Connie, dis donc.

— Connie, ce n'était pas la même chose.

— Tiens, tiens.

— Connie c'était, c'était… c'était un jeu…

— Tu le lui as dit ?

— À qui ?

— À Connie, que c'était un jeu.

— Pas besoin. C'était une joueuse. Dès la première fois elle m'avait annoncé que la règle du jeu serait…

— Je n'ai pas besoin de savoir le détail de vos conversations ni de vos coucheries.

— Pas plus cochon qu'avec toi.

— S'il te plaît, Émile.

— Connie, c'est un personnage de roman.

— Pourrais le lire ?

— Pas encore au point. »

Pélagie l'avait pressé sur le mode taquin. Mis en confiance par son ton, il avait lâché des bribes, puis tout ce que sa mémoire avait conservé d'un épisode de sa vie, alors déjà ancien, qu'il croyait sans lendemain, sans conséquence. Surtout après la scène chez Lipp. Nul ne pouvait prévoir ce jour-là que nos chemins allaient à nouveau se rencontrer.

D'un geste machinal, Franceschini passa sa main sur mon bras.

« On dirait que tu as la chair de poule ?

— Oui, le climatiseur. Je vais l'éteindre. »

Nous nous sommes rhabillés et j'ai brusquement eu le sentiment que j'étouffais dans cette maudite chambre.

Il s'est dirigé vers le balcon et a regardé l'horizon. On apercevait les toits et les arbres d'un quartier voisin et, au-dessus, des couleurs sanguines en bas du ciel. C'était l'heure où la lumière s'adoucit. Des teintes apaisantes coloraient les jardins de l'hôtel et les toits de la ville. Les mêmes qu'on observe en Amérique, en février, à la fin d'une journée ensoleillée.

J'avais prévu de rester cinq jours à Brazzaville, autant dire une semaine. Après la conversation avec Pélagie, je n'avais qu'une idée : prendre le premier avion. J'ai inventé un appel téléphonique de mon attachée de presse, prétexté une émission capitale pour mon dernier livre, avancé ma date de retour. Durant les trois nuits passées là-bas, nous n'avons fait l'amour qu'une fois. Un fiasco. Pourtant, nous aurions dû avoir la conscience tranquille maintenant. Faire l'amour avec lui n'était plus un délit, puisque *l'autre* le permettait, l'encourageait. L'encourageait ? Était-ce le mot approprié ? Sans doute, à certains égards, Pélagie devenait-elle notre complice, mais vu sous un autre angle, au lieu d'être deux, nous étions désormais trois dans la confidence ; une idée insupportable qui suscitait chez moi un haut-le-cœur, une manière d'allergie. Mieux valait ne pas insister et mettre un terme à cette aventure. Il me fallait partir. Je n'ai pas dit au revoir.

Pendant deux ans, je n'ai plus remis les pieds là-bas et, quand Franceschini venait en France, je trouvais des prétextes pour ne pas le rencontrer. Tantôt une activité littéraire, tantôt un programme à réaliser avec Jordan, tantôt une indisposition féminine. Quelquefois, j'acceptais le rendez-vous et le décommandais à la dernière minute.

Mes contacts avec lui se limitaient à des cartes de vœux, des souhaits d'anniversaire et quelques correspondances isolées où il était question de mon dernier livre, de son accueil par les étudiants, par le public en général, en Afrique et en Europe, et de quelques considérations désabusées sur la critique. Les réponses de Franceschini sur ce sujet contenaient des observations dont, en filigrane, le leitmotiv était chaque fois la nécessité d'un retour aux classiques. Il déplorait l'esprit de l'époque, trop rivé sur l'actualité, sans le sens de l'histoire. C'était, écrivait-il, le règne de la communication et du clip, aux dépens de la culture et de l'humanisme. J'avoue avoir fait miennes ses opinions et y avoir eu recours, comme des points de vue personnels, lors de débats, sur les ondes, à la télévision ou dans des colloques. Chaque fois que j'empruntais et répétais, sans y mettre des guillemets, des phrases de Franceschini, j'avais le public avec moi.

À voir les choses honnêtement, il ne s'agissait pas d'une rupture ; je n'en avais pas la force. Juste une prise de distance, l'accès de rage d'une mauvaise joueuse.

Ai-je déjà indiqué qu'écrire une lettre à Franceschini était une épreuve physique ? Plus épuisante que la révision de mes manuscrits. Sachant sa minutie à éplucher un texte, j'étais assaillie de doutes à chaque phrase, à chaque mot. Je redoutais l'œil de l'examinateur. Je l'entendais relever les solécismes, les impropriétés, les tics de langage à la mode, les redondances. Je savais qu'il ne ferait aucune observation. C'était pire, je les imaginais. La souplesse des traitements de texte, en permettant de revenir aisément sur les remords, aurait dû me faciliter la vie, mais Franceschini n'aurait pas apprécié de recevoir un texte tapé à la machine. Son côté vieille France y voyait une impolitesse. De ce point de vue, il appartenait à une époque révolue. C'était un autre de ses charmes.

Un message de Pélagie a tout relancé.

Je l'ai trouvé, avec trois semaines de retard, sur mon répondeur, à mon retour de Floride où nous avions été passer plusieurs semaines chez des parents de Jordan. Pélagie me priait de la rappeler dès que possible.

Par chance, ce fut elle-même que j'eus au bout du fil. Elle ne pouvait tout m'expliquer ; il fallait venir.

Jordan se trouvait en voyage d'affaires au Danemark. Il était si habitué à mes déplacements qu'il ne m'a pas demandé d'explication.

Pélagie m'a accueillie à l'aéroport de Maya-Maya. Elle m'a proposé de loger chez eux, tout en précisant que, connaissant mes habitudes, elle m'avait retenu une chambre à l'hôtel. Effectivement, je ne me sens jamais à l'aise chez les autres. Je ne me souvenais pas d'avoir fait part de cette manie à Pélagie. Elle avait dû l'apprendre de Franceschini.

Pour des raisons obscures, j'ai choisi cette fois-là de loger chez eux, à l'Acropole du Grand Zimbabwe.

Avant de nous y rendre, Pélagie a fait un détour. Elle voulait me préparer. Elle m'a fait découvrir un hôtel récemment inauguré, le Karibou, d'où la vue était superbe, au bar du vingt et unième étage. La journée était radieuse et permettait de s'attabler sur la terrasse, à l'extérieur. Un point de vue magnifique sur la ville et le fleuve. Il était lent ce jour-là et j'ai eu l'impression que les jacinthes d'eau étaient moins nombreuses. Au loin, sur notre gauche, on distinguait une colline, enveloppée de brumes. Elles dissimulaient l'Acropole du Grand Zimbabwe, où devait nous attendre Émile ou, pour parler comme elle, Franceschini.

Sa santé s'était dégradée ces derniers mois. Un vilain diabète. Malgré les mises en garde de son médecin, il se laissait de plus en plus aller à la boisson. Sans jamais sombrer dans l'ivresse, il prenait des habitudes d'alcoolique. Afin de tromper la vigilance du médecin, il se nourrissait sobrement et cessait de boire durant la semaine qui précédait ses analyses. La première alerte fut une plaie de mauvais aloi au pied. Il l'a dissimulée. Dès que Pélagie s'en était aperçue, elle en avait elle-même parlé au médecin. Il était trop tard. La gangrène s'était installée. Évacué en urgence en France, il avait d'abord été pris en charge par le professeur Claudie Lombard, sa première épouse.

Je n'avais jamais réussi à lui faire parler d'elle. Je suis toujours curieuse de savoir ce qui gâte une relation de couple. Les humeurs, les différences culturelles, le sexe ?... Manie de romancière ou simple curiosité ?

Grâce à son réseau de relations professionnelles, le professeur Claudie Lombard l'a confié aux meilleurs diabétologues.

Son éternel sourire aux lèvres, Pélagie me détaillait les épisodes de la maladie. À plusieurs reprises, elle s'était raclé la gorge. Dans ses pupilles une faible lueur. Peut-être une angoisse résignée.

« Pris quelques mois plus tôt, on aurait évité l'irrémédiable. Il a fallu l'amputer. »

Dans le 4×4 de Pélagie, j'ai eu peur. J'aurais voulu que quelque chose nous détournât de notre destination. En même temps, je savais que je n'y échapperais pas. Je ne pouvais pas. Je n'avais pas le droit. La même chose que lorsque, rentrée en catastrophe des États-Unis, on m'avait conduite à la morgue pour la levée du corps de mon père ; je craignais de ne pouvoir endurer l'épreuve. À l'époque, je n'avais jamais vu de mort.

Un plaid à carreaux rouges sur les cuisses, au milieu de la véranda, Franceschini était assis dans un fauteuil roulant. Plongé dans la lecture d'un volume relié en peau d'iguane, il ne m'a pas entendue arriver. Nous étions au milieu de la saison sèche. Les quelques mois que les habitants aiment à qualifier d'hiver austral. Une température qui ne descend guère au-dessous de dix-huit degrés la nuit et au petit matin, avant de remonter dans l'après-midi, généralement autour de vingt et un.

« Excuse-moi de ne pas me lever, dit-il en me tendant les bras, depuis quelques mois je ne peux plus jouer les gentlemen. »

Pélagie disparut. Fallait-il poursuivre sur le registre de la plaisanterie, faire semblant de ne rien voir, de ne rien savoir, ou bien s'apitoyer ? Qu'avait-il besoin d'entendre ? J'avais souvent soutenu, dans des débats publics, que, à l'inverse de l'historien, l'écrivain sonde les cœurs et les reins de ses personnages. Et moi, là, je ne savais quoi dire qui puisse aider mon ami. Où donc était ma connaissance de l'âme humaine ?

Il n'aimait pas s'apitoyer sur son sort. Je le savais. C'était un Romain, Émile Franceschini.

Il a pris l'initiative de la conversation. Il s'est enquis de ma santé, de mon travail littéraire, des nouvelles parutions, des récents prix Goncourt, Renaudot, Femina, Interallié, l'Académie française. Il revenait sur mes réponses, m'obligeant à préciser, à analyser, à argumenter, à approfondir et, dès qu'il sentait que j'allais à mon tour le questionner, il reprenait la parole pour m'interroger sur, cette fois-là, le temps qu'il faisait en France ou ce que je pensais de la construction européenne, de l'évolution de la pensée chez les Noirs américains, du réchauffement de la planète...

Pélagie était revenue et écoutait, elle aussi intéressée, donnant quelquefois un avis ou cherchant à mieux comprendre ce que j'expliquais.

« Pardonne-moi, il faut que je lui fasse sa piqûre d'insuline. Tu peux rester, maman. »

Franceschini acquiesça d'un hochement de tête. Habituellement Franceschini ne voulait pas s'offrir en spectacle.

« Combien, demandai-je, de piqûres par jour ? »

Des questions stupides et sans grand intérêt. Il répondait toujours brièvement, en souriant, comme s'il s'amusait de toute cette foutaise.

Il me remercia pour les ouvrages que je lui avais apportés et Pélagie fit remarquer qu'il en avait déjà lu quelques-uns. Au cours de la discussion qui s'est ensuivie, je retrouvais la sagacité du lecteur qu'il était, dont le flair, les connaissances, le métier débusquaient les effets de mode, les impostures, les superficialités, découvraient les tons nouveaux, les valeurs sûres. Franceschini aurait été un bon éditeur.

« Mais toi-même, n'as-tu jamais été tenté d'écrire ?

— Bien sûr que si. Mais chaque fois que je me suis relu, j'ai trouvé cela lamentable.

— Avec ton expérience pourtant, tu aurais beaucoup à dire. Notamment sur cette Afrique qui…

— Tout ce que je pourrais dire sur l'Afrique et les Africains !… La Fontaine, Molière, La Bruyère, Shakespeare, pour me limiter aux maîtres, l'ont déjà dit. Leur lecture m'aide plus que les commentaires de la presse. Souviens-toi du texte du *Marchand de Venise.* »

Un rappel qui trouvait un écho en moi.

Et mes livres, se situaient-ils au niveau des exigences qui provoquaient un renoncement chez lui ? Avais-je le ton nouveau, le ton original qui confère le droit de publier ?

« Mais nous ne sommes plus dans leur monde.

— Ouais, mais les hommes demeurent les mêmes. »

J'ai eu envie de le contredire. Ne nous avait-il pas enseigné que la sensibilité humaine évoluait au cours de l'Histoire ? Je me souvenais de l'un de ses exemples : les Romains de l'époque de Fellini qui n'avaient plus rien à voir avec ceux de l'époque cicéronienne.

J'ai loué son écriture, la pénétration de son regard, sa sagesse, son expérience. Il avait des messages à transmettre aux nouvelles générations. Tant celles d'Afrique que d'au-delà. Il a haussé les épaules.

« Et le métissage ?

— Y a rien à en dire.

— Mais... »

Il m'a coupé la parole. On avait quelquefois qualifié mes romans de métis. Culturels, bien sûr. Car ma peau ne laisse aucune équivoque.

« Balivernes !

— Pourtant Senghor...

— Billevesées. Si le métissage emprunte la bonne route, la notion dépérira. Dans quelques décennies, peut-être avant un siècle, il n'y aura plus de métis, mais des Français, des Congolais, des Sénégalais, des Américains, blancs, noirs, bruns... Les "pur-sang" n'oseront plus se vanter de ce qui deviendra une tare. Peut-être le processus sera-t-il plus long en Asie. »

Il s'est arrêté, m'a dévisagée, perplexe, désorienté lui-même et s'est mis à rire en tendant la main à l'africaine pour que j'y tope.

« Pardonne ma brutalité. Je me rends compte que j'ai l'air de te conseiller de raccrocher la plume... On peut dire ça "raccrocher la plume", comme on dit "raccrocher les gants" pour un boxeur ? »

J'étais prise au dépourvu. Il a souri à nouveau avant de poursuivre.

« Non, je ne crois pas qu'on puisse le dire. Mais tu sais à quoi je pense. Il ne s'agit pas de te dissuader de poursuivre ton travail, mais de te faire comprendre que tu n'es pas un écrivain (une écrivaine ? demanda-t-il, avec perfidie) métis. Tu es culturellement métisse et, à côté, écrivain.

— Ne pourrait-on pas justement parler d'écriture métisse ?

— Pourquoi pas ? Mais j'attends qu'on m'explique mieux. Toutes les lectures que j'ai faites sur la question m'ont donné envie de sourire. C'est gentil, mais peu convaincant. »

Cette fois-ci, je ne restai pas sèche. J'avais réfléchi à la question et développé plusieurs fois le thème au cours de débats.

« Ouais ! »

C'était dit d'un ton revêche.

« Ouais, mais la vérité est qu'un écrivain qui fait honnêtement son travail fonctionne comme tout artiste. Il ne se pose pas la question de savoir comment tout cela s'insère dans une doctrine ou un système global.

— Au fond, c'est par modestie, timidité, respect des œuvres des maîtres que tu ne veux pas écrire. »

Il a fait une moue disgracieuse en haussant les épaules. Une mimique noire dans une peau blanche.

« Peut-être. Mais, pour être franc, par paresse. Écrire, c'est du travail. C'est faire un Tour de France composé uniquement d'étapes contre la montre. C'est effectuer une circumnavigation en solitaire. Cela demande de l'endurance, de la persévérance, du courage, le goût du risque, toutes choses dont je suis dépourvu. Je suis un hédoniste, moi. Je n'ai pas la ténacité du laboureur d'avant la mécanisation. Je suis un père tranquille, jaloux du ronron de sa vie routinière, mais qui a besoin de voir et de palper du bel ouvrage.

— Oh, oh, oh ! Vous avez vu l'heure ? »

Pélagie s'était approchée et rehaussait le fauteuil roulant à hauteur de la table. La conversation y prit un tour plus simple. Celle de toute famille qui commente le prix des denrées du marché, leur qualité, les problèmes des paysans. Nous avons aussi parlé des enfants, de l'école, de l'absence de débouchés pour les jeunes diplômés, avant de vitupérer l'époque et les politiciens.

L'après-midi, j'ai accompagné Pélagie en ville. Elle voulait passer à son institut de beauté, histoire de superviser et contrôler le travail, puis faire des courses. J'en profitai pour confirmer ma date de retour et passer dans un cybercafé que j'avais repéré pour consulter ma messagerie électronique et envoyer mes courriels. C'est au cours du trajet que j'ai demandé des précisions à Pélagie : les chirurgiens locaux avaient voulu l'amputer des deux jambes. L'opposition du médecin de famille lui avait évité ce sort.

Comment supportait-il l'immobilité à laquelle il était contraint ?

Embarrassée, elle loua son courage et excusa ses sautes d'humeur.

Dans les moments de dépression, il se demandait s'il guérirait ou s'il allait indéfiniment glisser jusqu'au fond du gouffre. Il venait d'accepter de se faire poser une prothèse. Un voyage en France était prévu.

« Et Banga ?

— Lequel ?

— Son ami, l'ancien ministre : Paul Banga.

— Ah ! parce qu'il y avait l'autre Banga, celui de ses cauchemars. Celui qu'il a collé un jour à la Sorbonne. Il parle rarement de celui-là. Pardonne-moi, Kimia, de revenir là-dessus, mais je crois bien que ses sommeils paisibles datent de l'époque où il t'a retrouvée. Et c'est bien ainsi… »

J'ai voulu l'interrompre pour lui dire que Franceschini et moi n'avions plus fait l'amour ensemble depuis qu'elle m'avait proposé la solution du ménage à trois, « comme des jumelles de chez nous ».

« Non, il ne me parle plus du Banga des cauchemars. Quant à l'autre, Paul Banga, il vient tous les après-midi. Il a besoin de lui. C'est sa véritable bouée, son soutien. C'est son frère.

— Il y a toi.

— C'est bien gentil à toi, maman, dit-elle en détournant un instant le regard de la route pour m'adresser un sourire. Mais je ne crois pas que je réussirais seule à lui apporter tout le soutien nécessaire. Les passages quotidiens de Banga, tes lettres l'ont aidé à conserver la flamme. D'ailleurs, c'est Banga qui a su le convaincre de se faire poser une prothèse. »

Quand nous sommes remontées à l'Acropole du Grand Zimbabwe, au crépuscule, nous avons entendu de grands éclats de rire en provenance de la véranda. C'étaient ceux de Franceschini et de Banga.

« Kimia, ma fille, s'écria le vieil homme, viens m'embrasser, viens. »

Finalement, la vie en groupe fut plus facile que je ne le redoutais. Franceschini était levé dès potron-minet.

« Un reste de la discipline acquise au prytanée de La Flèche. Chaque matin, réveil à cinq heures, au son de la diane. Toilette à l'eau glacée dans des lavabos en forme d'auge. Cela fouettait le sang. Je m'en souviens comme si c'était hier. »

Cloîtré dans son bureau, qu'il appelait son antre, il était injoignable la matinée. Pour lire ? Peut-être écrire. Quelquefois, me parvenaient les notes lointaines d'un piano, d'un violon, d'un clavecin ou d'un orchestre de musique classique. Je reconnaissais Vivaldi, Chopin, Beethoven ou Verdi. Mais le plus souvent l'air vibrait des notes d'une rumba. Surtout celles des années cinquante et soixante.

Pélagie descendait de bonne heure en ville. Elle accompagnait les enfants à l'école avant de passer à l'institut de beauté. Bien qu'elle ne pratiquât plus, elle mettait un point d'honneur à vérifier que tout était propre, bien en ordre, à s'assurer de la qualité des soins, à faire sentir sa présence.

Ce vide me convenait. Le matin a toujours été mon moment préféré pour écrire. J'ai l'esprit frais et limpide, comme l'azur en début de journée. Le silence qui enveloppait la colline de l'Acropole du Grand Zimbabwe favorisait ma mise en train. Je m'isolais dans mon sas. Le chant du blanchisseur faisant la lessive dans la cour, ou le dialogue émaillé de blagues qu'il entamait avec le jardinier me distrayaient un instant. Je suivais leurs bavardages. Une occasion de vérifier que je n'avais pas trop perdu mon lingala. Chaque fois que je butais sur une expression nouvelle, je la notais et en demandais plus tard le sens à Pélagie. Lingala ou kikongo, nos langues évoluent.

Puis je fermais la fenêtre, j'enfilais un chandail et j'allumais le climatiseur dont le ronronnement déterminait ma vitesse de croisière et je m'en retournais à mon roman.

Le médecin passait à la mi-journée, souvent à l'heure de l'apéritif. Une visite à la fois médicale et amicale. Il restait rarement goûter le « tchop », comme l'y invitaient les Franceschini. Il lui fallait courir à sa clinique, à l'hôpital, chez quelque patient. Le vieux Banga, lui, ne refusait jamais de s'attabler. Mais ses visites quotidiennes avaient généralement lieu en fin d'après-midi, lorsqu'il était certain de ne pas troubler la sieste de son ami. Il ne s'annonçait pas et les serviteurs savaient qu'il était l'un des rares à qui il fallait ouvrir la grille sans poser de question, quelles que soient l'heure ou la circonstance.

Il y avait dans un coin de l'immense véranda, autour d'une table basse en bois de fer, dont le plateau était soutenu par des éléphants cariatides, quelques fauteuils en osier, deux chaises à palabres de la même matière que la table basse, et quelques poufs aux motifs arabes. C'est là que se reposait Banga tandis qu'un domestique allait prévenir le patron. Un mot qui révulsait Franceschini. Il était désespéré de n'avoir pas réussi à le faire exclure du vocabulaire de ses employés. Banga avait beau lui répéter que lui-même, avec sa peau noire, était appelé patron par son personnel, Franceschini n'en démordait pas : c'était un terme hérité de la colonisation ; ses enfants devaient le bannir de leur vocabulaire.

Un coussinet de toile en pagne indiquait la place de Banga. Il s'asseyait à côté de Franceschini, légèrement de biais, afin de regarder son ami et jouir avec lui du spectacle de la savane boisée qui couvre les collines environnantes et descend au-delà de la grille d'entrée. Banga aimait à comparer ces hauteurs aux sept collines de Rome. Toujours ces références désuètes que l'un ou l'autre aimait à faire à une histoire sans empreinte directe sur cette partie de la planète.

De ma chambre, j'apercevais, à travers les voilages d'une fenêtre, les deux hommes en train de deviser. Ils ponctuaient leurs propos de grands gestes. Un observateur européen pouvait s'imaginer qu'ils se disputaient. À un moment, l'un d'eux se courbait en levant la main, l'autre faisait de même, et les deux topaient en éclatant de rire. Je me gardais de m'approcher. Ils avaient des choses à se dire qui ne me concernaient pas ou dont ma présence aurait édulcoré le contenu. Je guettais le moment où je pourrais me joindre à eux.

« Ah ! ma fille, s'écriait Banga, viens m'embrasser. »

Si j'esquissais un mouvement en direction de Franceschini, il faisait un geste pour m'attraper et dévier mon trajet :

« Non, moi d'abord, maman. Moi le premier.

— Bien sûr, papa. »

Je sentais dans son regard et sa manière de me serrer contre lui plus qu'un sentiment paternel. Il a dû, en son temps, être un chaud lapin, le vieux Banga. Peut-être, en dépit de son âge, n'a-t-il jamais cessé de l'être. Franceschini ne disait mot, mais je distinguais dans ses yeux l'effet d'une morsure. Pour faire bonne figure, il esquissait un sourire. Celui d'un pauvre bougre paralysé.

Un jour Franceschini a demandé à Banga si son nom,

que j'avais aussi choisi comme pseudonyme, était exclusivement congolais.

« Non, mais bantou, oui. »

S'était ensuivi un long développement au cours duquel Banga expliquait que « bantou » n'était pas un concept ethnique, mais linguistique, concernant tous les peuples qui, dans des langues différentes mais de même famille, utilisaient le terme *ba-ntous* pour désigner les êtres humains.

Pélagie l'interrompit afin que chacun « précisât son goût ». Une expression que j'avais oubliée. La manière congolaise de demander ce que l'on veut boire.

« En final de tout, on trouve des Banga dans toute la zone bantoue. Par exemple au Cameroun et au Gabon, jusqu'en Zambie, au Zimbabwe et en Afrique du Sud… Au fait, pourquoi cette question ? »

Franceschini resta muet. C'est Pélagie qui intervint d'une voix sourde :

« Parce que dans la nuit un autre Banga vient le tourmenter. »

Franceschini fusilla Pélagie du regard.

Après Normale sup, Franceschini avait été affecté au lycée Clemenceau, à Nantes. Très vite remarqué pour son sens pédagogique, il fut bientôt choisi parmi les membres du jury du capes. C'est là que se situe l'événement à l'origine du cauchemar qui le hantera avec la constance d'un revenant.

La scène se situe à la Sorbonne.

Aux épreuves orales du concours, un étudiant africain se présente à lui. Un certain Banga dont il a oublié le prénom.

« Peut-être n'en avait-il pas, suggère le vieux Banga. La notion de prénom est récente chez nous. Elle a été introduite par les chrétiens et les musulmans. Auparavant, on possédait un nom attaché à l'individu. Il faisait office de nom et de prénom, assurait le repère généalogique… »

Franceschini hocha la tête et poursuivit son propos.

« L'étudiant avait tiré un passage des *Nuits attiques* d'Aulu-Gelle.

— Aïe, grimaça Banga, du latin décadent !

— Ouais. La règle prévoyait une traduction à livre ouvert, sans l'aide du dictionnaire Gaffiot… Bon, le gars ne s'en était pas trop mal tiré. Cela valait bien la moyenne…

— Pas mal pour ce genre de concours.

— En revanche, un commentaire médiocre. Le candidat avait visiblement fait l'impasse sur Aulu-Gelle. Il a voulu bluffer et s'est mis à patauger. J'ai eu l'impression d'être un tortionnaire… »

Habituellement, Franceschini était un conteur fascinant. Il

avait ce jour-là peine à raconter. Chaque phrase l'essoufflait. Il s'est interrompu pour observer le domestique qui s'était présenté avec les boissons « selon nos goûts ». Le malheureux, épouvanté par le brusque silence qui pesait sur le salon, avançait d'un pas de funambule, un plateau en équilibre sur les paumes. Franceschini remua la tête en esquissant un sévère sourire de résignation. Banga en profita pour tirer une cigarette de sa poche.

Quand, son service terminé, l'employé de maison s'éclipsa, nous attendîmes la suite du récit. Franceschini gardait la tête baissée, tel un élève dont la mémoire vacille. Nous nous sommes tus. Plus le silence se prolongeait, plus il s'alourdissait. Pélagie s'est rapprochée de lui, a posé ses mains sur ses épaules, les a massées. Des gestes professionnels chargés d'affection. Il a fermé les yeux et a inspiré une bouffée d'air. Cela semblait bon.

« Si tu n'as pas envie, laisse tomber, papa. »

Elle lui avait parlé avec douceur. Le ton qu'elle devait employer quand ils étaient seuls ou celui qu'elle utilisait pour s'adresser aux enfants afin de les mettre en confiance.

« Je me suis demandé… »

Il avait repris, d'une voix lente, hachée, un peu bégayante, puis, au fur et à mesure qu'il avançait, de plus en plus assurée.

« … je me suis demandé s'il fallait laisser passer, relativiser… Après tout, quelle importance pour un Africain que tous ces détails sur Aulu-Gelle ?… Aulu-Gelle ! Les Européens ne savent déjà plus s'il s'agit du nom d'un champion, d'une ville de Mongolie, ou d'une marque de produit de beauté. Mais j'étais mû par une autre logique : celle du travail soigné, celle de mon exigence envers l'Afrique. Une Afrique d'où on m'avait arraché et qui n'avait cessé de m'accompagner durant mes années d'internat à La Flèche, puis par la suite. J'étais convaincu que les pays nouvellement indépendants devaient s'armer d'une volonté d'excellence non seulement pour se bâtir et se hisser à la hauteur de ceux qui les avaient humiliés et méprisés, mais aussi pour faire bonne figure dans un monde où les progrès fulgurants de la science et de la technologie exigeaient sans cesse plus de précision et de rigueur.

— Pom, pom, pom... a claironné Banga.

— J'ai collé le candidat. »

Franceschini s'est interrompu et nous a regardés l'un après l'autre. Lentement en prenant son temps. Une épreuve pour chacun. Banga a haussé un sourcil et a fixé un point au plafond. Franceschini a demandé une cigarette. Pélagie continuait à lui masser les épaules. Des gestes aussi lents que des caresses.

« Maintenant, tu en as trop dit pour ne pas aller jusqu'au bout. »

La voix de Pélagie était maternelle. Franceschini a posé sa main sur celle de sa femme qui a cessé de le masser. Mais elle a gardé sa main sur lui. Il s'est penché en avant pour faire tomber la cendre de sa cigarette.

« Tu as trop fumé aujourd'hui, Franceschini.

— Vous voulez savoir ce que je lui ai dit ?... Non ?... »

D'un pouce puissant, il a écrasé sa cigarette dans le cendrier en malachite.

« Je lui ai dit que je le collais parce qu'il était un Africain. Je n'oublierai jamais la tête du gars : ce fut comme si je venais d'énoncer une sentence. Dans ses yeux, j'ai lu de la fureur. Il devait se croire la victime d'un raciste. Alors, je me suis expliqué. J'oublie de dire que nous sommes en 1958. »

Où étais-je, que faisais-je en 1958 ?

« Mille neuf cent cinquante-huit, c'est deux ans avant notre indépendance, l'année où le Congo obtient une autonomie interne au sein de la Communauté française. J'ai avancé, gauchement, que j'étais un Africain.

— Il a dû te prendre pour un pied-noir ou un fils de colon.

— Je lui ai dit que j'étais né en Afrique, que je l'aimais.

— Ça a dû le faire marrer.

— Je n'avais pas conscience que mon discours sonnait faux. J'ai dit que, maintenant qu'ils allaient devenir souverains, les Africains avaient le devoir de s'imposer à leurs anciens maîtres, en se révélant les meilleurs en toute chose ; que l'Indépendance allait être dure. Je crois même lui avoir cité le vers de Césaire : "Il est temps de se ceindre les reins comme un vaillant homme" ; que c'était pour cela que je le collais ; que je ne voulais pas lui offrir un diplôme au rabais ; que j'étais sûr que l'année prochaine...

— T'écoutait-il encore ?

— Il sanglotait comme un gamin. »

Franceschini n'arrivait pas à poursuivre. Il a répété la phrase comme si nous ne l'avions pas entendue : « Il s'est mis à sangloter comme un gamin. » Il a secoué la tête de droite à gauche, marmonnant quelque chose que nous ne comprenions pas. Pélagie m'a demandé une cigarette, l'a mise dans la bouche de Franceschini.

« Et l'année suivante, il a été admis, ton Banga-là ?

— Je n'en sais rien. Tout ce que je sais c'est que je l'ai payé. Chaque nuit, l'homme surgissait dans mes rêves. Sous des formes et avec des visages différents. Je savais que c'était lui. Les scènes se déroulaient dans des paysages familiers que des fondus incohérents transformaient en des lieux étranges où je m'égarais avant de me retrouver le dos au mur dans un cul-de-sac. Et chaque fois, Banga, là en face de moi ! Il surgissait avec cette coiffure afro, alors à la mode, qu'il arborait le jour de ce malheureux oral. Il proférait, dans un accent que je croyais reconnaître, des phrases incohérentes. Pour me soustraire à son envoûtement ou m'arracher à son étreinte, je me débattais, rejetais draps et couvertures, appelais au secours et me dressais sur mon séant, le corps recouvert de sueur. J'en ai fait plusieurs dépressions. Puis c'est passé, jusqu'à ce que je te rencontre. »

Il regarda Banga qui, gêné, haussa le sourcil, baissa la tête.

« Ouais, quand nous nous sommes rencontrés au Brazza et que j'ai entendu ton nom, je me suis demandé si ce n'était pas toi. Le jour où les gendarmes sont venus me sortir de ma classe pour m'emmener dans leur jeep chez le ministre, je pensais que tu prenais ta revanche. C'est en m'informant sur ton cursus...

— Sur quoi ? demanda Pélagie.

— Sur ton cursus. Sur ton parcours, si vous préférez, que je me suis apaisé. Après il y a eu cette Makéda Banga. »

Tout le monde a éclaté de rire, et moi avec les autres. Personne n'a remarqué que mon rire était plus nerveux que les leurs.

« Qu'est-il devenu ?... Allez savoir... A-t-il survécu aux secousses, turbulences et cataclysmes d'un continent en perpétuelle convulsion ? Me réserve-t-il un chien de sa chienne ou bien a-t-il oublié cette histoire ? Peut-être bien que lui aussi se garde d'en faire état. Il n'y avait aucun témoin.

— Bref, te voilà rassuré. Je ne suis pas ta victime, ce malheureux Banga à la coiffure afro. Comme vous le constatez, je n'ai plus un tif sur le caillou. S'il m'en restait, je continuerais, par fidélité, à me coiffer avec la raie sur le côté, à la Lumumba. C'est ce qui s'assortit le mieux à mon nœud papillon. »

Franceschini tendit le bras en direction de son verre.

Je reviens du Congo. Un voyage éprouvant. J'ai choisi un vol de nuit pour que la fatigue fasse le vide en moi.

Tout s'est déroulé très vite. La vie est semblable à une bobine de fil. Dès le début, elle se dévide. Mais le mouvement paraît lent. Donne l'impression qu'il sera éternel. Soudain on découvre que la bobine va se trouver nue. On prend conscience de la vitesse réelle du mouvement et il est impossible d'arrêter la course. On est face à l'abîme, face à l'irrémédiable.

Pélagie avait réussi à me joindre à Syracuse, dans l'État de New York, où je venais de terminer une série de lectures publiques. J'ai dû annuler le reste de ma tournée. Ma décision a consterné mes amis de Rochester, de Genova et de Duke. Depuis des mois que j'avais été annoncée ! Ils avaient préparé les programmes avec conscience et minutie. Outre les prestations habituelles, des entretiens avec les médias, des rencontres publiques avec une romancière de la nouvelle vague « africaine américaine », ainsi qu'avec une Haïtienne, et un Ghanéen dont les déplacements avaient été conçus en fonction du mien. Pour me faire pardonner, j'ai fait état d'un événement familial. Un demi-mensonge ; Émile Franceschini est bien de ma famille. Je ne sais plus si je parle d'un amant, d'un ami, d'un frère aîné ou d'un père.

Ces universités ne m'inviteront plus. J'ai opéré mon choix : mon absence à l'Acropole du Grand Zimbabwe aurait été inexplicable.

Depuis deux mois, Pélagie se trouvait à Paris où elle avait accompagné Franceschini, évacué en urgence sur un vol médicalisé. Je lui ai reproché de ne pas m'avoir alertée plus tôt. Elle ne voulait pas m'alarmer inutilement ; les médecins étaient confiants. Puis, contre toute attente, il a sombré dans un coma diabétique. Il en a émergé deux jours avant mon arrivée. Il sortait d'une mauvaise passe, on avait recouvré l'espoir. Quand je suis entrée dans la chambre, il était adossé à une pile d'oreillers, la tête de guingois. Il a esquissé un sourire tranquille et accueillant. J'ai baisé sa joue de cactus ; il a fermé les yeux et a tendu le cou pour m'embrasser. De son pyjama montait une âcre odeur de pansements. Du coin de l'œil, j'observais un appareil dont l'écran avait la couleur de celui de mon ordinateur. Une luciole affolée y traçait des silhouettes de relief alpin. Comment interpréter ces diagrammes ? Bons ou mauvais présages ? Je faisais semblant de n'avoir pas remarqué les tuyaux qui reliaient Franceschini à la machine.

Au début, nous avons échangé des propos anodins, comme si de rien n'était, comme si la journée ressemblait aux autres. Des questions qui faisaient abstraction de la situation et du milieu dans lequel nous nous trouvions. Ni lui, ni Pélagie, ni moi n'étions dupes du jeu. C'était une manière de l'encourager, de faire preuve de savoir-vivre.

Une infirmière est entrée et nous a demandé de sortir. Le temps de pratiquer des soins. Dans le couloir, d'une voix douce et résignée, Pélagie m'a expliqué qu'on lui administrait de la morphine. Elle m'a fourni d'autres détails sur l'évolution de la maladie. Je l'écoutais avec distraction. Je pensais que peut-être, ou plutôt sans doute, moi aussi, un jour, pour le même mal, ou un autre, je passerais par là, et qu'il n'y avait rien à faire pour me prémunir. Chaque bobine se dévidera.

Quand nous sommes revenues dans la chambre, Franceschini s'est plaint de l'atmosphère viciée, et nous a demandé d'aérer la pièce. Pélagie a hésité. Dehors il faisait froid. Il était fragile, il ne fallait pas qu'il attrape une bronchite. Face à l'insistance de Franceschini, elle a maintenu la fenêtre entrouverte par l'espagnolette. Franceschini a retrouvé sa verve. Il allait et venait du lingala au français. Il s'est redressé et, pour bien appuyer son propos, il s'est exprimé avec de grands gestes du bras en faisant parler ses mains, à l'africaine. Cela a débuté, je crois, par une remarque sur un événement qu'il avait, de son lit d'hôpital, suivi sur l'écran de télévision. Il l'analysait avec cette lucidité et cette pénétration qui nous fascinaient quand il nous faisait cours.

Je ne me rappelle plus ce qui a conduit Franceschini à nous raconter une histoire étrange. Il se serait réveillé, quelques jours plus tôt, taraudé par une envie irrépressible d'huîtres et de fruits de mer. Un violent désir suscité par un songe. N'y tenant plus, il s'en était ouvert aux médecins qui lui auraient permis de sortir quelques heures. Il affirmait, en prenant un visage rêveur, qui rajeunissait ses traits, que cela avait été un moment de joie.

« Tu sais que je suis un hédoniste. »

C'était une allusion à une discussion antérieure sur la véranda de l'Acropole du Grand Zimbabwe.

« Un quoi ? » s'enquit Pélagie.

Il sourit, expliqua l'hédonisme et les hédonistes en quelques mots.

Poursuivant son anecdote sur les fruits de mer, il a raconté son arrivée dans une brasserie proche de l'hôpital. Il faisait beau. Alors qu'il avait fait un temps de chien toute la semaine.

Il s'apprêtait à se régaler quand est parvenu un appel téléphonique. Les médecins affolés intimaient l'ordre à Pélagie de le ramener à l'hôpital. Ils auraient, dans l'intervalle, reçu les résultats de ses analyses et…

Comment, avec ses perfusions et son fauteuil roulant, Franceschini aurait-il pu sortir de l'hôpital ? Il y avait autant de logique que d'incohérence dans son récit. Le regard de Pélagie, qui l'écoutait avec attention et que j'essayais de déchiffrer, était impénétrable. Confondait-il un songe avec la réalité ou bien était-ce plus grave ? Un délire causé par la morphine ou bien la maladie avait-elle atteint son cerveau ? Pélagie et moi nous sommes regardées. Nous nous savions observées par lui et veillions à demeurer impassibles.

Pélagie m'a furtivement lancé un regard que je n'étais pas sûre de bien interpréter. Elle a baissé les yeux, a réajusté les draps et la couverture de son malade, lui a tamponné les tempes, le crâne, la nuque, d'une serviette humide, avant de lui susurrer quelque chose.

« Me masser ? grogna-t-il. C'est bien les massages, mais ça ne soulage pas de tout. »

Il faisait sombre. Franceschini a allumé en appuyant sur une poire en Celluloïd posée sur ses draps.

« Ah ! les journées rétrécissent, cela va continuer ainsi de manière irrémédiable. Cette année, la nuit va l'emporter sur le jour. »

Il a évoqué un voyage qu'il aurait effectué un hiver en Finlande. La nuit y tombait dès le début de l'après-midi.

« Je n'aurais pas pu vivre là-bas. J'y serais devenu fou. Quoi qu'on pense, quoi que colportent les langues de vipère, je suis un nègre, non ? N'est-ce pas, maman ? N'est-ce pas, Kimia ? Même si chez nous, c'est souvent la merde, je préfère notre merde et notre soleil à l'asepsie des pays aux nuits méridiennes. »

Si Banga avait été là, il aurait pris plaisir à nous expliquer cet emploi du terme méridien, dont je me suis promis, de retour chez moi, de vérifier le sens.

« Cette année, la nuit va l'emporter sur le jour. »

Franceschini avait besoin de repos et les visites, même d'êtres chers, devaient se limiter à des durées raisonnables. Je ne trouvais ni la manière ni les mots pour lui annoncer que je devais m'en aller. Je ne voulais pas lui donner l'impression de l'abandonner. Je l'ai assuré que sa guérison n'était qu'une affaire de temps. Il a opiné d'un mouvement des paupières et a renchéri. Il s'agissait d'un incident de parcours. Avant la fin de l'année, il serait de nouveau chez eux, à l'Acropole du Grand Zimbabwe, son retour correspondrait à celui des flamboyants et des jacarandas, ces fleurs dont l'éclosion orne d'écharpes rouge feu et violet pastel les branches des arbres de sa colline et dont le spectacle ne cessait de l'enchanter ; qu'il faudrait venir admirer cela, là-bas.

« Tu verras comme notre nature est magnifique. »

Il fallait entrer dans son jeu, l'encourager avec des formules toutes faites. Lui en rajoutait, comme si c'était nous qui avions besoin d'être réconfortées.

La porte de la chambre s'est entrouverte. Dans l'embrasure, un jeune homme aux traits fins et réguliers, au teint basané d'Indien, aux cheveux bouclés. Son visage m'en a rappelé un autre que je n'arrivais pas à préciser. Il a hésité.

« Entre, papa. Tu connais Tantine Kimia. »

Charles Ngolo Etumba, le dentiste, le jeune adolescent qui nous avait rejointes un jour dans une crêperie de la rue des Canettes, était devenu un homme mûr. La version brune du Franceschini qui avait surgi, une trentaine d'années plus tôt, au lycée Savorgnan-de-Brazza.

Plusieurs jours de suite, je fus assidue à son chevet, chaque fois les bras chargés de magazines et de livres. Je ne savais quoi lui offrir d'autre. Le règlement de l'hôpital proscrivait les fleurs et son régime n'autorisait pas les sucreries.

« Pas sérieux. »

Il a examiné l'ouvrage. Les *Curiosités esthétiques* de Baudelaire. Il l'a feuilleté, l'a serré contre sa poitrine, a fermé les yeux.

« Tu as dû te ruiner, maman. »

Une édition de 1868, conseillée par un collectionneur de la rue de Seine.

Pendant quelques jours, j'interrompis mes visites, afin d'avancer dans mon manuscrit. Peut-être voulais-je me protéger, éviter de côtoyer trop longtemps l'ombre de la mort qui se profilait. Faire comme si ma bobine ne se déviderait jamais.

Je ne laissais pas de prendre de ses nouvelles soit en appelant Pélagie soit en lui parlant directement au téléphone. Les effets du traitement levaient des espoirs chez les médecins et rassuraient Pélagie qui demeurait en permanence dans sa chambre, où elle passait pieusement ses nuits. Cette habitude africaine avait au début déconcerté les médecins qui avaient fini par s'y résoudre.

Au cours d'une autre visite, je lui ai apporté une édition rare du *Neveu de Rameau* ainsi qu'un exemplaire d'*À la recherche du temps perdu*, dans l'édition de luxe de Gallimard illustrée de gravures de Dufy. Il avait examiné la tranche du Diderot avec son titre en lettres dorées, passé sa main sur la couverture, feuilleté le volume avant de humer l'odeur du papier jauni. La typographie l'émerveillait, il a loué l'art et le savoir-faire des artisans d'alors. Il passait longuement les doigts sur le papier comme un lecteur de braille. Après m'avoir remerciée et félicitée pour mon choix, il a avoué n'avoir jamais lu entièrement Marcel Proust. Comme pour se rattraper, il a déclaré que c'était un écrivain capital et que la situation dans laquelle il se trouvait offrait l'occasion de le lire de la première à la dernière page.

« Merci, Kimia. »

Il répéta la phrase en tapotant la couverture d'un des volumes.

« Merci de m'offrir des moments de joie en perspective. »

Au moment de m'en aller, j'ai annoncé que je ne viendrais pas durant une semaine. J'avais promis à Jordan de le rejoindre en Belgique.

« Ton devoir conjugal est la chose la plus importante, Kimia. Je ne connais pas Jordan...

— Lui te connaît. Je lui ai souvent parlé de toi.

— Embrasse-le, de la part de son *mbanda*. »

Pélagie a souri. Le ou la *mbanda* est, en langue, le rival.

Pélagie en profita pour m'apprendre que, en tout état de cause, Franceschini sortirait dans les jours à venir pour suivre les soins à domicile.

« Des soins ambulatoires ! » souligna Franceschini en accompagnant son propos d'un sourire malheureux.

Lors de leur apparition, je m'étais montrée critique sur les téléphones portables. Un gadget dont la mode passerait. J'ai même écrit sur eux, quand l'habitude d'en avoir se répandait, un article féroce dans un magazine parisien. Quelques mois plus tard, à l'occasion de mon anniversaire, Jordan m'en offrit un.

« Tu verras comme ça rend service. Ne donne pas ton numéro de téléphone, mais tu verras comme cela te sera utile, au moins pour appeler. »

J'ai donné mon numéro à Pélagie. Quand elle m'a appelée, Jordan avait terminé son travail à Bruxelles et nous nous apprêtions à nous rendre à Bruges, puis à Anvers. C'était la fin de la matinée.

« Cela s'est produit il y a quarante minutes. Tu es la première à le savoir. »

J'ai sauté dans le premier Thalys de l'après-midi.

Pélagie m'a introduite dans une pièce qui jouxtait le salon. La tête de Franceschini était nouée avec un foulard de fortune à motifs de cachemire. Comme on avait procédé un jour où, enfant, j'avais mal aux dents. J'ai imaginé que c'était pour pallier l'affaissement de sa mâchoire. Le nœud, au sommet du crâne, se terminait par deux oreilles de lapin. Une image saugrenue m'est venue à l'esprit : celle d'un œuf de Pâques enrubanné. Il avait le teint bistre, Émile Franceschini. Comme si la mort lui conférait, à titre posthume, la peau de métis dont il avait rêvé.

Mon courage m'a étonnée. J'ai pu demeurer quelques minutes dans la pièce. C'est en sortant que les sanglots m'ont secouée. Pélagie et moi nous sommes étreintes.

Dans le salon, certains des enfants étaient déjà là. Charles Ngolo Etumba était accouru le premier. J'ai machinalement accepté le café que quelqu'un m'offrait. Après une gorgée, je l'ai laissé refroidir. Pélagie me détaillait les derniers jours, les moments ultimes, comme elle avait déjà dû les narrer à d'autres et comme on lui demanderait de le faire encore.

Le thanatopracteur s'est présenté. Un grand jeune homme à la silhouette sportive, à l'allure empruntée. Sérieux, une valise à la main, il a réclamé des habits à Pélagie, et nous a accordé quelques instants supplémentaires de recueillement avant de s'isoler pour son travail.

Pélagie m'a entraînée hors du salon pour s'épancher. Elle voulait recueillir mon avis sur un problème qu'elle allait devoir résoudre : les modalités du transfert des restes de Franceschini au pays.

Il avait exprimé le vœu de reposer pour partie en France, à La Flèche, le lieu de ses études secondaires, pour partie là-bas, sur la colline de l'Acropole du Grand Zimbabwe, au pied du jacaranda qu'il avait planté. Lisant le trouble dans mes yeux, Pélagie m'a pris la main. Franceschini souhaitait être incinéré. Cela permettait de déposer une urne dans la ville du prytanée et de transporter l'autre, là-bas, au pied de son arbre fétiche.

« En fait, me dit-elle, avec un sourire qui ressemblait à celui de Franceschini, en me fixant dans les yeux, le problème (sacrifiant à la mode, elle dit "le souci") réside dans le transport des cendres. »

Jamais personne n'avait été incinéré au pays. Personne

ne comprendrait ce rite, ce sacrilège qu'on attribuait aux sectes sataniques.

« Mais si sa famille accepte ?

— La famille européenne, oui. Mais…

— Je croyais qu'il n'avait plus de famille là-bas.

— Il n'en a plus selon le Code napoléonien mais, selon la coutume, il en possède une immense. Moi, tout mon clan, Banga, tout son clan… Et puis une multitude de cousins dont nul ne connaît le degré réel de parenté.

— Avec son autorité, Banga pourra expliquer.

— Non. Je l'ai eu au téléphone. Sur cette question ce n'est plus l'humaniste gréco-romain que tu connais. C'est un Bantou. »

La porte de la chambre où nous avions abandonné Franceschini s'est ouverte et le thanatopracteur nous a regardées sans prononcer un mot. Nous avons compris. Il souhaitait nous faire apprécier son œuvre. Franceschini était beau, rasé et coiffé de frais. Un visage de mannequin du musée Grévin, paré pour l'ultime cérémonie dans une tenue que je ne l'avais jamais vu revêtir. Peut-être sa tenue de marié.

Le thanatopracteur nous a interrogées du regard et d'un hochement de tête nous lui avons signifié notre satisfaction.

Pélagie m'a pris le bras, s'est blottie contre moi et a murmuré :

« Il est beau, mais ce n'est plus Émile Franceschini, notre Bantou, notre Viking. »

Oui, ce n'était plus Franceschini. Qu'était désormais Franceschini ? Un esprit, une âme ou ce mannequin d'une matière indéterminée ?

Qu'avait-il été au juste ? De quoi était-il représentatif ? Je n'avais qu'une certitude. Un engagement envers moi-même :

je n'utiliserais jamais cette histoire comme matière romanesque. Elle devait demeurer un souvenir intime.

Finalement, Pélagie et les enfants ont prononcé un jugement de Salomon, une solution judicieuse, respectant toutes les volontés et les coutumes. Pélagie m'a mise dans la confidence et m'a fait jurer de ne jamais livrer le secret.

Nous étions une poignée au cimetière du Père-Lachaise. Pélagie, ses enfants, le professeur Claudie Lombard, les enfants du premier lit, Jordan et moi. Oui, Jordan avait tenu à m'accompagner. Je ne lui ai livré qu'une partie de toute cette histoire et il ne cherche pas à soulever le voile du territoire que je me réserve.

Il n'y eut aucun discours. Posé sur une table à roulettes, le cercueil a avancé. Plusieurs d'entre nous ont voulu toucher une dernière fois la bière de forme oblongue, comme si Franceschini pouvait ressentir notre ultime caresse et en emporter le souvenir. Comme si le bois du cercueil, couleur de peau métisse, était aussi la peau de Franceschini. Il a continué son chemin et, quelques instants plus tard, nous l'avons aperçu à travers une baie vitrée. Il avançait sur des rails. On nous a regroupés dans une autre salle à la décoration d'un goût douteux. Une mosaïque aux tons pâles réalisée par un obscur épigone de Chagall. Un fond musical couvrait le bruit des flammes que nous ne voyions pas, mais imaginions. Bach, ensuite Albinoni, je crois, puis une musique que j'appellerais, sans doute de manière impropre, cosmique, de même eau que celle que l'on vous distille dans les séances de massage des spas. Pourquoi n'avoir pas ajouté une rumba ? *Mokolo na kokoufa, « Le jour de ma mort »*, par exemple ? C'était la rengaine qu'on fredonnait dans les bars de Poto-Poto l'année où Franceschini était revenu au pays.

Le lendemain, j'ai accompagné Pélagie à La Flèche, qu'elle ne connaissait pas. Au passage, j'ai reconnu les murs du prytanée puis l'auberge où Franceschini et moi avions passé deux nuits.

Quelques jours plus tard, nous avons débarqué là-bas, au pays, comme aimait à dire Franceschini. Le cercueil était censé contenir sa dépouille. Banga a regretté qu'il n'y eût pas de hublot, ce qui lui aurait permis de voir une dernière fois le visage de son frère. Nous avons invoqué la législation française. Cela ne l'a pas convaincu. Il avait raison, mais bon…

Nous nous sommes prêtés à ces nuits de veille que Franceschini réprouvait. Pélagie, intraitable à l'égard des « familles », les a limitées à deux. Au cours de l'une d'elles, Pélagie m'a entraînée dans leur chambre et m'a remis plusieurs enveloppes épaisses de couleur kaki.

« Quand tu disposeras de quelques instants, prends connaissance du contenu et donne-moi ton avis. Par courriel. Je me suis moi aussi mise à ce moyen de communication. »

À l'issue de la dernière veillée, en fin de matinée, par un beau soleil, nous l'avons inhumé au pied de son jacaranda préféré. Il y a peu de jacarandas à Brazzaville. Il avait fait venir des semences de Pretoria.

Nous avions pensé être une cinquantaine. Ses collègues de l'université, et quelques anciens étudiants. Une inhumation dans l'intimité, à la française. C'était sans compter sur le pouvoir de diffusion de radio-trottoir ni sur le rayonnement du Blanc manioc. Une foule innombrable a gravi la colline. Curiosité, coutume, geste de solidarité ou vénération ?

Banga était vêtu d'un costume de lin blanc. Il arborait un nœud papillon et un brassard noirs.

Nous avons écouté son discours. D'abord en langue, puis en français. Après un résumé de la vie de l'enfant blanc qui, à l'époque coloniale, poussa comme de la mauvaise herbe dans les quartiers indigènes, avant d'en disparaître un jour, il a poursuivi son propos en évoquant son arrivée en classe de sixième, au petit séminaire. Lui, Banga, était en troisième. L'ancien séminariste a fait des allusions à l'Évangile. La parabole du retour de l'enfant prodigue, la métaphore du Christ. Il revient chez lui et, victime de l'inhumanité des hommes, il repart crucifié, mais sans amertume.

Une oraison funèbre sobre, poignante, souvent interrompue par des toussotements, des reniflements, des sanglots. Bien que soutenue, Pélagie s'est effondrée sur le tas de terre fraîche au bord de la fosse.

Au premier rang, face à l'orateur, alignés à côté du cercueil recouvert d'une peau de léopard, les enfants des différents lits, le médecin de famille, le professeur Claudie Lombard et moi. J'ai songé aux images de la famille Mitterrand, rendant un dernier hommage à l'ancien président à Jarnac. Là-bas c'était nouveau, ici cela coulait de source.

À la fin, Banga a lu un poème du poète sénégalais Birago Diop, qui affirme que « les morts ne sont pas morts... ». Quand Franceschini, au lycée Savorgnan-de-Brazza, nous l'avait fait découvrir, il avait lu les premières phrases en chuchotant, puis, progressivement, avait enflé sa voix. Dès le deuxième vers, le poème a été repris en chœur, comme une prière connue. Les voix de ses anciens étudiants, mais aussi celles des nouvelles promotions qui n'avaient de lui qu'une connaissance par ouï-dire. Il ne faut pas mésestimer la force du bouche-à-oreille.

Daniel, l'un des fils, a déposé sur le cercueil quelques galets. Une coutume juive qu'il tenait de sa mère : les pierres ne se fanent pas.

Le cénotaphe d'Émile Franceschini porte une plaque avec son prénom et son nom, ses dates de naissance et de décès.

Dessous, les pages d'un livre ouvert, en pierre. Un poème de René-Guy Cadou :

Pourquoi n'allez-vous pas à Paris ?
— Mais l'odeur des lys ! Mais l'odeur des lys !
— Les rives de la Seine ont aussi leurs fleuristes
— Mais pas assez tristes oh ! pas assez tristes !

Je suis malade du vert des feuilles et de chevaux
De servantes bousculées dans les remises du château

[…]

— Tu périras d'oubli et dévoré d'orgueil
— Oui, mais l'odeur des lys la liberté des feuilles !

ÉPILOGUE

Jordan voulait prolonger notre séjour à Brazza de quelques jours. Il avait passé commande de quelques pièces d'art à un commerçant en boubous du marché du Plateau. Je ne pouvais pas rester. J'aurais raté un colloque à la Sorbonne sur le métissage pour lequel je m'étais engagée à faire la communication inaugurale. J'ai quitté Brazza avant mon mari.

C'est Pélagie qui m'a conduite à l'aéroport de Maya-Maya. Dans la voiture j'ai demandé à Banga pourquoi il avait choisi le poème de René-Guy Cadou, un poème au ton typiquement français, et non pas celui de Birago Diop.

« J'aime le poème de Birago, mais il est devenu un peu rengaine. Et puis parce que c'était le désir de Franceschini. »

Lui aussi l'appelait plus volontiers par son nom que par son prénom.

« Surtout parce que cela lui ressemble », a ajouté Pélagie d'une voix blanche.

M'est revenu un souvenir : quand il avait commencé son cours en nous lisant un passage du *Marchand de Venise*, il avait substitué au mot juif celui de noir. Pour Franceschini le Noir était de toutes les couleurs.

Il voulait être de ce pays. S'il avait existé des produits de beauté pour se noircir la peau et se crêper les cheveux, il se serait ruiné. En même temps, il nous a appris à devenir des êtres humains. D'ici et d'ailleurs.

Nous nous sommes étreints longuement. Avec Pélagie, puis avec Banga.

« Quand reviendras-tu ? »

Comme s'il n'avait pas besoin de ma réponse, ou ne voulait pas m'embarrasser, le vieux Banga a poursuivi :

« Tu viendras au moins de temps à autre déposer une fleur sur nos tombes. Celle de Franceschini et la mienne. Hein, maman ? »

Et moi, quand viendra mon tour, où demanderai-je d'être enterrée ? Dans la Sangha où je suis née, ou à Poto-Poto ? En Louisiane ? En France ? Je ne fais que de brefs séjours dans ce pays, mais il a coloré mon âme.

C'est dans sa langue que j'écris.

Je repousse sans cesse la réponse comme si j'étais immortelle. Je balance entre le devoir d'être congolaise et ma réalité. Une femme, une romancière, tout court. La solution du Blanc manioc est peut-être la meilleure. Des cendres semées un peu partout.

Dans la salle d'attente, une télévision mal réglée diffusait des clips. Des chanteurs et des danseuses à la peau décolorée se contorsionnaient en avançant le pubis et gigotant des reins de manière obscène. Sur une table basse, traînait un numéro de *La Semaine africaine* et un autre des *Dépêches de Brazzaville*. Dans chacun d'eux, une relation des obsèques du Blanc manioc. Dans le premier, l'hommage était plus long. Sans doute le témoignage d'un ancien étudiant. Ces articles étaient illustrés de photos. On m'y voit entre Jordan et Pélagie. J'ai subtilisé les deux journaux. Je les rangerai chez moi avec la page jaunie du reportage de la proclamation de l'Indépendance sur la place de la Mairie.

Moi aussi, je suis Franceschini.

À Paris, j'ai décacheté les enveloppes kaki que Pélagie m'avait remises au cours d'une des veillées. Elles contenaient des cahiers à spirale aux pages couvertes de l'écriture de Franceschini. Un manuscrit passionnant, mais rempli de mystères : mots raturés, surcharges, renvois, remords, pas de dénouement…

Le colloque se déroulait salle Louis Liard. Était-ce celle où Franceschini avait collé le mystérieux Banga ? Peut-être celui-ci était-il dans le public.

J'ai reconnu Connie, la métisse de la Sierra Leone, toujours aussi pimpante et jolie. Celle qui m'avait rendue jalouse à Columbus, puis ici à Paris. Elle m'a fait un grand sourire et un signe de la main, comme celui qu'on adresse aux bébés pour les amuser.

Dans mon intervention, j'ai cité un passage du manuscrit de Franceschini.

À la sortie, Connie est venue me demander de ses nouvelles.

« *No !* » a-t-elle hurlé.

DANS LA MÊME COLLECTION

José Eduardo AGUALUSA
La saison des fous

Kangni ALEM
Un rêve d'Albatros

Théo ANANISSOH
Lisahohé
Un reptile par habitant
Ténèbres à midi

Nathacha APPANAH
Les rochers de Poudre d'Or
Blue Bay Palace
La noce d'Anna

Mariama BARRY
Le cœur n'est pas un genou que l'on plie

Pascal BÉJANNIN
Mammo

BESSORA
Cueillez-moi jolis Messieurs...
Et si Dieu me demande, dites-Lui que je dors

Mongo BETI
Le Rebelle I
Le Rebelle II
Le Rebelle III

Florent COUAO-ZOTTI
Poulet-bicyclette et Cie

Jacques DALODÉ
Très bonnes nouvelles du Bénin

Ananda DEVI
Pagli

Soupir
Le long désir
La vie de Joséphin le fou

Aly DIALLO
La révolte du Kòmò

Ousmane DIARRA
Vieux Lézard
Pagne de femme

Eugène ÉBODÉ
La transmission
La divine colère
Silikani

EDEM
Port Mélo

Gaston-Paul EFFA
Le cri que tu pousses ne réveillera personne

Libar M. FOFANA
Le fils de l'arbre
N'körö
Le cri des feuilles qui meurent
Le diable dévot

Mambou Aimée GNALI
Bèto na Bèto. Le poids de la tribu

Emmanuel GOUJON
Depuis le 11 septembre

Sylvie KANDÉ
Lagon, lagunes
La quête infinie de l'autre rive

Fabienne KANOR
D'eaux douces
Humus
Les chiens ne font pas des chats
Anticorps

Edem KODJO
Lettre ouverte à l'Afrique cinquantenaire

Koffi KWAHULÉ
Babyface
Monsieur Ki   Rhapsodie parisienne à sourire pour caresser le temps

Henri LOPES
Ma grand-mère bantoue et mes ancêtres les Gaulois
Une enfant de Poto-Poto

Antoine MATHA
Épitaphe

Justine MINTSA
Histoire d'Awu

Boniface MONGO-MBOUSSA
Désir d'Afrique
L'indocilité   Supplément au Désir d'Afrique

Scholastique MUKASONGA
Inyenzi ou les Cafards
La femme aux pieds nus
L'Iguifou   Nouvelles rwandaises

Tidiane N'DIAYE
Les Falachas, Nègres errants du peuple juif
Le génocide voilé
Par-delà les ténèbres blanches

Donato NDONGO
Les ténèbres de ta mémoire

Mamadou Mahmoud N'DONGO
La géométrie des variables

Patrice NGANANG
L'invention du beau regard

Arnold SÈNOU
Ainsi va l'hattéria

Amal SEWTOHUL
Histoire d'Ashok et d'autres personnages de moindre importance

Les voyages et aventures de Sanjay, explorateur mauricien des Anciens Mondes

Sami TCHAK
Place des Fêtes
Hermina
La fête des masques

Amos TUTUOLA
L'ivrogne dans la brousse

Abdourahman A. WABERI
Rift Routes Rails
Transit

Composition Interligne.
Achevé d'imprimer
sur Roto-Page
par l'Imprimerie Floch
à Mayenne, le 1er décembre 2011.
Dépôt légal : décembre 2011.
Numéro d'imprimeur : 81063.

ISBN 978-2-07-013608-7 / Imprimé en France.

237410